Animal

DU MÊME AUTEUR
AUX ÉDITIONS DENOËL

Des nœuds d'acier, 2013
Un vent de cendres, 2014
Six fourmis blanches, 2015
Il reste la poussière, 2016
Les Larmes noires sur la terre, 2017
Juste après la vague, 2018

SANDRINE COLLETTE

Animal

roman

DENOËL

« J'ai dans les mains quelque chose d'épuisé. »

Roberto JUARROZ,
Quatorzième poésie verticale

PROLOGUE

Mara

Et ce qui déclencherait l'alerte en elle, curieusement, ne serait pas le premier soir. Le premier soir, cela lui avait paru presque normal, même si elle avait eu un hoquet de surprise sur le coup, parce qu'à cette heure-là, d'habitude, il n'y avait personne dans la forêt. En y réfléchissant, bien sûr que son cœur avait commencé à battre plus fort dès cet instant. Mais elle n'avait pas encore eu peur.

Pas le premier soir – quand elle l'avait trouvé en allant relever ses collets. Étrange, penserait-elle plus tard, au moment où cela ne servirait à rien parce que tout était déjà enclenché, et elle aurait une pointe de regret : si elle s'était tournée pour ne pas voir et ne pas entendre, si elle avait passé son chemin. Cependant, c'était fait, il n'y avait plus à revenir là-dessus, sauf à pester contre cette foutue existence qui était trop dure, et qui l'obligeait à poser ces foutus pièges à cause desquels –

Voilà, elle avait été idiote.

Rien ne s'était pris dans ses collets, pas même un rat. Ce soir encore, il lui faudrait manger des racines bouillies, des tubercules arrachés à la terre rocailleuse de cette colline du Népal et qu'elle conservait dans une caisse au fond de la cabane pour les jours maigres. Elle aurait pu manger un fruit au dessert, si elle avait eu le courage de faire les trois kilomètres qui la séparaient du village, parce qu'il y avait eu le marché ; si elle avait fouiné au moment où les vendeurs remballent, elle aurait trouvé sûrement une ou deux oranges abîmées et jetées là, pour les mettre dans ses poches. Mais avant, il y avait une heure et demie de marche pour descendre la montagne, à petits pas, à cause des chemins de caillasse qui tordaient les chevilles et cachaient les serpents mortels, et Mara n'avait pas eu l'énergie cette semaine-là, la route était trop longue, elle ne pouvait en vouloir qu'à elle-même.

Rien dans les collets, oui, misère. Pourtant elle avait été jusqu'au dernier piège, loin dans la forêt qu'elle n'aimait pas à cause des tigres. L'année passée, deux hommes s'étaient fait tuer ; leurs carcasses dévorées avaient été retrouvées dans les taillis, traînées par les bêtes qui les y avaient dépecées tranquillement. Des hommes morts mais les tigres, il fallait les laisser. C'était la loi, ils étaient protégés. Qu'ils massacrent des gens, c'était la vie. Et depuis qu'on n'avait plus le droit de les abattre pour se défendre, ils faisaient des petits, leur nombre augmentait, ils rôdaient le soir et la nuit dans les montagnes, à l'écart des villages. Parfois Mara entendait un feulement dans les bois, derrière sa cabane ; alors elle ne bougeait plus jusqu'à l'aube, sans même entrouvrir la porte pour faire un peu d'air malgré la touffeur sous le toit en tôle. Avec le temps, elle s'était habituée. Cela avait fini par ne plus la troubler. Il fallait juste faire attention, à la nuit tombée, quand les grands fauves sortaient en même temps qu'elle, chacun pour sa pitance, elle avec ses pauvres pièges de ficelle et eux leurs yeux jaunes étrécis, leur ventre vide.

Mara avait une trentaine d'années, sans doute un peu moins, même si elle aurait été incapable de donner son année de naissance. Elle avait grandi en ville, avec ses deux frères et ses parents, dans une maison d'une pièce en béton et en plastique, mendiant et traînant dans les rues jusqu'à ce que le manque de travail pousse son père à tenter sa chance en Inde. À ce moment-là, l'Inde, c'était une sorte de rêve : il y avait de l'emploi. On savait aussi qu'on y crevait sous les journées trop rudes, la mauvaise nourriture et les coups des contremaîtres, les bagarres entre ouvriers, les vols, mais ça ne comptait pas. Quand on rêve, on n'entend que ce qu'on veut. Le père de Mara était parti. La fillette, sa mère, ses frères, le rejoindraient plus tard – quand il aurait envoyé l'argent pour le voyage.

Mais il n'était jamais arrivé là-bas : il avait été assassiné en route, pour mille roupies, tout ce qu'il avait en poche. L'oncle qui l'accompagnait avait réussi à s'enfuir, mais comme il avait été blessé lui-même, il n'avait pu donner de nouvelles qu'un mois après l'accident, alors que la mère de Mara croyait son mari dans une usine de couture depuis des semaines ; elle avait écouté l'oncle lui raconter la scène, un choc, un ébranlement de tout son être. Et bien sûr la piqûre de l'insecte y était pour quelque chose, personne n'en doutait, mais il y avait eu cette annonce de la mort du père, et Mara était certaine que cela avait précipité les choses, ou alors tout avait coïncidé et c'était le destin, enfin le résultat était le même, à ce moment-là, sa mère était devenue folle – folle et apathique.

Lorsque Mara et ses frères avaient réussi à l'emmener au dispensaire, ils avaient attendu des heures assis au pied du bâtiment, qu'on la leur rende. Mais ils ne l'avaient pas revue. Les oncles et les tantes étaient arrivés au fil des jours. Une infirmière leur avait expliqué que la mère n'était pas morte, mais qu'elle ne pourrait plus s'occuper des enfants. L'insecte avait abîmé quelque chose dans sa tête et dans son sang, irrémédiablement. Elle resterait dorénavant dans un fauteuil à dormir et, quelques heures par jour, à ouvrir un regard vide sur la fenêtre de la chambre en murmurant des paroles incompréhensibles.

Alors la famille s'était partagé Mara et ses frères, comme toujours dans ces cas-là, chacun chez un oncle ou une tante à alourdir les bouches à nourrir et à courir les rues pour aider à survivre, ramassant des morceaux de carton et de cuivre, des fils de laine, des bouts de plastique, tout ce qui pouvait se revendre pour trois fois rien. La vie avait continué sans un cri, sans une larme.

L'année de ses quatorze ans, la tante de Mara l'avait mariée avec un homme de trente ans qui venait de perdre sa femme et son bébé en couches.

Quand on est orpheline, on ne fait pas la fine bouche.

C'est lui qui avait emmené Mara dans la cabane du début des montagnes, bien au-delà de Pokhara, où il cultivait quelques légumes et élevait des chèvres. De ces chèvres, il tirait des outres. Avec lui, Mara avait appris à dépouiller les bêtes mortes pendues par une patte arrière, tirant la peau vers le bas sans jamais l'abîmer, grattant les chairs à l'aide de petites planes, ce qui l'avait fait vomir au début, à cause de l'odeur. Ils tannaient ensuite le cuir avec les écorces de pin qu'elle allait récolter à la fin du printemps, puis ils l'enduisaient de poix pour en parfaire l'imperméabilité, recousaient, glissaient une embouchure en corne à une extrémité. C'étaient les meilleures outres de la région. Mara avait vite pris le coup de main. Malgré le dégoût, elle était habile et s'amusait des formes qu'ils créaient ainsi, des chèvres sans tête, gonflées d'eau, d'huile ou de vin, des silhouettes distendues, peaux enflées à en craquer.

Ce qu'elle appréciait beaucoup moins, en revanche, c'étaient les nuits passées avec son époux. Elle découvrit les assauts ardents, qui la blessèrent d'abord, puis la laissèrent de marbre, puisqu'il n'y avait rien à y faire. Elle espérait toujours un surplus de fatigue pour terrasser son homme, ce qui arrivait régulièrement; elle s'esquivait alors à l'aube, rallumant le feu, préparant le déjeuner, chantonnait d'avoir échappé à cette sauvagerie pénible, où elle se sentait telles les chèvres du petit élevage, corps palpé, malmené, arraché. À cela, elle ne s'habitua jamais. Cela ne dura pas longtemps cependant car, un an après son mariage, Mara fut veuve.

Un groupe de truands avait décidé d'imposer un péage à l'éleveur, pour le droit d'emprunter simplement le chemin qui allait de sa cabane au village. Chaque vendredi, ils venaient réclamer leur taxe, comme ils le faisaient auprès de nombre d'habitants isolés, Mara connaissait cette pratique, ici, c'était normal. Mais, après quelques semaines, son mari avait refusé de payer. Il les avait chassés à coups de khukuri, ce couteau guerrier courbe et redoutable, avec des cris et des grands rires fous qui les avaient impressionnés, pensait-il – jusqu'au jour où ils le cueillirent quand il allait livrer sa marchandise au village, Mara ne retrouva ni les outres ni le couteau, juste le cadavre, qu'il lui fallut ramener, veiller et brûler.

Depuis, on lui avait volé les chèvres.

Il n'y avait plus de péage, puisqu'il n'y avait plus rien.

Elle était restée quand même.

Ne voulait pas d'un autre mari, ni d'autres nuits.

La vie coulait comme un léger filet de sang. Les choses n'avaient pas tellement changé, au fond.

Mais manger était devenu compliqué. Le jardin ne suffisait pas à nourrir Mara toute l'année. Il lui arrivait de rendre quelques services au village, on la payait en riz, en légumes, en fruits quand c'était la saison. Elle s'était entraînée à manger peu, asséchant son corps, tendue par une force nerveuse qui se contentait d'un repas par jour – c'était le lot de beaucoup d'entre eux ici. Sa silhouette fine, son visage allongé, encadré par de longs cheveux noirs et mangé par des yeux fatigués, donnaient une impression de fragilité ; sa résistance démentait, bien que Mara ait conscience de l'aggravation des petites douleurs le matin, quand il fallait se lever, et pendant les efforts les plus durs.

Tout finirait ainsi, se disait-elle. À trente ans, à quarante. De toute façon, on ne vieillissait pas beaucoup, dans sa famille.

Aussi, ce premier soir, n'avait-elle pas aussitôt imaginé que tout allait basculer à cause des gestes réflexes qu'elle venait de faire – de *commettre* serait le mot le plus juste : s'approcher sans bruit, couper la corde qui retenait le petit garçon à l'arbre, et l'emmener dans l'obscurité qui tombait.

*

Évidemment, elle y avait pensé toute la nuit. Il ne fallait pas y retourner. Et pourtant elle y était allée le lendemain, poussée par une curiosité avide, par la question de la conduite à tenir aussi, selon ce qu'elle verrait au fond des bois. Elle avait attendu que les ténèbres envahissent la montagne de peur qu'on ne la piège. Elle n'avait pas allumé de feu ce jour-là, dans sa cabane, pour se rendre invisible; elle devinait déjà qu'elle courait à sa perte. Mais oui, elle y courait, évitant les branches qui craquaient sous ses pieds, se coulant dans l'ombre des grands arbres.

Et elle l'avait vue.

C'était une petite fille, cette fois.

Différente du garçonnet de la veille : celle-là se débattait, tirant sur la corde comme un lion dans l'espoir insensé de s'enfuir, alors qu'elle ne faisait que resserrer les nœuds qui la tenaient. Mara l'avait regardée longtemps depuis l'obscurité. La sueur glissait dans son dos, des frissons désagréables – la peur.

Attendre, il ne fallait pas, à cause des tigres et des autres prédateurs qui allaient sortir pour chasser.

Elle avait écouté la nuit.

Rien, rien.

Elle en avait entendu parler, de ces enfants abandonnés dont personne ne voulait. Il y en avait trop. Ils traînaient dans les villages, chapardaient ici et là, exaspérant les habitants.

Alors elle avait bondi, avait libéré la petite et l'avait prise par la main pour la ramener à son tour.

*

Deux enfants sauvages. Mara les avait observés, et elle s'y connaissait en dureté de la vie – mais ils l'avaient sidérée. Ils ne parlèrent pas en cette première nuit, ou avec des grognements, des colères et des fureurs entre eux, se frappant et se griffant, se rencognant au fond de l'unique pièce de la maison.

Comprenaient rien.

Sauf à la fin, parce que Mara était épuisée : les coups.

Deux gifles l'une après l'autre, des vraies, des qui font mal, elle n'en pouvait plus.

Ils avaient filé dans le coin de la cabane où elle leur avait laissé sa couverture. Cinq minutes après, ils dormaient.

Petits animaux à peine dressés, que seules les raclées avaient calmés.

Mara ne dormait pas, elle.

Elle savait que, malgré tout, elle n'avait pas le droit de les prendre. Qu'on la trouverait forcément, qu'on viendrait lui demander des comptes. Et pas seulement : elle serait punie pour les avoir emmenés. C'est à ce moment seulement, la nuit de la fillette, qu'elle avait compris. Elle ne pouvait pas rester. Elle avait fait une immense bêtise. Un instant, elle avait pensé qu'elle pouvait encore ramener les petits, les attacher à l'arbre, rentrer chez elle en paix puisqu'il n'y aurait plus d'enfants à réclamer.

Mais c'était trop tard.

À la lumière de la lune, elle les regardait, leurs visages paisibles, leurs blessures soignées, et elle crachait des insultes en silence, qu'avait-elle fait, sans réfléchir, et qu'allait-elle faire, d'elle-même, de sa vie si elle avait encore une chance, de ces marmots dont elle ne voulait pas, elle non plus. Ils devaient avoir quatre ou cinq ans, ils ne servaient à rien.

Toute la nuit, elle avait ruminé.

Au matin, avant que l'aube grise le ciel, elle les avait secoués, leur avait donné à chacun une poche avec une partie de ses maigres affaires. Sur ses épaules à elle, elle avait jeté un gros sac lourd qui devait peser son poids.

Elle avait poussé les petits devant elle sur le chemin, et ils étaient partis.

Où ?

Vers le seul endroit où ils avaient une chance de disparaître : la ville, la foule. Là où personne ne pouvait les reconnaître ni les trouver. Se fondre dans la multitude et dans la misère.

S'évaporer, pense Mara.

Neuf jours de marche vers le nord-est. Les enfants n'avaient rien dit. Pas protesté, pas pleuré. Habitués à fonctionner à la trique, sans aucun doute. Ils avaient peu parlé, n'avaient pas de mots – et elle, la fatigue et le manque de nourriture, elle gardait ses forces. La seule chose dont ils devaient se souvenir en arrivant, et qu'elle leur avait fait répéter à l'envi, c'était qu'elle était leur tante.

(*Tante*, articulaient-ils ravis en hochant la tête.)

Et leurs noms.

Puisqu'ils n'en avaient pas, ou qu'ils avaient été incapables de les donner, Mara avait choisi toute seule.

Lui, ce serait Nun.

Elle : Nin.

Ils riaient en se désignant l'un l'autre. *Nun. Nin.* Leurs voix cristallines tranchaient avec la violence de leurs traits et leurs regards acérés ; soudain c'étaient les voix d'autres enfants – des enfants qui n'auraient pas été abandonnés ni maltraités de corps et d'âme, des claques qui font des bleus aux joues et des fissures au cœur.

Et puis le figement.

Après avoir descendu les montagnes pendant des jours, Mara avait vu le bidonville. Et à la fois cela avait été un immense soulagement, car enfin elle allait cesser de guetter derrière elle en réprimant des pensées tragiques, et à la fois une sorte de désespoir s'était rué sur elle au moment où elle découvrait les constructions précaires malgré les briques et le béton, accolées les unes aux autres, presque amoncelées ; elle avait l'impression que si on en retirait une, toutes les autres s'écrouleraient tant elles se tenaient de gauche et de droite, prenant appui sur un mur des voisins, tirant la bâche des autres. De là où Nun, Nin et elle se tenaient, encore en surplomb, la ville pauvre leur apparaissait tel un puzzle sans ordre. Si on plissait les yeux, on aurait pu croire que des milliers de petits papiers déchirés avaient été jetés pour abriter des humains, mais c'étaient des toits, de toutes les teintes, de toutes les formes, de tous les matériaux possibles, émiettés au gré des arrivées et des trouvailles, des rebuts et des déchets, des maisons oui. Des allées bitumées recouvertes par la terre et la poussière permettaient de circuler entre elles. Et depuis leur promontoire Mara et les petits sentaient déjà l'odeur, celle qui noyait les centaines d'autres odeurs de cuisine et de misère sous une amertume qui leur avait fait froncer le nez ; cela puait la merde et l'humidité mélangées, celles-là mêmes qui jonchaient le sol à cet endroit et qu'ils allaient contourner avant d'arriver pour de bon, pour ne pas marcher dans les excréments, puisque personne ne nettoyait – on attendait les prochaines pluies, les rigoles, les coulées épouvantables qui traversaient la ville en emportant tout.

Mara avait regardé sans un mot. Elle avait oublié à quel point c'était sale, sa mémoire l'avait trahie. Ou peut-être, vingt ans auparavant, était-ce un peu moins infect et un peu moins répugnant – ou elle ne s'en rendait pas compte. Pendant un instant, elle s'était retournée vers les montagnes en se disant qu'elle allait faire demi-tour, repartir, une volte-face et ça aurait été si simple. Elle pouvait même abandonner les gamins sur place. Il lui suffirait de les laisser courir devant et de prendre la première ruelle sur le côté.

Après, elle avait soupiré profond. À neuf jours de marche en sens inverse, sa cabane avait déjà dû être pillée ou même incendiée. Tout ce qui lui restait, c'était le sac qui lui avait scié les épaules pendant le trajet, et deux enfants dont elle ne savait pas quoi faire.

Alors elle avait continué d'avancer, ignorant les regards et le petit attroupement qui peu à peu s'était formé et les suivait parce que, malgré la taille et malgré le désordre, tout le monde se connaissait dans le bidonville. Elle avait traversé les allées en cherchant une maison vide, cela se faisait ainsi, la pièce d'un mort ou d'une famille qui avait décidé de partir, plus rarement qu'on avait chassée, Mara passait la tête, reculait en s'excusant, partout c'était occupé.

Au bout d'une heure, des enfants lui prirent la main. Là-bas, disaient-ils. Elle les suivit.

C'était petit, sale et sombre. Mais dans ces neuf mètres carrés on logeait en général six à huit personnes, alors elle s'était tue. Elle s'installa avec Nun et Nin.

Parce qu'elle avait oublié aussi qu'il pleuvait tant et si souvent à Pokhara, l'eau débordant des ruelles pour entrer dans les maisons, le jour suivant ils le passèrent à chercher quatre palettes de bois pour couvrir le sol et ne pas se réveiller encore une fois trempés jusqu'aux os. Mara avait étendu leurs vêtements pour les faire sécher. Les petits couraient en culotte ; elle s'était drapée dans un linge. Dehors, le bruit incessant de la ville.

Alors ce fut une nouvelle, une autre vie.

Dès le lendemain, la mafia locale vint donner son prix pour le loyer ; comme Mara ne possédait rien, ils lui proposèrent un crédit et elle entra dans ce cercle terrifiant des avances et des dettes. Tout le monde vivait ainsi, payant à la fin de chaque mois le droit d'occuper les bicoques insalubres, et les marchands ambulants auxquels on achetait la nourriture et n'importe quel bibelot pour la cuisine, le jardin – pour ceux qui avaient la chance de cultiver un lopin de terre –, la couture, la santé, les vêtements, les vendeurs avaient tout. Quand ils n'avaient pas, ils revenaient le matin suivant en ayant trouvé.

Comme la moitié des femmes du bidonville, Mara se mit à la couture. Les bâtiments industriels étaient pleins à craquer et elle cousait chez elle, on lui avait apporté une vieille machine et une burette d'huile. Tous les jours, parfois tous les deux jours, un homme passait donner des consignes, déposer des patrons et des tissus. Avant d'emporter les ouvrages terminés, il les examinait méticuleusement, faisait baisser le prix dès qu'il détectait un défaut, un point mal aligné, un pli moins régulier, une tache – ce ne sont pas des taches, suppliait Mara, ce sont des poussières, et elle frottait du plat de la main, la poussière partait, l'homme payait moitié moins quand même. Lorsque l'électricité voulait bien tenir, Mara travaillait toute la journée et, une fois les petits endormis, une partie de la nuit. Ce n'est qu'à ce rythme qu'elle arrivait à les nourrir tous les trois, de justesse, et souvent il fallait compter sur la générosité des voisines qui avaient des maris et donc deux salaires. Mara promettait qu'elle rendrait, tout le monde savait que c'était impossible, cela n'avait pas d'importance, c'était une forme de savoir-vivre. La solidarité se faisait toute seule dans le bidonville, services rendus la plupart du temps, parfois un peu de nourriture – jamais d'argent, car personne n'en disposait assez pour en prêter, s'il y avait un minuscule surplus, on réparait les toits des maisons, on achetait une couverture de plus, on bricolait les vélos qui étaient pour certains leur outil de travail – coursiers, transporteurs, messagers misérables.

Quant à Nun et Nin, ils furent inscrits à l'école. Mara se rendit compte au bout de six mois qu'ils n'y allaient pas vraiment, ou pas du tout, entraînés par les autres gamins qui ratissaient les abords de la ville et les décharges pour ramasser des morceaux de plastique qu'ils apportaient à l'usine où on les triait, les nettoyait, les broyait ou les ensachait pour les envoyer au recyclage. Quand elle s'en aperçut, Mara fouilla le coin de la cahute où Nun et Nin entassaient leurs affaires et leurs trésors. Dans une petite boîte enfouie sous les palettes et entortillée dans un sac plastique déchiré, tel un détritus qui n'attirait pas l'attention, elle trouva leurs économies. Peu de chose en vérité, mais une somme tout de même, pour elle qui ne tenait de l'argent dans ses mains que pour le donner à d'autres – depuis combien de temps n'en avait-elle pas vu autant réuni ? Elle prit le sachet, le mit dans sa poche en tremblant.

Le soir, elle accueillit les petits le bras tendu, au bout duquel pendait le sac avec les pièces à l'intérieur.

Et elle s'était attendue à leurs rugissements, aux éclairs dans leurs yeux, à leurs mains essayant de reprendre l'argent avec une vivacité stupéfiante ; mais ce qu'elle n'avait pas imaginé, c'était qu'ils éclatent en sanglots. Alors sa colère retomba à demi, et elle expliqua le partage nécessaire, l'union entre eux, l'absence de mensonge. Elle accepta qu'ils continuent à ramasser du plastique plutôt qu'aller à l'école, car ils avaient besoin de cet argent.

Quand Mara aurait de quoi s'acheter une machine à coudre, quand il ne lui faudrait plus débourser la location hebdomadaire qu'on lui demandait pour la vieille Singer, ils y retourneraient. D'ici là, ils marcheraient ensemble, tous au travail, elle et eux. Elle leur rendit même une roupie chacun, qu'ils attrapèrent aussitôt au creux de sa main, comme si elle allait la refermer.

Bien sûr, cela changea peu de chose. Nun et Nin ne rapportaient pas assez d'argent. Mara les soupçonnait d'acheter une friandise de temps en temps, elle ne pouvait pas les surveiller, s'épuisant les yeux à la lumière indigente, penchée sur la machine à coudre qu'elle rêvait d'acquérir et qui lui semblait s'éloigner petit à petit. De fait, jusqu'au terrible jour, elle n'eut jamais la possibilité de l'acheter.

Les enfants s'étaient habitués à la ville en quelques semaines. Ils avaient appris à parler – Nin surtout, qui était si bavarde, et à qui Mara ordonnait de se taire malgré le joli roulement de sa voix claire et rieuse, parce que la fatigue l'emportait toujours, et qu'elle voulait du calme.

La montagne lui manquait, et les cris des animaux, la solitude, les nuits noires. Ici, rien ne s'arrêtait jamais, ni le bruit chez les voisins, ni la proximité insupportable, ni les lumières qui empêchaient de voir l'obscurité et la lune. Elle avait presque oublié l'odeur des pins quand l'été chauffe la résine, celle des herbes sèches, celle de la pluie sur une terre propre, qui fait s'ouvrir les fleurs. Même le souvenir de la présence feutrée des tigres la rendait mélancolique, et les serpents par dizaines sous les pierres des routes, le chemin trop long jusqu'au village.

Elle regardait Nun et Nin, et la différence la frappait ; eux, toujours maigres mais vifs, joyeux, courant partout, chantant, criant.

Et elle.

Une pauvre silhouette efflanquée qui ne souriait plus.

Oh, cela aurait pu être moins dur : il aurait suffi qu'elle accepte de se remarier. Les propositions n'avaient pas manqué, et l'entremise des voisines qui ne comprenaient pas. Mais Mara avait tout refusé, prétextant le deuil impossible de son défunt mari – elles avaient été obligées de respecter son choix, car on ne lutte pas contre les morts. Certes, les conseils étaient revenus par murmures ; Mara se bouchait les oreilles, fermait ses yeux, secouait la tête avec une plainte. On avait fini par la laisser tranquille, même si les regards réprobateurs et muets, eux, ne s'éteindraient jamais, n'admettraient pas, parce que, dorénavant, si sa situation était dramatique, c'était sa faute à elle.

Si seulement elle avait voulu.

Mais pas.

Alors, qu'elle assume.

Au bout d'un an, Mara avait les doigts tordus à force de tenir les tissus sous la machine, de couper les fils, de changer les bobines.

Mais se remarier, non. Pas retrouver les étreintes éprouvantes – et si elle tombait enceinte, si un troisième enfant venait, quand deux, c'était déjà trop ? Elle avait cessé d'y penser. Sa décision était définitive.

Mais élever ces deux-là.

Habités par une sauvagerie nouvelle, qui l'effrayait plus encore que celle du début, une férocité dans leurs corps et dans leurs têtes – ils n'étaient pas tendres, ils n'étaient pas gentils, et à présent ils réfléchissaient. Quand elle les écoutait parler à voix basse, cela lui donnait des frissons. Ensemble, ils étaient terrifiants.

Pourtant, ils la respectaient. Ils n'avaient jamais eu un geste contre elle, ni un mot ; parfois un regard, qu'ils effaçaient d'un cillement. Il n'y avait qu'avec elle qu'ils se blottissaient, qu'ils ronronnaient, qu'ils s'abandonnaient.

Mais elle savait qu'ils étaient capables.

De quoi ?

Impossible de dire. Quelque chose d'immense.

Deux ou trois fois, elle s'était réveillée en sursaut au milieu de la nuit, malgré l'épuisement. Ils étaient là, penchés sur elle.

Ils la regardaient.

Qu'est-ce que vous faites ? criait-elle.

Ils souriaient. Ne disaient pas autre chose : *On te regarde.*

À l'aube, elle les envoyait dehors, les bras encore traversés de frissons désagréables. Souvent, elle repensait au soir où elle les avait trouvés, attachés à l'arbre. Il n'y avait pas de hasard : s'ils y étaient, il y avait une raison. Ils étaient mauvais, ou maudits, ou étranges, ou dangereux – les mots ne s'arrêtaient pas dedans sa tête. Et elle, en les délivrant, avait attiré le sort sur elle.

Elle rêvait encore de les ramener là-bas, de les enchaîner à l'arbre. Tout effacer.

Mais déjà il fallait se remettre à coudre et terminer les trente-sept pièces pour la fin de la journée. Alors, cela passait. Le soir, elle avait beau les observer, Nun et Nin n'étaient que des petits enfants comme les autres, pleins d'une vitalité superbe.

Peut-être aussi était-ce cette énergie, farouche et increvable, qui épuisait Mara. La différence entre leur force grandissante et la sienne, toujours un peu plus usée, lui sautait aux yeux. Les tenir, les canaliser, les empêcher : certains jours, elle laissait filer, n'en pouvait plus. Qu'ils fassent ce qu'ils voulaient. À côté d'eux, Mara faiblissait.

Quelques signes qui n'avaient l'air de rien. Une bobine de fil échappée, un trébuchement, une main qui tremblait. Des larmes dans les yeux, sans qu'elle sache si c'était le manque de lumière ou la fatigue ou la vieillesse, déjà. Usée. C'est le mot qui lui venait quand elle se couchait tard dans la nuit, mais de moins en moins tard, parce qu'elle n'y arrivait plus. Pourtant, elle n'avait jamais rechigné au travail – et d'ailleurs ce n'était pas le travail qu'elle mettait en cause, mais le bidonville en lui-même, avec sa misère, sa puanteur et l'horizon impossible à surmonter. Et peut-être le manque de bonheur, bien qu'elle ne se soit pas posé la question en ces termes, le bonheur, personne n'en parlait, pour qu'il existe, il fallait que ça se voie.

Enfin, ça n'allait pas. Sans doute avait-elle imaginé les choses autrement, pas faciles bien sûr, mais pas si dures ; sans doute avait-elle aussi espéré que cela vaudrait la peine, qu'au bout d'un an elle pourrait envisager un certain confort, pour ce qu'elle en attendait : du travail qui leur permette de vivre sans excès, mais de vivre convenablement, sans la peur panique de se faire reprocher la médiocrité de sa couture et de tendre la main pour recevoir moitié moins de roupies que ce qui était convenu.

L'autre chose qui aurait pu la consoler d'avoir quitté sa montagne, son jardin, ses parfums, c'étaient Nun et Nin. Pendant six mois, elle avait cru qu'eux pourraient s'en sortir, parce qu'ils avaient la chance d'être scolarisés. Plus tard, Nun serait employé de bureau, Nin aide-soignante ou peut-être institutrice. Il y avait dix ans à attendre, et Mara retournerait dans sa cabane brûlée. La reconstruirait lentement, avec une joie telle que cela lui chauffait le cœur juste à y penser le soir.

Tout cela avait volé en éclats quand elle avait découvert que les enfants n'allaient pas à l'école. Et même si leur défection l'aidait à assurer le quotidien, leur salaire de misère ne suffisait pas à la consoler, d'autant qu'elle ne voyait pas d'issue à leur existence, ils iraient ramasser du plastique toute leur vie ou, s'ils avaient de la chance, remplaceraient un jour ceux qui triaient et qui nettoyaient dans les usines, sans gants, sans masque, sans lunettes.

Et elle, toute leur vie, elle serait là pour eux, parce qu'il faudrait leurs trois salaires pour continuer à payer le loyer et la nourriture, et des bras pour garder leurs propres enfants quand ils se marieraient à leur tour, c'était cela, la famille, une communauté de biens, un arrangement économique et rien d'autre. Cent fois, Mara s'était levée la nuit pour repartir sans bruit, elle comptait comme si c'étaient des moutons, neuf jours de marche en sens inverse, quitter la ville, respirer, aspirer le monde.

Eux, Nun et Nin, ils trouveraient à se débrouiller.

Comme ceux qu'elle croisait quand elle sortait : vivant dans les rues, dormant sous les ponts ou sous n'importe quel refuge dépassant un peu des maisons fermées, ces gamins qu'on utilisait pour les tâches les plus ingrates et les moins payées, et qui crevaient de mal manger, de ne pas se soigner, d'être battus trop fort quand la faim les rendait fous et qu'ils volaient sur les marchés.

Elle ne pouvait pas. Pas après ce qu'elle avait fait, tout perdre, se dire que ç'avait été pour rien, non, elle ne voulait pas.

Alors elle se recouchait et attendait l'aube.

Attendait que Nun et Nin grandissent, et le temps ne passait pas, cela faisait un an qu'elle était arrivée dans la ville, puis treize mois, puis quatorze, puis quinze.

Les petits avaient des visages d'anges noirs. Elle savait qu'ils chapardaient ici et là : ils rapportaient quelques fruits, une poche de riz, un bout de métal qui ne servait à rien. Ils mendiaient aussi, quand les touristes faisaient leur apparition, suivant d'autres gamins qui avaient l'habitude de sortir du bidonville pour traîner aux abords des moyens et des beaux quartiers en descendant vers le lac. Le soir, ils rentraient en groupe, se protégeant des bandes rivales qui les harcelaient et les bousculaient dans l'espoir de voir leurs pièces de monnaie rouler à terre. À eux deux, Nun et Nin étaient redoutables. Pour chiper, l'un détournait l'attention tandis que l'autre empochait la marchandise ; pour mendier, agrippés l'un à l'autre tels un frère et une sœur égarés, ils posaient sur les voyageurs leur regard sombre et défait, le même qu'ont les chiens qu'on abandonne au coin d'un bois et qui courent derrière la voiture jusqu'à ce que l'épuisement les arrête. Oui, peu à peu, ils amélioraient l'ordinaire. Mais à quel prix, frémissait Mara, celui de rester et de mourir dans cet endroit, d'y faire naître des enfants qui eux-mêmes n'en sortiraient jamais, il n'y avait pas d'issue, pas d'échappatoire.

À cela, Nun et Nin ne pensaient pas.

Ils poussaient telle une hydre à deux têtes, inséparables et fascinants. Mara les observait le soir, quand ils s'étaient endormis et que la fatigue détendait leurs traits, enfants, si différents des petits visages adultes qu'ils arboraient la journée pour se battre et se faire respecter. À ce moment-là, elle n'avait pris aucune décision encore, et il faudrait que quelque chose déclenche en elle une terrible alarme, il faudrait une prise de conscience aiguë et douloureuse, pour que la solution s'impose à elle, bien peu satisfaisante en réalité, mais elle n'avait plus le choix.

Cela viendrait d'un coup, oui. Mais pas ces nuits-là.

Cela commencerait en plein jour, et une fois encore Mara temporiserait, parce qu'il faudrait tout remettre en question, qu'il y avait eu tant d'efforts. Mais elle saurait dur comme fer que le processus était enclenché ; simplement, elle essaierait de ne pas voir, de ne pas s'affoler, par fatigue ou par lâcheté, et pourtant c'était là l'irréversible début des drames, elle serait bientôt obligée de les ouvrir, ces fichus yeux qui auraient préféré rester fermés. Ce serait un après-midi de printemps, quand Nun et Nin rentreraient plus tôt que d'habitude, trop tôt pour que cela soit normal, elle ne les attendait pas, ils avaient essayé de se faufiler au fond de la maison en cachant leurs blessures, silencieux comme des chats.

Mara ne saurait jamais s'ils avaient fini par lui dire la vérité ou s'ils l'avaient empêtrée dans leurs mensonges. De toute façon, cela ne changeait rien. Que ce soit une bagarre avec d'autres gamins pour se défendre ou pour les voler ; que ce soit la correction infligée par un commerçant ulcéré par leurs larcins ou celle d'un touriste vigilant ; les gnons des policiers, ceux des honnêtes gens ou ceux des petites racailles concurrentes, comme ils l'étaient devenus eux-mêmes, vraiment, avait-elle hurlé, c'était pareil, qu'ils se taisent donc, mais qu'ils se taisent, et si on les avait suivis jusqu'ici, si on savait qui ils étaient.

Elle les avait un peu lavés, un peu soignés, en les jetant avec une étrange brutalité sur leurs couvertures et en leur interdisant de sortir.

Mais ils recommenceraient. Dorénavant, c'était ancré en eux.

Ils ajusteraient. Ils affineraient. Pour eux, c'était un jeu, un spectacle, ils apprenaient, amélioraient leurs méthodes, mieux voler, mieux mentir. Mara avait eu raison : à eux deux, ils étaient inarrêtables.

Et pourtant, ce jour de printemps, elle s'en était tenue là.

Elle voulait croire qu'ils comprendraient. Au fond, elle savait qu'il n'en serait rien – mais elle avait peur de tout laisser une fois de plus, tout ce minuscule qui ne valait rien et auquel elle s'accrochait, alors elle les avait simplement grondés, ignorés de deux jours, esquivant leurs petits regards implorants et leurs caresses.

Dans ses rêves, cet avertissement suffisait à les calmer. Chaque soir criait le contraire.

Car ce que Mara n'avait pas compris, c'était l'incroyable tentation que la ville avait ouverte chez Nin et Nun. Il y avait le bidonville et sa pauvreté, la promiscuité, les journées trop dures, le travail harassant et la nourriture qui suffisait à peine ; mais juste à côté, il y avait l'abondance, les magasins remplis à ras bord, les parfums de cuisine et des milliers d'objets inconnus sur les étals des boutiquiers, les halls brillants des hôtels, les restaurants inabordables qui faisaient rire les touristes tant c'était bon marché, les moteurs des voitures rutilantes, les rues et les trottoirs immaculés où rien ne puait. Pour Mara, c'était normal ; pour Nin et Nun, c'était à crever d'envie. Tout était à prendre : ils voulaient leur part, s'approchaient dangereusement du beau et du luxe, devenaient méchants.

Ils grandissaient en ayant faim, la faim du ventre et celle du désir. Ils avaient le visage dévoré par les creux, l'estomac qui grondait quand ils croisaient des commerçants et leurs échoppes regorgeant de fruits, de riz frit ou de nouilles aux épices, de gâteaux ruisselants d'huile, de beignets au sucre. Et ils pouvaient rester des heures, les yeux exorbités, à contempler de longs tissus chauds sur les étalages, des bols aux dessins magiques, des bijoux, de l'encens dont l'odeur les envoûtait jusqu'à ce que les vendeurs agacés finissent par les chasser à coups de cris et de trique.

Alors ils volaient, bien sûr, tous les gamins de toutes les bandes. Les commerçants les regardaient de travers quand ils arrivaient, surveillaient plus fort, appelaient leur épouse ou leur aide en renfort. Au début, Nun s'était contenté de fouiner les décharges et les poubelles, mais ils étaient trop nombreux à le faire. Parfois, c'était une matinée d'efforts pour un demi-fruit pourri. Alors, les plus courageux chapardaient.

C'était cela, le premier drame.

Parce que Nun s'était fait prendre.

Oh, pas une seule fois. Une seule fois, cela n'aurait rien donné de bien grave : une bonne volée, méritée oui, et il serait reparti un peu sonné. Mais les vendeurs les connaissaient, lui et les grands de sa bande, ils les guettaient. Il y avait longtemps que Nun avait pris une dérouillée pour la première fois, et ils avaient beau changer de rue et changer de victime, les gamins, qui pour certains étaient déjà des adolescents agiles et nerveux, recommençaient au bout d'un moment, c'était un cycle, leurs larcins tournaient comme les aiguilles d'une horloge et ce sont toujours les mêmes heures qui reviennent de jour en jour.

Nun n'avait jamais réalisé que les plus petits des bandes se faisaient attraper eux aussi. Il voyait bien que les grands, le matin, ne revenaient pas, et la vie était ainsi faite, les grands disparaissaient, rarement les petits. Les rumeurs se répandaient, Arun avait été tué par des chiens en essayant de cambrioler une maison, Seth était mort dans la nuit, on ne savait pas de quoi, tabassé par une bande rivale ou autre chose, on l'avait trouvé recroquevillé au bout d'un trottoir. C'était normal et les gamins ne s'y arrêtaient pas, même si c'était tout le temps. Du haut de ses six ans, Nun pensait que le danger restait lointain. Il suivait les aînés comme on suit des dieux, capable de tenir le rythme de leur course, souffle coupé, la joie et l'idolâtrie dans les yeux, un jour il serait comme eux. Se faire prendre ?

Au fond, s'il n'y avait pas eu le faux aveugle, sans doute cela ne serait-il jamais arrivé. Mais ce vieux salaud avait lancé la patte et avait crocheté Nun tandis qu'il s'enfuyait de l'autre côté d'Adit, chacun avec un pain de blé plat entre les mains, c'était tombé sur lui, comme la semaine précédente sur Dakshi, il savait que cela pouvait arriver, mais encore une fois il n'y pensait pas.

Et ce qu'ils lui avaient fait non plus, il n'y croyait pas.

Avant.

À présent, oui.

Ils lui avaient brûlé la langue, fort, lui passant les doigts à la commissure des lèvres et écrasant sa mâchoire pour l'obliger à ouvrir la bouche. Un des hommes s'était approché avec un morceau de métal chauffé à blanc. Les cris de Nun étaient couverts par ceux, furieux, des trois commerçants qui l'avaient attrapé.

Ensuite, ils l'avaient obligé à manger le pain en se moquant de lui, *C'est bien ça que tu voulais ? Maintenant, tu l'as.* Quand il s'était mis à vomir, ils l'avaient battu puis chassé. La dernière chose que Nun avait vue avant de tourner dans la rue suivante, c'est l'aveugle qu'ils récompensaient en lui donnant le pain abandonné à demi grignoté et rougi par le sang.

À la maison, où il s'était traîné et où Nin jouait avec un bout de chiffon, Mara avait compris tout de suite. Il y avait eu les hurlements, dont Nun ne se souvenait pas véritablement s'ils étaient de fureur ou de panique, et lui, roulé en boule sur le sol de la maison, la bouche comme si on y avait coulé de la lave, la douleur qui ne s'arrêtait pas, l'atroce odeur. Il crachait du sang, de la salive et d'étranges petits morceaux noirs et mous qu'il ne regardait pas, suppliant Mara dans des borborygmes, se prenant la tête à deux mains en se retenant de se jeter contre le mur pour que cela cesse. Des voisins étaient venus ; Mara les repoussait avec des cris sauvages. Elle n'avait laissé entrer que le guérisseur. Il avait étalé une pâte épaisse sur la langue du garçon, qui n'atténuait ni la souffrance ni les relents de chair grillée, l'empêchait presque d'aspirer l'air, il fallait garder le cataplasme deux jours, il y avait de quoi en faire d'autres dans le bol posé à côté de lui.

Mais Nun n'avait pas eu deux jours pour se soigner.

La petite main de Nin dans la sienne tandis qu'il sanglotait en silence serait son dernier souvenir là-bas. Elle était restée toute la nuit avec lui, épongeant son front brûlant d'un linge humide et psalmodiant des bribes de chanson que, dans sa douleur, il ne reconnaissait plus.

Cette même nuit, au fond de la pièce où les enfants somnolaient entre deux plaintes, le second drame se préparait.

Mara avait décidé de repartir.

Faire le chemin en sens inverse, avait-elle pensé en regardant dans le vide. Une fois encore, pour essayer de les sauver.

Mais il y avait une immense différence : elle ne les emmènerait pas tous les deux. Cela faisait des mois qu'elle sentait, jusqu'au fond de ses entrailles et de ses peurs, qu'il faudrait le faire.

Les séparer.

Les écorcher comme des siamois que l'on divise, pour leur donner une chance. Sans quoi ils finiraient mal – d'autant qu'elle, Mara, était en train d'échouer en tout, les élever, les nourrir, s'en sortir. Elle devait agir vite, avant qu'il arrive un accident plus grave encore que celui de Nun, parce qu'ils n'avaient pas de limites.

Ils ne lui pardonneraient jamais.

Mais elle le fit, elle avait pris sa décision et ce serait irrévocable. Le lendemain matin, alors que Nun s'agitait dans un sommeil fiévreux, elle appela Nin. Mara était prête, ses mains tremblaient.

Viens, ordonna-t-elle.

La petite somnolait, assise à côté de Nun. Elle ne répondit pas.

Mara haussa la voix. *Nin.*

Mais la fillette l'ignora encore – alors Mara se pencha, l'arracha au maigre matelas en la levant par le maillot de corps.

Petit cri.

Mara, avec son regard des mauvais jours. *J'ai dit : viens.*

Elle l'avait traînée dans les rues.

Quand elle était arrivée devant le bâtiment, elle avait poussé Nin dans un recoin. L'avait regardée un long moment en silence, prenant son visage entre ses mains.

Une si jolie petite fille.

Nin ouvrait grand les yeux, silencieuse. Elle percevait quelque chose d'inhabituel et cela l'inquiétait. Mara n'avait jamais pleuré.

La fillette avait tendu le doigt pour toucher les larmes.

Écoute-moi, avait dit Mara en lui prenant les mains.

Ce que je fais, je le fais pour toi. Il faudra que tu t'en souviennes. Cela, c'est pour toi. Parce que sinon, Nun et toi, vous allez mourir. Demain ou dans trente ans, c'est égal, vous n'avez pas d'avenir. À toi, je vais en faire un. Pour toi. Et Nun et moi, peut-être que, finalement, nous nous en sortirons aussi de notre côté.

Elle avait contemplé un instant la croix rouge sur le panneau du bâtiment ; oui, c'était bien là. Nin avait suivi son regard.

La voix de Mara était de terre. *Quand je dirai :* On y va*, on courra là-bas. Tu entends ?*

La petite avait hoché la tête.

Donne-moi la main, avait ordonné Mara. Nin la lui avait tendue.

Alors, saisissant le long couteau effilé qu'elle avait caché sous sa tunique, Mara avait tranché d'un coup le petit doigt de la fillette, avant de l'emmener mugissante devant l'hôpital où elle l'avait abandonnée, s'enfuyant à toutes jambes, les mains sur les oreilles, suppliant pour que les hurlements s'effacent un jour de son esprit épouvanté, ne sachant plus si elle avait bien fait ou non, si elle les avait sauvés tous les trois à cet instant, ou si c'était déjà trop tard.

Mais c'était une autre histoire, qu'elle ne connaîtrait pas.

Une autre vie encore.

Il n'était pas temps.

LIVRE UN

KAMTCHATKA

Hadrien

Il y avait cette étrange lumière jaune au fond du ciel, qui vient après les orages, avant même que la pluie ait cessé de raviner les terres. Hadrien connaissait bien cette lumière, qui ne disait jamais vraiment si la tempête était passée ou si elle s'apprêtait à revenir, à faire demi-tour en s'arrachant au vent. À la fois cela le rassurait que le monde ne soit pas entièrement ténèbres, et à la fois le frisson persistait le long de son dos, tout n'est pas fini, pensa-t-il, c'est pour cela, il en reste encore : du vent et de la fureur.

Le malaise, sans doute, il le tirait de cette incertitude. Est-ce que la tempête s'abattrait sur eux ou non – ou au contraire, ce qui le troublait était la conviction que quelque chose allait arriver en même temps que la lumière jaune.

Tous les sept, ils observaient cette lueur sans un mot. Peut-être que les autres trouvaient de la beauté aux nuages noirs luisant d'or, mais eux non plus n'étaient pas tranquilles, et soudain le vieux guide a toussé un coup pour changer de sujet, les vigilances ont basculé, revenues sur le sol qui leur collait aux chaussures, ils ont fait des bruits de gorge, tous – sauf elle.

Lior était debout face aux montagnes. Dans le contre-jour, on aurait pu croire une statue, et rien de son corps ne bougeait, pas même un tressaillement des paupières. À l'affût, voilà, elle était déjà à l'affût ; la chasse, elle l'avait dans le sang depuis toujours, dans le sang et dans cette silhouette fine et nerveuse capable de suivre une piste pendant des jours, et jusqu'à ses mèches de cheveux, noires et courtes, ébouriffées, tel un petit animal saisi au milieu de la toundra ou des montagnes, surpris et débraillé, et prêt à détaler.

À côté d'elle mais tournés vers l'arrière, Annabelle et Gauvain cillaient sous le vent. Hadrien était heureux qu'ils soient là, comme si la présence de gens amis rééquilibrait – un peu – la violence ordinaire des grandes chasses. Ils se connaissaient depuis des années, depuis qu'ils s'étaient rencontrés lors d'une longue randonnée en montagne et avaient découvert qu'ils étaient presque voisins. Des sportifs : Lior les avait appréciés au premier coup d'œil. Et des chasseurs – tout s'emboîtait à merveille entre eux. Annabelle était une grande blonde aux yeux bleus, passionnée de kayak. Le plus étonnant était la ressemblance qu'il y avait entre son mari et elle ; tout le monde les croyait frère et sœur, malgré les taches de rousseur qui venaient s'éparpiller, l'été, sur le nez de Gauvain et qui faisaient rire sa femme. Lui avait pris quelques kilos avec le temps, mais personne ne pouvait rivaliser avec lui sur une marche forcée de vingt kilomètres. Hadrien était le parrain de leur premier enfant. C'est lui qui les avait convaincus de les accompagner, Lior et lui, au Kamtchatka – ils avaient déjà fait ensemble plusieurs de ces voyages si particuliers.

Hadrien les voyait se parler sans les entendre à cause des rafales qui tourbillonnaient encore, des bourrasques, des gifles, combien faisait-il cet après-midi au milieu des caillasses et des forêts, peut-être dix degrés, mais cette saleté de vent d'ouest poussé par la mer d'Okhotsk ne les avait pas lâchés de la journée. Les autres fumaient sans rien dire, Jonas, Oscar et le vieux Vlad – le guide.

Hadrien avait continué à regarder Lior.

Oui, quand elle chassait, elle était vivante, c'est pour cela qu'il l'accompagnait toujours malgré les hésitations qu'elle faisait semblant d'avoir. *Tu n'aimes pas ça,* disait-elle, et c'était la vérité vraie, il n'aimait pas la chasse. Pendant un temps, il avait tenté de la convaincre de se mettre au trekking, à la photo, n'importe quelle traque mais sans fusil. Elle avait essayé de bonne volonté, pensait-il, et cela avait échoué. Sûrement, comme disaient ses sœurs à lui, aurait-il fait n'importe quoi pour lui plaire, mais que pouvaient-elles comprendre à la joie exaltée qu'il ressentait au fond de son ventre quand cet éclat si singulier venait animer les yeux de Lior, son regard sauvage, son sourire étiré sur ses lèvres fines, et jusqu'à la souplesse de son pas lorsqu'il s'agissait de courir la montagne sur les traces d'une bête, elle murmurait pour l'encourager lui Hadrien : *Viens, viens, regarde.*

Et oui, c'était vrai encore, jamais elle n'avait la voix si vibrante que pendant ces périodes de chasse. Ni quand ils parlaient d'avenir tous les deux, ou qu'ils s'attardaient dans les bras l'un de l'autre devant l'étang bleu et gris, là où ils avaient acheté la maison dans laquelle ils s'enfuyaient certains week-ends trop beaux pour rester à Paris, au fond de la Nièvre ; Lior n'était jamais aussi ardente que dans ces moments de traque. Pourtant, il en était certain, elle l'aimait, d'une façon particulière oui, avec son regard noir qui s'éteignait trop vite, mais enfin, Lior l'aimait, il n'y avait pas à revenir sur ce point. Seulement elle n'était pas tout à fait comme les autres, elle n'était pas tout à fait là avec eux, et même avec lui.

Sauf quand elle chassait.

Hadrien préférait ne pas trop y penser ; bien sûr, quelque chose devait tourner étrangement dans la tête de Lior, pour qu'elle ressuscite chaque fois à l'instant où elle prenait le fusil entre ses mains, qu'elle le chargeait, faisait claquer le canon en le refermant, et ce regard toujours qu'elle aurait voulu calmer. Il voyait bien l'exaltation soigneusement dissimulée, un grain de folie peut-être, et ce n'était pas grave, elle l'aimait, se répétait-il, alors que ce soit un peu moins que les armes et un peu moins que le gibier, lui seul le savait, et il avait décidé que cela n'avait pas d'importance.

Tant qu'elle était là.

Depuis des années, il la suivait dans ses chasses, c'était ainsi. La seule chose, c'est qu'il tournait la tête lors de la mise à mort des bêtes. La couleur du sang sur l'herbe, sur la roche, sur la neige, c'était leur unique point de discorde, il n'en démordait pas, il n'y avait pas de poésie dans le sang qui coule – toute cette vie dedans, disait-elle – il répondait : tout est déjà mort.

Ils en avaient croisé des chasseurs aussi, des centaines, se remémorait-il, s'il fallait les compter, des gens comme Oscar et Jonas – Annabelle et Gauvain, ce n'était pas pareil, ils aimaient la nature et les grands espaces avant la chasse, comme lui sans doute, il les mettait à part. Et Vlad, mais Vlad c'était encore autre chose, c'était le guide, dans ce pays on ne pouvait pas partir seul à l'aventure. Bref, ils en avaient rencontré des tas, Dieu qu'il s'en serait passé lui Hadrien, aujourd'hui encore il se sentait à l'écart, Lior avait raison, il n'aimait pas la chasse, et il n'aimait pas les chasseurs.

Ni le froid, d'ailleurs. Geler sur place dans le vent épouvantable du Kamtchatka, si on lui avait dit. Fallait-il qu'il en soit dingue, de cette fille, au bout de cinq ans ; mais très exactement, il l'avait su dès le premier jour, dès le premier soir dans ce restaurant où ils venaient fêter l'anniversaire d'une amie. Lior se contentait d'accompagner un type bien habillé, bien élevé et insupportable. Oui, il avait su tout de suite – et en même temps – qu'il ne pourrait pas vivre sans elle, et que cela ne serait pas toujours facile.

Sur les deux tableaux, il avait gagné. Il aimait à la folie le paradoxe de cette femme d'une froide élégance, qui rentrait le soir, superbe et impénétrable, de la banque où elle se jouait de centaines de milliers d'euros, peut-être de millions se disait-il, sans un battement de cœur et sans un battement de cils, et qui, à l'intérieur, crevait d'attendre les échappées sauvages qu'ils s'offraient trois fois par an, où enfin ses cheveux noirs et courts se décoiffaient, ses pantalons se tachaient de boue, ses mains retrouvaient l'ineffable geste de la balle que l'on met dans la chambre et de l'arme que l'on allonge pour viser une cible. Bien sûr, il y avait aussi quelques petites chasses, les week-ends, pour garder le rythme, ou le goût du sang. Mais Lior vivait dans l'impatience de ces grands ailleurs, de ces grands gibiers, là où tout la dépaysait, là où, affirmait-elle, chacun avait sa chance, les bêtes comme les chasseurs.

Peut-être était-ce parce que Hadrien avait toujours vécu à Paris, dans le cocon trépidant des villes qu'interrompaient ici et là les aventures ordinaires de ses vacances, que le flamboiement de Lior l'avait fasciné. Dans son regard, il avait perçu, ce premier soir, une différence indéfinissable ; très vite, il comprendrait que c'était une sorte de sauvagerie inconnue, d'élan affamé vers quelque chose d'animal, et Lior, qui chassait déjà, lui avait expliqué d'une phrase en parlant des bêtes qu'elle traquait : *J'ai l'impression d'être des leurs*. Mais, soit qu'elle se fût exprimée de manière imprécise, soit qu'elle ait volontairement menti, Hadrien avait vu, dès la première chasse où il l'avait suivie, à quel point c'était faux. Elle n'était pas l'un des leurs. Elle était, réellement, un chien de meute ; le plus doué, le plus affûté, le plus dangereux de tous les chiens de meute.

Il l'avait senti jusqu'au fond de son corps au moment où elle avait mis à mort un cerf blessé, à demi couché déjà, que les chasseurs avaient rejoint un peu avant le coucher du soleil.

Ils lui avaient proposé, à elle, et elle avait accepté. Bien sûr, il s'en était trouvé un ou deux qui avaient voulu lui donner des conseils, mais ceux qui la connaissaient leur avaient mis une main sur le bras pour les faire taire : Lior n'avait besoin de personne. Hadrien se tenait immobile, à cette place un peu en retrait qu'il ne cesserait jamais d'occuper lors de ces grandes chasses effroyables. Il regardait Lior, et il regardait ceux qui la regardaient. Car ce n'était pas le cerf qu'ils observaient : c'étaient les gestes de Lior, cette main qui ne tremblait pas, ces pas qui s'avançaient lentement par-derrière l'échine de la bête, ce bras qui s'était lancé vite, qui avait creusé une longue entaille, pour trancher l'artère. Après, le sol avait murmuré sous le poids de l'animal qui s'effondrait, la terre avait frémi sans bruit. C'étaient les pieds d'Hadrien qui lui avaient annoncé la fin de la chasse, avec la fin des vibrations, car il avait fermé les yeux à l'instant où la lame du couteau perçait le cou de la bête et où le sang avait jailli en perles rouges et noires.

Mille fois, il s'était dit qu'il aurait dû s'enfuir. Abandonner Lior et sa fascination pour la chasse, et ces drôles de choses dans sa tête – il le percevait dans tant de signes minuscules : par exemple à la maison, quand elle se laissait tomber en arrière, raide et droite et les bras en croix, sur le lit, sur le canapé, sur le tapis. Chaque fois, le temps d'une fraction de seconde, il cédait à la panique, est-ce qu'elle perdait connaissance, est-ce qu'elle mourait. Elle restait immobile là où elle s'abattait, les yeux grands ouverts et le regard replié à l'intérieur. *Qu'est-ce que tu fais?* disait-il dans un souffle. Elle ne savait pas. Cela lui venait, c'est tout.

Oui sans doute, s'il avait été raisonnable, Hadrien aurait dû partir – et il n'était jamais parti. Il n'avait jamais laissé Lior. Il se sentait comme un lièvre pris au piège : elle avait déjà serré les lacets autour de son cou et il ne s'était aperçu de rien. Mais il n'aurait pas supporté de vivre sans elle. Tant qu'elle n'existait pas pour lui, il aurait pu être sauvé ; à l'instant où il l'avait rencontrée, c'en était fini. Et au fond il était heureux.

Il avait cessé d'essayer de la comprendre, de la décortiquer, de l'analyser. Il la prenait comme elle était, c'était à lui de voir si cela lui convenait ou non, et bon sang, oui, qu'il était heureux, même si elle continuait à le déconcerter trois ou quatre semaines par an – ou peut-être à cause de cela, de ce qu'il avait épousé cette femme insondable, insaisissable, imprévisible. Il avait arrêté de lui poser des questions, arrêté de rôder autour de son passé à elle, qu'elle taisait farouchement, de lui demander pourquoi la chasse, pourquoi cette férocité, mais il aurait pu aussi l'interroger sur ses peurs, que trahissaient ses regards, ses cauchemars, ses refus obstinés de choses sans importance, comme manger du lapin ou marcher sur les fissures du macadam le long des trottoirs, entrer dans une église, acheter des fleurs. C'est pour cela qu'il avait fini par se taire, parce que les questions étaient trop grandes, et que Lior pouvait les lui retourner également – lui aussi avait des manies, des petites obsessions, une façon de pencher la tête sur le côté, toujours à droite, quand il était contrarié. Il avait réfléchi. Il avait décidé de faire table rase du passé, comme si rien n'avait existé avant eux deux.

Bien sûr que c'était faux. Mais il fallait vivre, à présent.

Depuis, il avait cette place auprès d'elle, celle qu'il avait rêvée, un rôle entier – hormis pendant ces temps de suspens où la chasse occupait Lior plus sûrement qu'un démon s'empare d'une âme, et qu'il lui fallait y consentir et disparaître, et ne rien demander ni attendre, jusqu'au son de la trompe qui ramenait lentement sa femme au monde, et au creux de ses bras.

Hadrien n'en souffrait plus.

Fini les cauchemars des premiers mois, où Lior caracolait telle une bête tout droit sortie des enfers, où les cerfs, les sangliers, les renards arboraient une tête humaine et suppliaient qu'on les épargne. Fini la haine des chasseurs, les autres, ceux qui beuglaient, ceux qui buvaient, ceux avec qui il fallait ripailler quand la traque s'achevait – et véritablement le terme *s'achever* était celui qui venait à Hadrien, dans la fatigue qu'il en avait, dans le désir parfois de tous les tuer, chacun son tour, dirait-il, et de marcher sur leurs cadavres blancs et mous. Fini aussi, enfin, la confusion effrayante entre les cris du gibier et les sirènes d'ambulance qui continuaient dans sa tête longtemps après son réveil.

À présent, il ne disait plus rien.

Il avait décidé de la regarder, elle, pendant les chasses, avec cette intensité superbe sur son visage et dans ses gestes. Il la regardait à en crever, c'était sa façon à lui d'essayer de l'aimer.

Quand il avait besoin de s'encourager, il murmurait son nom sans que personne entende, *Lior, Lior*. Elle était toujours là, au bout du chemin, elle lui souriait toujours, même quand elle devait l'attendre. Alors il passait devant les autres, les chasseurs sans lumière, il calait sous son bras le fusil avec lequel il n'avait jamais tiré et, la touchant de l'épaule sans oser davantage, souriait à son tour, l'air plus heureux qu'il n'était sans doute, mais très heureux quand même, parce qu'elle était là, et lui se tenait auprès d'elle.

Enfin voilà, ce jour-là, il y avait cette lumière jaune dans le ciel et Hadrien savait, par une sorte d'instinct irrépressible, qu'autre chose était là également. Il aurait été incapable de dire quoi, mais cela lui serrait la gorge.

Peut-être que cela n'existait pas, au fond.

Ou peut-être cela se préparait, comme une tempête qui couve pendant des heures, pour être suffisamment en colère, et cela éclaterait quand il n'y penserait plus, il le remarquerait à peine.

Vraiment, les autres semblaient agacés par les gouttes de glace que le vent balançait sur leurs visages malgré les visières et les bonnets et les lunettes, et il sentait la tension autour de lui. Seule Lior ne pliait pas, ne baissait pas la tête.

Elle regardait loin devant, parce qu'il y avait cette lumière.

Et même si aucun d'eux ne le savait à ce moment-là, il y avait aussi l'ours.

La veille, après un long voyage et une escale à Moscou, ils avaient fait connaissance. Avec Oscar et Jonas d'abord, à l'hôtel. Et puis avec Vlad, et ce qui serait leur allié ou leur pire ennemi pendant cette semaine-là : le terrain. Une sortie de rien, trois petites heures dans le froid et dans le vent, pour prendre la mesure. Le dénommé Jonas avait souri en rentrant et en enlevant son manteau devant la cheminée.

— Ça va être quelque chose, hein !

À cela non plus, Hadrien ne s'était pas habitué : la complicité immédiate entre eux. Ailleurs, ils ne se seraient jamais rencontrés, n'auraient jamais engagé la conversation, imaginé même qu'ils puissent le faire. Mais là. *Entre chasseurs*. Il ne fallait jamais longtemps pour que les uns et les autres mettent sur la table leurs souvenirs les plus éreintants, les plus marquants, les bouts du monde les plus incroyables, les gibiers les plus difficiles. Ils partaient de la certitude que chacun comprenait ce qu'ils voulaient dire – et tous ils hochaient la tête d'un air entendu, bien sûr qu'ils saisissaient, qu'ils devinaient, qu'ils appréciaient d'un claquement de langue ou d'un petit rire, ils étaient du même monde, pour un week-end ou une semaine.

Rien de tel cette fois-ci : le groupe était du genre taiseux.

La veille au dîner, hormis quelques récits de chasse dépouillés, ils avaient entendu les cuillères racler le fond des assiettes pour finir la soupe – une soupe épaisse, pleine de morceaux de viande et de légumes, qu'ils avaient saucée avec du pain noir sans goût, un dîner des campagnes anciennes, avait pensé Hadrien, on pourrait être cent ans plus tôt, sans téléphone ni télévision, une cabane à l'orée des bois en attendant de plonger là-dedans le lendemain.

Le matin, le ciel était d'un bleu laiteux, le vent toujours présent.

Annabelle et Gauvain discutaient à mi-voix, adossés au 4 × 4. Hadrien les enviait : ils se suffisaient à eux-mêmes, un minuscule univers à deux, pas besoin des autres, pas besoin de se mélanger. Ils échangeaient des impressions sans doute, faisaient des hypothèses, passant une main sur les sacs qui enveloppaient les fusils. Annabelle fit un geste vers Hadrien, un sourire illumina son visage. Elle savait qu'il s'astreignait à être là avec eux ; elle avait toujours pris garde, avec beaucoup de discrétion, qu'il ne souffre pas trop de ces atmosphères tendues vers la mort – puisque c'était ainsi qu'il en parlait. Hadrien lui rendit son signe, et c'était vrai : l'attention d'Annabelle réconfortait quelque chose d'attristé en lui, cela et la délicatesse de Lior, qui ne l'avait jamais tenu à l'écart de ses élans farouches, jamais oublié au bord d'un chemin, ne lui avait jamais fait sentir que ces jours-là il n'était pas de leur monde. Alors, avec constance et bien obligé, il leur emboîtait le pas.

Jonas le Suédois, lui, se tenait en retrait. Noueux, vif, il attendait. Hadrien le voyait piétiner par moments, devinait que ce n'était pas le froid.

Impatience.

Comme Oscar, aussi muet que l'autre, mais impassible. En moins de vingt-quatre heures, Hadrien avait deviné chez lui une brutalité primaire, un chasseur au cuir aussi dur que celui des buffles, sans âme, sans finesse, mais d'une efficacité redoutable. Oscar chassait pour tuer, il l'avait dit lui-même : *point barre*. Il avait ajouté avec un affreux sourire : *Je suis le plus fort. Je veux que les bêtes le sachent.*

— Ça t'apporte quoi ? avait demandé Jonas.

Oscar n'avait pas compris la question, ou pas voulu. Il l'avait éloignée comme on éloigne un insecte dérangeant, du bout des doigts, d'une pichenette. Cela valait aussi pour Jonas, il n'y avait pas d'équivoque dans le regard d'Oscar. À cet instant, une certaine animosité s'était levée entre eux – une antipathie larvée qui ne mènerait à rien, qu'à se mépriser le temps de la chasse, cela arrivait dans ces groupes-là, on n'aime jamais tout le monde. On se tolère en attendant les événements qui donneront raison au plus fort, et celui-là n'est pas forcément le plus brutal : tous, ils ont leur chance.

Donc, ce premier après-midi, il y avait le ciel blanc et noir, la lumière jaune là-bas, et cette froideur de l'air. Cela détonnait avec les prévisions météorologiques. Vlad avait assuré que cela ne durerait pas : c'était encore l'été et en cette saison, si les nuits pouvaient geler bas, les journées étaient souvent douces et pleines de soleil. *Cela viendra*, avait-il articulé dans son mauvais anglais. Il n'avait rien dit sur la lumière jaune. Ensuite, il s'était tu et il avait regardé le ciel.

L'été : la moins bonne saison pour la chasse, pourtant. Au printemps, les ours avaient un poil plus beau, on les repérait mieux sur la neige. Tout juste sortis de l'hibernation, ils se ruaient sur la nourriture, herbes, racines, poissons, charognes. La richesse de la nature, au Kamtchatka, leur évitait d'aller courir très loin ; c'est aussi pour cela qu'on y trouvait des ours pesant jusqu'à six cents kilos – des trophées qui faisaient rêver tous les chasseurs.

Lior avait choisi l'été justement parce que la chasse était plus difficile. Le poil brun des ours se mélangeait aux couleurs des paysages, on les croisait moins souvent qu'au printemps et, avec la neige fondue, il n'était plus question de suivre leur piste en motoneige. Par ailleurs, elle avait cherché une chasse sans chiens. Ce serait plus égal. Hadrien avait ri : là-bas, avec un ours pour vingt-cinq habitants, on ne risquait pas de revenir bredouille, il y en avait partout. Elle avait haussé les épaules, une moue boudeuse sur le visage.

En fait d'été, donc, cela commençait par des averses de neige inattendues et du brouillard. Vlad avait bien sûr arpenté la région avant leur arrivée, il savait où étaient les ours. Tout l'art du guide tenait dans le juste équilibre entre suspense et réussite. Trop facile, cela ne plaisait pas ; c'était ce défi que vendait l'organisateur de la chasse, un trek sportif où rien ne garantissait que les chasseurs auraient leur ours – un défi bien artificiel car dans les faits quatre-vingt-quinze pour cent d'entre eux rentraient avec leur pelisse. Cependant tout le monde faisait comme si. Il fallait être patient, concentré, vaillant. Ce premier jour, ils gagnaient le point de départ de la chasse pour ensuite rattraper la source de la rivière puis la longer jusqu'au lac, là où les bêtes cherchaient des saumons afin d'engraisser avant l'hiver. Vlad les avait prévenus : des ours, ils en verraient sans cesse, un ou deux chaque jour. Surtout, ne pas tirer. Attendre de trouver les plus beaux.

Ils y croyaient.

À cet instant, dans le vent, Vlad ne disait rien, avait une attitude très proche de celle de Lior, avec ses yeux étrécis à cause du froid et son visage qu'il tournait pour que ses oreilles échappent au sifflement des bourrasques, repérant le moindre bruit *autre*, le moindre indice qui les mettrait sur la piste des ours promis et qu'il avait donc devinés, deux jours avant leur arrivée à eux, vers le nord. Hadrien l'observait de biais, attendait une consigne. Il savait maintenant la force du petit homme à la peau tannée par les vents. La veille, en découvrant le vieux qui allait les accompagner pendant une semaine, les chasseurs avaient d'abord craint d'être ralentis ; mais le soir, après le circuit à marche forcée qui leur avait donné une idée du terrain auquel il faudrait se frotter, ils avaient regardé autrement cet homme qui avait disparu de longs moments au cours du parcours, qu'ils pensaient avoir semé, et qui les attendait plus loin, plus haut, passé par où ? Sans bruit et sans traces, il s'était évanoui dans la nature, les avait doublés, les précédait toujours.

Petit, sec, emmitouflé dans son manteau et son bonnet de fourrure qui laissait à peine voir une peau tannée par le froid et creusée de rides profondes, Vlad ressemblait à un personnage tiré de vieilles légendes. Qu'il eût craché des crapauds lorsqu'il parlait ou marmonné d'étranges et obscures incantations, Hadrien ne s'en serait pas tant étonné. Il baragouinait un anglais que tous comprenaient, mais il s'en servait peu. La plupart du temps, il disait un mot accompagné d'un geste – c'est ce geste, plus que tout, qui les éclairait, eux les chasseurs, et ils hochaient la tête en reprenant entre eux en anglais pour être sûrs.

Le manteau de Vlad avait un cercle rouge et plein dessiné en haut du dos, presque à hauteur de nuque. Le même sur la capuche, qu'on ne voyait que lorsqu'il la mettait. Ils avaient compris que c'était un repère pour le suivre, s'il se mettait à neiger trop tôt, s'ils étaient pris dans une tempête – ce qui ne devait pas arriver, mais qui sait ce que cette saison pouvait réserver dans un tel endroit. Ou alors le brouillard.

Plus qu'un repère, dans ce cercle rouge Hadrien avait identifié une cible tracée à la base du cou de Vlad, cela l'avait mis mal à l'aise ne serait-ce que d'y penser, Vlad n'était pas l'ours. Et Hadrien n'était pas le seul à avoir eu cette idée car Oscar, derrière le dos du vieux, avait fait mine d'épauler et de tirer sur ce rond écarlate avec un demi-sourire, vraiment c'était un appel, une tentation qu'il faudrait écarter, le manteau de Vlad avait déjà la couleur du sang. Hadrien avait fait mine de ne pas voir le geste d'Oscar, Jonas avait secoué la tête. Le guide, lui, ne s'était aperçu de rien ; du moins était-ce ce qu'ils s'étaient tous dit, jusqu'à ce qu'Hadrien revenant à ses côtés saisisse le regard éclatant du vieux, aussitôt masqué par ses paupières fermées le temps d'un long cillement, il savait, il avait senti. Il les surveillerait tous, à chaque instant. Hadrien avait sursauté avec la même fascination que suscitait en lui le murmure de Lior, quand elle montrait une direction que rien n'indiquait, quand plus aucune trace de gibier ne lui apparaissait, à lui, et qu'ils remontaient une piste improbable – après quelques centaines de mètres, ils trouvaient la marque d'un pas, une goutte de sang, des herbes écrasées. Alors elle se mettait à courir sans bruit.

À petites enjambées, Hadrien s'était approché de Vlad, ne sachant quoi dire pour masquer son embarras.

— Par là ? avait-il murmuré.

Le vieux s'était tourné vers lui avec lenteur.

— Je ne crois pas, non.

Sans un mot de plus, il avait rallumé sa cigarette mouillée par le brouillard. Cela en resterait là. Le lien avec Vlad, si lien il y avait, était si ténu qu'une nouvelle rafale suffirait à l'emporter.

Le guide avait regardé Lior, qui se tenait tendue de l'autre côté, plus loin. Il avait rejoint la jeune femme sans un mot, observant avec elle – observant quoi ? se demandait Hadrien en les voyant renifler l'air, immobiles et muets, comme s'ils pouvaient repérer l'odeur de l'ours de là où ils étaient, giflés par le vent glacial, et que tout ne se trouve pas sur la terre et les herbes, les empreintes, les traces, la piste enfin.

Alors Vlad avait sifflé entre ses dents, un suintement grave qu'ils auraient pu confondre avec le vent si le vieux ne le leur avait pas fait écouter la veille, pour le reconnaître, et il avait attendu que tout le monde arrive. D'une main, il avait montré le chemin que regardait Lior et il avait hoché la tête.

— Là.

L'ours

De loin, l'ours ressemble à une statue contemplant la vallée. Assis comme le serait un chien, les pattes avant sagement rassemblées l'une contre l'autre, il ne bouge pas. Il sent bien, sous son arrière-train, une pierre lui piquer la peau, mais il a tellement l'habitude. Sur cette péninsule de plus de deux cent cinquante volcans, la roche endurcit même les doigts des oiseaux.

Les abords des rivières sont des lieux de prédilection pour l'ours, car les poissons pullulent. Mais cela se paie, à coups de pierres bleues ou noires, parfois tranchantes, auxquelles il ne prête plus attention tant ses pieds ont été mille fois blessés, mille fois réparés, recouverts d'une corne que rien ne peut plus abîmer.

Alors, méprisant l'agacement, il regarde.

Le jeu des rivières au milieu des herbes et des forêts, les plages de galets durs. Une terre qui oscille entre la sécheresse des zones volcaniques et l'exubérance des sols gorgés d'eau, parfois de sources chaudes, faisant éclater plantes et arbustes d'un vert flamboyant. Souvent, une fumerolle monte dans le ciel, et ici cela ne veut plus rien dire tant les sous-sols bouillonnent et crachent sans relâche, un monde instable, ni plus ni moins, sans êtres magiques, sans portes des enfers comme les humains l'ont longtemps cru.

Lui, l'ours, ne réfléchit pas à tout cela.

Juste, il regarde.

Il digère.

Il a passé la matinée à pêcher, et bien qu'il ait longuement fait sa toilette, après, ses babines sont encore barbouillées de chair de saumon. Le mauvais temps ne le dérange pas ; il sait que cela ne durera pas. Trop tôt pour le changement de saison, et pas un signe ne lui vient – sans quoi il se dépêcherait de manger, jusqu'à l'indigestion. Mais son poil n'a pas commencé à s'épaissir, et le vent, malgré les rafales, conserve un fond de douceur.

L'été, encore.

S'il pouvait se le rappeler, l'ours frissonnerait à l'idée que les grands froids reviendront, avec leurs paysages glacés et leurs mois d'hibernation sans fin, les ventres vides, la faim qui rend fou. Surtout, ne pas y penser.

L'ours ne dort pas pendant l'hiver. Il est très différent de ces petits animaux qu'il trouve parfois lorsqu'il sort au cœur de la mauvaise saison, réveillé par du bruit ou attiré par une journée de soleil timide. Ceux-là, leur état de torpeur et d'insensibilité ressemble à la mort. Les reniflant du museau, il est arrivé que l'ours les fasse tomber de l'arbre où ils étaient recroquevillés, de la cachette où ils se croyaient invisibles ; ils ne se réveillent pas, comme raidis par le gel. Ils tombent et c'est tout. Cela fait *poc* sur le sol. Il n'y a pas de chasse. Il suffit d'ouvrir la gueule pour les croquer.

L'ours, lui, au fond de sa tanière, a le cœur qui descend à dix pulsations mais il est éveillé. Roulé en boule pour conserver la chaleur, il somnole. Il écoute. En vérité, l'hiver est si long qu'il fait semblant de dormir.

Mais quand ils n'ont pas assez de réserves, quand ils n'ont pas fait assez de gras, les ours se raniment. Le besoin de manger est plus fort que le confort relatif des grottes – il n'y a pas de bon choix, entre rester au chaud et mourir de faim, ou sortir chasser d'hypothétiques proies et crever dehors parce qu'il n'y a rien.

L'ours assis devant le paysage n'est pas très vieux et il a fait cette erreur, l'été précédent. Il a mangé, mais pas suffisamment. Une jeune femelle dont il s'était entiché l'a emmené vagabonder, jouer dans les herbes, courir les vallées.

Attrape-moi, attrape-moi.

Il a oublié de manger.

Elle aussi.

Après, ils ont cherché une cachette, chacun de son côté, comme toujours. L'ours ne sait pas si la femelle a survécu à l'hiver. Lui a failli y rester. Il a perdu tant de poids qu'il a dû affronter le vent et la neige trop souvent, cassant ses griffes sur la terre gelée pour déterrer quelques racines, quelques tubercules, des tiges d'herbe glacée aussi, et jusqu'à l'écorce de petits arbres. Au printemps, ce qui est sorti de la tanière n'était que l'ombre d'un ours, comme s'il avait été longuement malade, le poil terne et collé, efflanqué, le souffle court.

Toute la saison, il l'a passée à se raccommoder. Manger, manger encore et toujours – mais quoi, quand on est trop faible pour chasser ou pêcher ? Les lichens, les herbes, les baies sauvages l'ont tout juste sauvé, nourri à peine, pour tenir, fantôme trop maigre. Se coulant dans le sillage des grands ours, des mères élevant leurs petits, il a chapardé des restes de festin, squelettes de poissons ou charognes abandonnées. Le printemps a fini, il n'avait pas grandi. C'est un mystère s'il a pu survivre – peut-être grâce à un climat plus doux que les années précédentes.

Cela fait un mois qu'il est à nouveau capable de pêcher, les jours où le soleil engourdit les réflexes des saumons, où la chance lui sourit.

Alors vraiment, les chasseurs qui viennent de trouver sa trace, il n'en a pas besoin. Il sait qu'il ne tiendra pas longtemps. C'est pour cela qu'il est assis devant la vallée et qu'il contemple les sinuosités des rivières, comme si personne n'était à ses trousses, comme si rien n'allait arriver. Tous les ours du secteur ont senti, entendu les voix et le glissement des pas sur les feuilles recouvertes de cette neige si précoce. Tous, ils ont reculé pour se fondre dans les roches et les collines, la saison de la chasse n'est pas terminée.

Lui, il est là.

Il hésite.

Il cherche, au fond de lui, les forces pour partir, et quelque chose lui murmure qu'il ne les a pas.

Mais c'est sa nature, son instinct.

Fuir.

Alors l'ours se lève et hume l'air. Là où il rencontre l'odeur des chasseurs, il tourne le dos et il s'en va.

Hadrien

La chasse commence avec lenteur : Vlad impose son rythme, ne suit jamais Oscar ni Annabelle, les plus nerveux, lorsqu'ils se jettent en avant pour trouver la prochaine empreinte. Ils sont obligés de l'attendre, lui et les autres, d'ailleurs, qui marchent de concert, comme s'ils avaient le temps, comme si rien n'était urgent, leur reproche Oscar à demi-mot – et de fait, rien ne presse.

Hadrien connaît Lior par cœur, sa façon de ralentir dès que la piste est identifiée, cette confiance calme parce que le jeu ne vaut que s'il dure.

— On a signé pour un ours chacun, insiste Oscar. Cela fait un par jour. On a de quoi.

Lior préfère que les heures s'écoulent, que l'ours devine qu'il est pris en chasse ; qu'il essaie de les dérouter. S'ils ne tuent pas tous leur ours, quelle importance ? C'est la traque qui est excitante.

— Tu plaisantes ?

Jonas a des yeux ronds fâchés. Avec ce qu'ils paient, il ne manquerait plus qu'ils rentrent sans leur trophée.

— De toute façon, on les aura, soupire Lior. C'est joué d'avance.

— On dirait que ça t'ennuie.

— J'aurais aimé que les ours aient une chance.

Hadrien rit. Une chance, vraiment, avec sept chasseurs dans leur sillage, leurs fusils, leur expérience, leur soif de sang, et en ligne de mire, qui les rend presque fous, l'instant précis où l'un d'eux appuiera sur la détente en visant le cœur. Et puis tout le monde sait que ces ours bruns n'ont pas la réputation d'être très agressifs. Vlad a esquissé une moue.

— Ils ont toujours une chance, a-t-il assuré. C'est pour cela qu'il faut faire attention. Ce sont de grands prédateurs.

Une traque sans risque, Hadrien n'en démord pas.

Eux, ils veulent toujours se faire croire que si, en appellent aux accidents chaque année, quelques petits morts ici et là perforés par un buffle, décapités par un ours, égorgés par une lionne. Surtout, ne pas leur dire que le plus dangereux reste le chasseur, quand il tire au jugé.

Au jugé ? Jamais.

Et Hadrien demande : les chiens abattus par leur maître et, parfois, un promeneur qui ne devait pas être là, un rabatteur égaré cherchant son équipage – qu'en font-ils ? Ils parlent du maintien des effectifs, de l'équilibre des espèces. Vivent dans un monde de mensonges qu'ils se servent à eux-mêmes : ils sont là pour le sang et rien d'autre, pour ce geste que nulle part ils n'ont plus le droit de commettre entre eux, et dont ils rêvent tout éveillés – armer, viser, tuer. Tant pis si ce ne sont que des bêtes.

Qu'est-ce que tu fous là, alors ?

Cette question, Hadrien, on la lui a posée mille fois. Pour autant, personne ne peut se targuer de l'avoir jamais vu tirer, et on est bien obligé de le croire lorsqu'il explique qu'il accompagne simplement Lior.

Lior qu'il détesterait s'il ne l'aimait pas si éperdument, et qui le fait taire d'un regard, quand il dit trop de choses, quand il lève trop de colère. Alors il se rappelle qu'il s'est promis de la suivre sans prêter attention à ceux-là autour qui bourdonnent tels des malveillants, et il les oublie. Tournant la tête, il observe les paysages.

La roche volcanique qui partout les encerclait cède peu à peu le pas à des touffes de forêt, à des montagnes boisées encore vertes que viennent nuancer les premières teintes de l'automne. Ils sont partis d'un point haut ; peu à peu, à partir du troisième jour sans doute, ils vont redescendre la rivière dont ils cherchent la source, en espérant croiser les ours. Jusque-là, le paysage était aride : il se transforme soudain en quelque chose de sauvage et obscur, d'une beauté austère, et tant qu'ils découvrent encore ces trouées inattendues plongeant dans la vallée, sur les rivières bleues et argentées, ils en ont le souffle coupé. Mais bientôt la forêt referme leur champ de vision, le réduisant à une armée de troncs d'arbres trop serrés qui cachent les splendeurs autant que les dangers, laissant échapper un oiseau ici et là, rien d'autre, à croire que la faune a déserté ces pentes hostiles, que la lumière n'ose pas entrer tout à fait dans ces bois gris et verts où tout semble se suspendre.

C'est là pourtant qu'ils trouvent les premières traces – avant même de suivre les cours d'eau qui promettent de troublants face-à-face. Vlad leur a montré l'empreinte de l'ours, la patte bien imprimée avec ses cinq griffes sur la terre. Un ours de deux cents, trois cents kilos, a-t-il estimé en se penchant un long moment. Il y a eu un peu de déception dans le groupe.

— Deux cents kilos, c'est petit pour un ours, non ? a demandé Gauvain.

— Peut-être une femelle.

— On a le droit de tuer les femelles ?

— En cette saison, oui. Si elles sont adultes.

— Et des mâles, il y en a, d'habitude ?

— Oui, beaucoup de mâles. Des gros.

— On les aura après, alors. Après le petit pour se mettre en appétit.

Ils se mettent à rire. Vlad ne les écoute pas, marche à pas lents et réguliers. Hadrien jurerait qu'il pourrait aller des jours sans s'arrêter. Parfois le vieux s'immobilise, se retourne. Mais ce n'est ni la piste de l'ours ni les chasseurs qu'il surveille : c'est le chemin par lequel ils sont venus, qui disparaît lentement après que Jonas, qui ferme la marche, est passé. Dans la jungle, les lianes et les feuilles gigantesques se replient sur les marcheurs, effaçant jusqu'aux traces de leurs pas ; ici, c'est la géométrie effrayante des pins et des feuillus qui gomme les repères, tels d'immenses piquets de bois tendus vers le ciel, un labyrinthe dont aucun d'eux ne trouverait la sortie, les arbres se ressemblent tous, le même alignement, les mêmes larges feuilles ou épines longues et tombantes, la même rugosité sous la main. Vlad touche les écorces crevassées par le gel, remue la terre du bout du pied. Lui seul pourrait trouver la porte, oui. Les autres sentent qu'ils sont étrangers ; quelque chose dans l'atmosphère les dérange.

— Ça va ? s'inquiète Jonas.

Le vieux hoche la tête avec son drôle de sourire qui ressemble à une grimace. Dans son anglais haché, il balaie la forêt d'un geste, articule quelques mots : *this is the end of the world.* Les chasseurs acquiescent en observant cet étrange paysage figé. Le vent leur manque presque, arrêté net par la barrière des arbres. Oscar allume une cigarette avec un sourire en coin.

— Le bout du monde, ouais.

— Ou la fin du monde, ajoute Gauvain.

— T'es con.

— Mais non, on ne sait pas ce qu'il a voulu dire.

— Merde, renchérit Jonas, c'est vrai, ça pourrait ressembler à ça, la fin du monde.

Hadrien les écoute, essaie de ne pas se laisser emporter par la perplexité qu'ils exhalent. Ils sont là tous les sept, sept clones avec leurs bonnets et leurs manteaux que seule distingue la couleur – à peine cependant, car leurs silhouettes oscillent du beige au kaki, gris pour Annabelle, rien qui éclate, rien qui puisse alerter l'ours et donner une idée de leur position, croit-il. Sept dans un silence que seul le souffle d'Oscar, quand il crache la fumée de sa cigarette, brise pour deux ou trois secondes tandis qu'ils reprennent haleine en maudissant le chemin qui continue à monter quand ils attendaient de redescendre.

Hadrien parierait que, durant un instant, ils pensent tous au camp qu'ils doivent rejoindre un peu avant la tombée de la nuit, peut-être une cabane, bien qu'une voiture doive apporter les tentes – ce premier soir seulement, car après il faudra les porter, les chemins ne sont plus accessibles aux véhicules. Lui, il se demande s'ils y seront en sécurité, s'il y aura des murs, ou rien que des toiles épaisses et fragiles, ce qui les entourera, barrières ou pas, juste la faune que la nuit éveille peu à peu, les bruits auxquels il ne s'habitue pas de ces bêtes qui voient dans l'obscurité et qui, derrière les buissons, les épient dans leur sommeil. Il faut une sacrée dose de confiance, ou d'inconscience, pour s'endormir dans ces endroits-là. Hadrien se réveillera par à-coups, peut-être un frôlement, peut-être un cri ; chaque fois, Lior allongée près de lui posera une main sur la sienne.

— Tu ne dors pas ? chuchotera-t-il.

Il la devinera qui sourit. Non, elle ne dort pas. Quand elle chasse, il n'y a plus de repos. Un frémissement, un courant d'air, une ombre, elle écoute, tout le temps. Hadrien sait d'avance ce qu'elle lui répondra : *Je dormirai plus tard.* Est-ce qu'il peut lui arriver quoi que ce soit, à côté d'elle ?

Gauvain sautille sur place, bat des mains à cause du froid.

Les autres regardent toujours le paysage, la lumière presque lunaire. Juste le raclement de leurs gorges qui signifie qu'ils attendent de repartir, et à la fin, parce que Vlad n'a pas bougé, le grognement d'Oscar :

— Et alors, on y va ?

Les yeux au sol, ils cherchent les traces de l'ours qu'ils repèrent de loin en loin.

— Est-ce qu'il sait qu'on est derrière lui ? questionne Annabelle.

Le vieux observe le trajet dessiné dans les feuilles enneigées, les hésitations, les allées et venues. Il dodeline de la tête.

— Je crois.

— Là, dit Oscar en montrant les empreintes qui se recouvrent. Il s'est arrêté, il a dû nous sentir. Il a tourné en rond. Reparti en courant – les traces s'espacent. Tu parles qu'il le sait.

— C'est peut-être autre chose, lâche Lior.

Oscar la dévisage comme s'il avait une débile en face de lui.

— Un rendez-vous ?

Jonas se marre. Elle hausse les épaules. Hadrien lui prend la main en passant – si on peut appeler une main la forme enfouie sous des gants qui en doublent le volume –, un coup d'œil vers elle, qu'elle connaît bien, *Tous des abrutis*, lui dit ce regard, et elle sourit. Ils se remettent en route, Hadrien n'aime pas ces hommes-là ni ce premier jour, cela arrive parfois, une mauvaise impression, une drôle d'ambiance. Annabelle et Gauvain se taisent. Ils ont raison, se dit Hadrien, cela ne vaut pas la peine.

Le visage tiré par le froid, il marche derrière Lior. Il faut un peu d'imagination pour deviner, dans cette silhouette à la démarche pataude, épaissie par les vêtements chauds, le corps ravissant de sa femme quand elle se glisse nue sous la couette le soir, mais il y parvient sans mal, oubliant la forêt froide et l'hostilité de ses compagnons de chasse, retrouvant de la vigueur pour aller passer un bras sous le sien.

— Ça va être bien, murmure-t-il.

Lior sourit. Elle connaît Hadrien par cœur. Quand il dit cela, c'est que ça ne va pas, au contraire. Elle a une sensation similaire, trop peu d'affinités avec Jonas et Oscar, avec la tension qu'ils essaient d'imprimer au groupe. Tant pis. Seule la chasse compte, elle ne les voit pas, ces deux autres, rien ne lui gâchera le plaisir. Elle lève un pouce boudiné en signe d'acquiescement. Hadrien laisse échapper un petit rire : il a compris qu'elle mentait.

Menteurs, tous les deux, contre le monde entier.

L'important, c'est *tous les deux*.

Au même moment, les yeux rivés l'un à l'autre, ils se cognent dans Vlad qui s'est figé au milieu des arbres. Ils n'ont pas vu qu'il s'était arrêté.

Sa main levée dans un ordre silencieux : pas de bruit.

À leur tour, ils font le même geste, pour ceux qui arrivent derrière.

Une procession figée et muette.

Parce que Vlad regarde autour d'eux, ils l'imitent, ne sachant pas ce qu'ils cherchent. Par réflexe, Oscar a armé son fusil.

— Qu'est-ce qui se passe ? murmure Annabelle d'une voix si basse qu'Hadrien est le seul à deviner sa question.

Dans un mouvement, Vlad les rassemble, leur montre le sol. Des traces d'ours qui ont lacéré la terre, modifiant les repères, brouillant les pistes.

Sauf une.

Qui part à l'assaut de la montagne.

— On l'a, chuchote Oscar avec une excitation tangible.

— Qu'est-ce qu'il a fait, ici ? C'est quoi ce bazar ? interroge Gauvain désorienté.

Lior, elle, regarde Vlad. Elle a compris tout de suite.

Alors elle contemple la piste qui monte dans la forêt, songeuse.

— Mais qu'est-ce qui se passe ? répète Annabelle, tendue vers eux. On ne devait pas descendre la rivière au lieu de continuer à monter ?

Oscar grogne : *On suit l'ours, c'est tout. S'il monte, on monte.*

Lior secoue la tête.

— Vous avez vu la taille des empreintes ?

Ils se penchent tous ensemble. Avant qu'ils aient eu le temps de formuler l'idée, elle lâche :

— Ce n'est plus le même ours que ce matin.

L'ours

L'ours a choisi de monter la colline. Pas choisi : c'est un réflexe. Venu d'où ? – ce qui apparaît comme la fuite la plus sûre est toujours le chemin qui monte, jamais celui qui descend. Comme s'il fallait aller vers le ciel. Il s'en moque, de faire faire volte-face aux chasseurs, de les obliger à reprendre la montagne qu'ils descendaient. Pour lui aussi, c'est difficile. Le manque de muscles, le manque de souffle. Pour l'instant, il marche.

Lorsque le sentier se remet à plat, l'ours trottine.

Prendre de l'avance.

Il s'arrête souvent pour écouter et sentir.

Dans la forêt embrumée, on le distingue à peine. Mais, encore une fois, il sait que le mauvais temps ne durera pas. Il faut en profiter. Seulement il y a ce foutu cœur fatigué, ces foutues pattes qui peinent déjà. Pendant un moment, il se cache.

Ça ne sert à rien de se cacher.

Ils le trouveront dès qu'ils seront là.

Ça ne sert à rien de se mettre dans un trou et de tourner le dos en espérant que cela rende invisible. Aucun ours n'est invisible. Même recroquevillé, même tout petit.

Trop de traces derrière lui. Il suffit de les suivre.

De rage, il piétine la terre qui le trahit, la neige si fine qui porte pourtant l'empreinte de ses griffes. Est-ce qu'il n'est pas d'ici, lui, est-ce qu'il n'est pas du même sang que ces roches et ces collines ? Est-ce qu'elles ne devraient pas le protéger, plutôt qu'exposer son passage comme si on y mettait de la couleur pour être sûr de le rendre bien visible ? Une mouche sur un mur blanc, voilà à quoi il ressemble, une cible trop lente, déjà lasse – parfaite.

L'ours court dans la forêt et les chasseurs suivent sa piste. Il détale, soudain il ne sent plus la morsure de la fatigue. Peut-être la peur, peut-être l'énergie du désespoir, qui lui donnent un sursaut d'ardeur. Vivre ! Il file au galop, trois cents mètres, quatre cents mètres, sur le chemin qui s'escarpe. Il va trop vite, qu'importe. Il a la sensation de pouvoir tenir des kilomètres à cette allure, une sorte d'euphorie lui emplit la tête, l'altitude, une manière de conjurer le sort, d'aller puiser au fond de lui une force qui ne veut pas s'arrêter.

Encore cinquante mètres et il s'écroule.

Plus exactement il trébuche. Une pierre qui glisse. Tout s'arrête, la course, le souffle, la jubilation illusoire.

L'ours ne veut pas se retourner, pas regarder derrière. Derrière, ils sont là.

Oh, pas tout près. Mais impossible de les semer. Ils ne le lâcheront pas. Ainsi sont-ils constitués, ces êtres qui avancent en plein jour sans jamais chercher à se dissimuler, ces prédateurs suprêmes. Comme il les craint, et comme il les hait. La gueule ouverte sur un grondement exaspéré, l'ours secoue la tête et repart.

Au pas.

Ce n'est pas vrai qu'il peut courir pendant des heures.

Petit pas.

Langue pendante, avec le cœur qui lui broie la poitrine.

Pour aller où ?

Juste aller de l'avant. Dans son crâne animal, c'est la seule chose qui cogne – avancer, ne pas céder.

Et soudain, l'odeur.

Mais une autre, une nouvelle. Proche, et étrangère en même temps.

L'œil roulant dans son blanc, l'ours regarde autour de lui. Il est inquiet, même s'il a saisi que ce n'étaient pas les hommes. Des effluves animaux, puissants, entêtants. Une bête qui mange le ciel – et d'un coup il est là devant lui, campé sur un promontoire, ses quatre pattes grosses comme des arbres, plantées dans le sol qu'il arrache à chaque foulée. L'ours tressaille, se ramasse sur lui-même, comme pour encaisser le choc. Il a beau être chétif, il sait aussi que l'animal en face de lui est anormalement gros, quelque chose de l'ordre des créatures monstrueuses, des mâles solitaires que l'on ne croise jamais, hormis s'ils décident d'apparaître.

Oui, l'ours en face de lui est prodigieux, par sa taille, par les muscles qui roulent sous la fourrure épaisse, par son silence aussi. On dirait une statue chevauchant la montagne, barrant le soleil de sa masse presque noire, assombrissant ce jour d'été.

Et lui, le petit ours, comprend qu'il est en danger. Pourtant il n'y a aucune raison. Il n'a rien volé, il n'est passé sur aucun territoire marqué, n'a pissé sur aucun repère qui ne soit le sien. Et puis, en cette saison, le poisson et les plantes sont si abondants que ce ne peut pas être une question de faim – sans quoi, il s'en souvient pour l'avoir vu, les ours sont capables de tuer leurs congénères les plus faibles pour survivre.

Alors pourquoi le monstre est sur sa piste, il l'ignore. Mais ce dont il est sûr, c'est qu'il n'y a nul hasard dans cette rencontre : l'autre le cherchait, le suivait depuis longtemps peut-être, sous le couvert du vent, sous l'ombre de la brume. Et si le doute l'avait effleuré, la façon dont le grand ours, d'un saut, s'élance du promontoire où il le jaugeait pour atterrir à quelques mètres de lui efface toute incertitude.

Effrayé, le petit ours s'ancre au sol dans un mouvement de recul. Il essaie d'avoir l'air impressionnant, avec ses moins de trois cents kilos ridicules. Sa seule chance, c'est d'essayer de fuir ; mais si l'autre le poursuit, c'en est fait de lui, les chances sont par trop inégales. Il fait trois pas en arrière, piétine, laisse échapper un cri plaintif. Pas d'issue, pas de solution, il ne faut pas tourner le dos, il ne peut pas faire face. Les chasseurs d'abord, le gros ours ensuite... Au fond de lui, il se fait à l'idée que le combat est inévitable, et affronter un de ses semblables lui semble plus rassurant qu'être traqué par les chasseurs jusqu'à son ultime souffle.

Le grognement devant lui le fait sursauter. Par réflexe, il marche un pas sur le côté, comme s'il s'en allait simplement, étourdi par la peur. L'autre lui barre le passage d'un bond, réitérant ses grondements sourds et rauques, le poussant vers l'amont de la montagne ; et le petit ours devine peu à peu que ce n'est pas la bagarre que le grand est venu chercher, mais une intimidation qui reste hors de sa compréhension, une domination qu'il ne discute pas, cédant d'un coup en prenant le chemin indiqué, car c'est bien de cela qu'il s'agit. Il s'engage dans le sentier invisible et le gros ours le suit. À vrai dire, cette présence quelques mètres derrière lui n'est guère rassurante, mais la tension s'est apaisée, aucune attaque ne se prépare, c'est certain. Il ne reste que les battements de cœur trop rapides et les coups d'œil troublés par-dessus les épaules.

Dans sa hâte à gravir la montagne, le petit ours ne voit pas que l'autre marche très exactement dans ses traces, recouvrant ses empreintes de ses pattes colossales. Il ne le voit pas griffer le sol par endroits, brouillant leurs pas, tournant en rond pour rendre la piste illisible.

Il ne comprend pas non plus pourquoi, une heure plus tard, en arrivant au bord d'une rivière, le gros ours le pousse dans l'eau, l'oblige à patauger encore une heure en descendant – puis soudain fait volte-face et l'abandonne pour remonter le cours d'eau en courant.

Hadrien

Il y a eu un long moment de silence, après. Tour à tour, ils se sont approchés des empreintes, ont mis la main dedans.

— Ouais, a craché Oscar.

Regardé Vlad.

— C'est pas deux cents kilos, ça, hein.

Le vieux observait toujours la forêt.

— Les traces, a repris Oscar, elles font le double des précédentes.

— Un autre ours, vraiment ? a demandé Annabelle, éberluée.

Vlad s'est retourné.

— Oui.

— Un gros ?

— Oui.

— Mais… et l'autre, celui qu'on suivait ; il est où ?

Le vieux n'a pas répondu. Mais Hadrien les a sentis avec une telle force, les mots tus, une telle interrogation, qu'il a cru que Vlad les avait prononcés pour de bon, et il a hoché la tête parce qu'il n'y avait pas d'autre réponse possible, seulement ces quelques mots qui, Lior le lui affirmerait plus tard, n'avaient pas été dits. Et pourtant, Dieu qu'il en était sûr.

Je sais pas, a dit (peut-être) Vlad.

Personne n'a bronché. Alors peut-être qu'il ne l'a pas dit, en effet.

Sans quoi ils lui auraient demandé comment un vieux type comme lui qui avait chassé l'ours toute sa vie dans ce pays pouvait ne pas savoir.

D'accord, Vlad s'est tu.

Ils sont repartis sur la piste, commentant entre eux l'étrange échange. Peut-être, tout simplement, s'étaient-ils trompés dans la journée, prenant une trace pour une autre. Peut-être la portance du sol s'était-elle modifiée, et le même ours écrasait différemment le sol – Jonas assure qu'il a déjà vu ce cas. Peut-être.

Lior rit.

— Peut-être que le deuxième ours porte le premier sur son dos pour nous égarer, aussi.

— Dis pas de bêtises, râle Oscar.

Mais quelque chose en suspens s'installe, une sorte d'indétermination, de perplexité, de curiosité aussi. Lorsqu'ils arrivent à la plate-forme où ils passeront la nuit, une heure et demie plus tard, la voiture d'accompagnement est déjà là et ils n'ont pas cessé de parler de l'ours. Dans leurs yeux, ça brille – d'excitation, d'interrogation, d'impatience. Même l'idée de dormir sous les tentes par deux degrés ne calme pas la tension de leurs bavardages, et ils dressent leurs abris en ligne devant le feu que Vlad tiendra allumé toute la nuit.

Le premier soir, le camp se monte toujours là, parce que toutes les pistes de fuite des ours passent, de près ou de loin, par le col qu'ils ont franchi avant de s'arrêter.

Après, ils ne savent pas. Ils auront les tentes sur le dos, iront là où l'ours les entraîne.

Après, c'est l'inconnu. C'est l'ours qui mène la danse.

Dans la quasi-obscurité de la tente, Hadrien contemple le sourire ravi sur le visage de Lior endormie.

*

Troisième jour. Ils se sont réveillés sous un ciel blanc et froid, ont bu le café préparé par Vlad autour du feu, en se frottant les mains. Pour agrémenter le pain noir, pas de beurre, pas de confiture ; ils balancent entre la viande fumée et les fruits secs, les barres de céréales prévues par les organisateurs ayant eu le bon goût d'adapter – un peu – les menus aux Européens qui représentent la majorité de leur clientèle.

Quand on n'est pas habitué, il est très exagéré de penser que le froid est un bon vivifiant. Ils se tiennent recroquevillés un long moment devant les flammes, hésitant à les quitter, ne serait-ce qu'en se retournant pour se chauffer le dos. Un grand soleil frais les aurait réconfortés davantage, mais le ciel est bas, de plus en plus, et durant la matinée Vlad épie les nuages clairs qui s'accumulent sur leurs têtes. Par deux fois, ils rebroussent chemin : même le vieux s'est laissé prendre par l'ours qui a gratté des brindilles pour brouiller ses pas – ou alors le guide se délecte de leur naïveté à eux, perdre du temps ne le gêne pas, au contraire ; c'est comme s'il les protégeait, ses ours, comme s'ils lui appartenaient et qu'il espère en sauver un ou deux, préférant la traque à une mise à mort inutile. Gauvain, la deuxième fois, a eu un geste d'humeur.

— Et il ne peut pas nous le dire, lui, quand on se goure ?

Oscar essaie d'allumer une cigarette malgré ses doigts glacés ; finalement, c'est Vlad qui tend la flamme d'une allumette, les yeux plantés dans les siens lorsque le chasseur ricane.

— Ça l'fait marrer, je parie.

Minuscule sourire invisible au fond des yeux bridés. Vlad pourtant ne réagit pas. D'un bras, il montre une direction et se remet en marche, les autres suivent. Jonas le retient.

— Comment tu sais ? Je ne vois rien, moi. Elles sont où, les traces ?

Le vieux baragouine quelques mots, avance en désignant le sol fouaillé sous les branches.

— On dirait un passage de sangliers, observe Annabelle.

— Oui, acquiesce Gauvain, sauf qu'il n'y en a pas, ici, des sangliers.

Alors ils remontent la piste, avides de gagner du terrain sur l'animal qui les précède, excités par sa présence devant eux, qu'il leur semble deviner si proche. Mais Vlad secoue la main ; ils comprennent que quelque chose le dérange.

— Ces empreintes, remarque Oscar, elles sont toutes fraîches, hein. Il est pas loin.

Le vieux hoche la tête. Oui. Bizarre. D'après lui, l'ours devrait commencer à accélérer pour les semer. Ou alors il n'a pas encore réalisé qu'il était suivi, mais l'hypothèse lui paraît invraisemblable. Une drôle de bête.

— Et si on monte le rythme, nous, pour le coincer tout de suite, propose Annabelle. C'est jouable, ça ?

Trop de possibilités, répond Vlad. À cette altitude, l'ours a encore une dizaine d'échappatoires, c'est pour cela qu'il faut le pousser plus loin, pour que les alternatives qui s'offrent à lui se restreignent, qu'il n'ait plus qu'une ou deux pistes devant lui, celle que lui consentent les montagnes ou celle qui redescend par la rivière. Sans cela, sûr qu'ils le perdront. Vlad a un claquement de langue étonné. Ce n'est pas l'endroit habituel. Ce n'est pas la réaction habituelle. Vraiment, un ours étrange.

— Et hisse, murmure Lior en chargeant son sac sur les épaules. Bon. On pousse ?

Après le déjeuner, des averses de neige fondue les cueillent sans surprise. Les nuages étaient devenus cotonneux, s'étirant sur la forêt comme un brouillard, cela sentait la pluie mais, avec le froid, des flocons presque gelés tapissent le ciel et la terre.

Autour d'eux, brusquement, le paysage disparaît. Blanc, partout. Le sol, les arbres, les pistes.

— On va perdre les traces, tique Jonas.

— Est-ce qu'il faudra s'arrêter? s'inquiète Annabelle. Est-ce qu'on va pouvoir le suivre?

Parce qu'ils n'ont pas vraiment d'autre solution, ils marchent jusqu'à une clairière qu'ils découvrent derrière un bosquet d'épineux, un rond de lumière inattendu, qu'expliquent une dizaine de gros troncs couchés et repoussés grossièrement sur l'un des côtés de la parcelle. Un abattage interrompu ou un gros coup de vent déblayé à la hâte, et ils regardent cet étrange trou dans la forêt, les bois autour, comme autant de chemins possibles en étoile autour d'eux, un casse-tête, un dédale imprenable.

Le juron d'Oscar.

Et puis, le cri de Jonas.

— Là!

Se précipitant sur quelques mètres, il les appelle d'un geste.

— Venez voir. C'est dingue.

Écrasant la neige et dispersant les feuilles, des empreintes toutes fraîches ont creusé une sorte de tapis puis se sont éloignées vers le nord-est. Gauvain serre les poings.

— Il n'a pas beaucoup d'avance sur nous.

— Il est surtout très con, ajoute Oscar. C'est un vrai boulevard qu'il nous montre là.

— Comment veux-tu qu'il fasse autrement? Il ne va pas s'envoler pour masquer ses traces.

Lior, ignorant les autres, regarde la direction vers laquelle l'ours les emmène.

— Ça va où, ça?

Le guide met du temps à répondre.

— Loin… C'est curieux, il prend le chemin le plus dur. D'habitude, les ours redescendent.

Oscar se réjouit. Ça commence à être intéressant. Et puis il ne faudrait pas tarder, avec ces superbes traces qui les appellent, s'ils traînent à bavasser de cette façon, la neige recouvrira tout.

— Allez, force-t-il.

Hadrien, lui, observe Lior toujours attentive à la piste qui s'éloigne. Il la rejoint, murmure à son oreille.

— Il y a quelque chose ?

— Mmm.

Petit sourire. Méfiant mais vif. Il insiste.

— Quoi ?

— Ces traces magnifiques, bien visibles malgré la neige. C'est comme s'il avait fait exprès.

— Exprès ? Je ne comprends pas.

— Il nous emmène là où il veut. Sur son terrain.

Elle réfléchit un moment.

— On verra. Mais il doit être très, très malin, cet ours.

Ils reprennent tous ensemble leur chemin à bonne allure. Hadrien retourne dans sa tête les mots de Lior. Bien sûr, elle s'est déjà trompée ; mais si peu. Alors il rattrape Vlad.

— Lior se demande si les empreintes dans la clairière n'étaient pas trop belles pour être honnêtes, lâche-t-il, l'air de rien.

— Oui, souffle le vieux.

À vrai dire, Hadrien ne s'attendait pas à ce que le vieux soit de cet avis, et la réponse lapidaire le fait sursauter. Peut-être qu'il aurait préféré que Vlad le rassure : non, l'ours ne réfléchit pas. C'est le hasard. Du déjà-vu. On a de la chance. La neige n'est pas si froide et elle a fondu sous le poids de la bête.

Mais non, Vlad ne dit rien de tout cela.

Il a jeté un œil intrigué sur Lior et regarde à nouveau Hadrien.

— C'est votre femme qui pense ça ?

— Oui.

— D'accord.

— Et alors, cette piste ?

Le vieux grignote les flocons de neige qui lui tombent sur le visage.

— Peut-être en effet qu'il ne veut pas que nous allions ailleurs.

Après deux heures épuisantes où tous tentent de garder le rythme, galvanisés par le passage de l'ours qui reste visible dans la neige, les traces s'arrêtent.

Net.

Pas tout à fait cependant : pendant un moment, l'ours est descendu le long d'une rivière. Cela a rassuré les chasseurs, il abandonnait l'idée des montagnes, et puis c'était normal, les ours restent souvent à proximité de l'eau. En suivant la piste, ils ont entendu les turbulences du courant filant en cascades sur leur droite, les bouillonnements lorsqu'un rocher bloque le passage et que le ruisseau se transforme en torrent, heurtant les cailloux de toutes ses forces pour les faire céder – en vain, et il finit par onduler, contourner, dériver, creusant la terre pour se frayer un nouveau couloir, rattrapant son lit un peu plus tard dans un remous plein d'ardeur.

— Le salaud, a grogné Oscar. Il va nous lâcher là-dedans.

Il ne neige plus. Les traces s'amenuisent dans les flocons fondus. Un kilomètre plus tard, la piste s'est effacée.

Pas lentement, pas peu à peu, donc. D'un coup.

Et pas longtemps. Quand les chasseurs se sont mis à arpenter la rive, Annabelle l'a vue tout de suite.

De l'autre côté.

En sens inverse.

Jonas a crié de colère. *Merde !*

Lior a traversé la rivière là où elle était le plus bas, s'est agenouillée avec Vlad sur les empreintes.

— Il se moque de nous, a-t-elle soufflé. Hein? Il joue avec nous.

Vlad a froncé les sourcils, indécis, suivant du regard les traces qui repartaient vers la montagne.

— Il remonte?

— Il descend, il remonte. Il nous balade, oui.

Attroupés autour des marques, les chasseurs s'interrogent. Oscar est d'avis de poursuivre l'ours où qu'il aille, tel un chien de sang increvable, et il prend Jonas à partie.

— Toi, le coureur de fond, tu me suis?

Annabelle s'exclame, enthousiaste. Elle, elle est d'accord. Gauvain est plus mitigé.

— Est-ce qu'on a une chance de l'avoir?

Et cette fois Lior ne pourra pas dire à Hadrien que Vlad n'a pas répondu, qui a les mains plantées sur les hanches en contemplant les forêts qui s'élancent.

— Je ne sais pas.

— On ferait mieux de repartir de zéro, d'en trouver un autre, suggère Gauvain.

— Et puis quoi? s'enrage Oscar. Quand tu rentreras chez toi, tu diras qu'on a changé d'ours parce qu'il était plus futé que nous?

— Y en a d'autres, des ours.

— Oui, mais celui-là, il nous cherche.

— Tu ne renverserais pas les rôles, là?

— Je ne veux pas le lâcher. Ça m'énerve, ce petit manège qu'il nous fait. Et toi? T'as la trouille, c'est ça?

Gauvain a un claquement de langue mécontent.

— Je trouve ça bizarre. Tout est bizarre depuis le début avec cet ours, et même Vlad hésite, ça pose question, non ? Ça ne me plaît pas.

Oscar secoue la tête avec un air méprisant. *Il faut que ça soit facile, quoi. Tu peux aussi aller chasser le lapin en Normandie, si tu veux. Ça ne sera pas bizarre.* Vlad les sépare, bras écartés.

— Ce que je propose, articule-t-il avec lenteur, c'est qu'on le suive jusqu'à demain. Si demain soir on s'aperçoit qu'on tourne en rond, on reprendra une autre piste.

— Tout le monde est d'accord ? s'assure Gauvain.

Et personne n'y trouve à redire.

— Alors on fonce, réclame Oscar. On a encore deux heures de jour devant nous.

Vlad est le premier à repartir. Derrière lui, ils reprennent cet ordre tacite qui s'est mis en place depuis la veille, d'abord Lior et Hadrien, puis Annabelle et Gauvain, Oscar ensuite, enfin Jonas. Une étrange atmosphère les rend fébriles, comme si c'était leur dernière chance de trouver l'ours, en même temps qu'une interrogation monte après la remarque d'Oscar : et si l'ours était réellement plus intelligent qu'eux ? Mais ils n'y croient pas, au fond, et les yeux épiant les traces laissées par l'animal, ils serrent leurs fusils, cherchent leur souffle. Peut-être une très légère inquiétude s'est emparée de certains d'entre eux. Ils n'en disent rien, pour ne pas avoir l'air de lâches. L'ardeur des autres leur fait bientôt oublier cette curieuse sensation que quelque chose suinte autour d'eux.

Hadrien marche l'épaule contre celle de Lior, tout près, quand la piste le permet. Lorsque la sente est trop étroite, il passe derrière ; remonte à sa hauteur dès qu'il le peut. Un petit coup de coude pour montrer qu'il est là.

— Quelle drôle de chasse, murmure-t-il juste pour elle.

Lior, ses yeux plissés balayant l'espace, à l'affût. Vigilante, tendue, nerveuse.

— On ne le chasse pas, répond-elle sur le même ton. On ne le chasse pas du tout.

— Qu'est-ce qu'on fait, alors ?

— C'est lui qui nous suit.

L'ours

À vue d'humain, cela ressemble à un jeu.

La chasse.

La piste. Les empreintes, les fausses, les vraies, celles qui égarent, celles qui trahissent.

Tout est sujet à cet étrange divertissement, à cette excitation que l'ours perçoit dans les voix loin derrière lui, ni peur ni rien, juste la tension entre eux parce qu'ils ne s'aiment pas, parce qu'ils rêvent d'être celui qui tirera le premier, ou le plus bel animal, ou le plus malin. Il n'y a pas de doute chez eux.

C'est peut-être pour cela que, contre toute règle de prudence, l'ours a pris la place de l'autre. Il ne veut pas que les chasseurs jouent avec une bête à demi décharnée, il ne veut pas qu'ils croient que c'est facile. Dans cette lutte à mort, les chances doivent être un peu égales. Mais peut-être aussi est-ce tout simplement parce qu'ils sont venus le chercher chez lui, sur son territoire : alors il est là. Il déteste leur odeur, il déteste leurs voix, et surtout leur présence. S'il suivait son élan, il les chargerait aussitôt pour les faire déguerpir. Mais il en a vu d'autres agir ainsi, d'autres qui sont tombés droit devant eux, ne se sont jamais relevés. L'ours se souvient du sang et de la mort au bout des fusils des chasseurs.

Enfin voilà, il a pris la place de l'autre et il n'est pas sûr qu'il ait eu raison.

Mais il essaie.

Il fait avec.

Avec la neige qui permet de laisser les traces les plus grossières, avec le soleil qui fait fondre la neige. Avec le vent froid qui ralentit les gestes – et la chaleur soudaine, qui essouffle et galvanise. La variabilité du climat est telle, dans ce pays, qu'il peut faire vingt-cinq degrés dans les vallées et neiger sur les volcans qui entourent Petropavlovsk ; un courant d'air, et soleil et flocons alternent en quelques heures. L'ours est habitué à ce drôle de temps, il s'adapte aussitôt, sans s'étonner ni se braquer, c'est sa force.

D'un coup, l'été est revenu, brûlant les feuilles dorées des arbres de la forêt. L'ours regarde vers le ciel. Après avoir descendu la rivière à la suite du petit ours, il est remonté. Il a pataugé dans l'eau, sauté sur la rive une fois rendu au même point, faisant perdre aux chasseurs la piste de l'autre. Il a suffisamment d'avance. Depuis, il pousse vers les montagnes de lave, fondu au milieu des bouleaux et des saules ; sous ses pieds, l'humus le cède à la roche, la terre se raréfie. Malgré la richesse minérale des sols volcaniques gorgés d'eau, les arbres rétrécissent, les troncs se font maigres et noueux, des pins tordus apparaissent. Alors l'ours se maintient sur une ligne à mi-hauteur pour que la forêt continue à le cacher, pour rester invisible. Parfois, il s'arrête, piétine, griffe les feuilles ou les lichens, gribouille dans la terre, dans la caillasse. Lui aussi, il brouille les pistes. Il connaît ça par cœur.

Mais ce n'est pas un jeu, non.

Si les chasseurs le rattrapent et le mettent en joue, ça ne sera pas pour rire.

Dans la tête de l'ours, il y a la survie. Tous les moyens sont bons pour y parvenir.

Cela fait des années qu'il a appris à fuir.

Qu'y a-t-il d'autre, ou qu'y a-t-il de plus cette fois, pour que la colère le submerge davantage que la nécessité de décamper ? Une fois de trop peut-être. La lassitude d'être débusqué encore et toujours. Il ne sait pas. Il ne réfléchit pas.

C'est à son instinct qu'il se fie, même s'il ne comprend rien à cette impulsion qui le tire en arrière au moment où le jour vacille, à l'instant exact où, loin de lui, les chasseurs décident de monter le campement pour la nuit. Il ignore tout de leurs questionnements, de leurs inquiétudes, des boîtes de conserve ouvertes pour le dîner, du thé qui ne réchauffe pas les corps, de la conversation qui peine à tenir tant ils sont fourbus. De là où il est, l'ours ne perçoit même pas la lueur du feu qui les console, autour duquel ils se demandent encore quel mirage a eu raison d'eux pour qu'ils aient cru voir se métamorphoser les empreintes d'un animal modeste en une bête puissante. Certains assureront, c'est la fatigue. D'autres penseront qu'il faut faire attention, car quoi qu'ils admettent, la journée les a tous confortés dans l'idée d'un ours extrêmement rusé – ils n'osent pas dire : intelligent. Les traces trop visibles puis envolées, grossières puis perdues, qui montent, descendent, remontent : soit l'ours est désorienté, malade, fou ; soit, comme le croit Lior, il se joue d'eux.

Tous, ils se trompent.

Ou ils ont tous un peu raison.

C'est pour cela qu'à l'heure où la nuit se met à figer les vivants, l'ours s'élance, une nouvelle fois revient sur ses pas, redescend en trottant la montagne qu'il avait commencé à gravir. Il se sent léger. Il pourrait voler. Rien ne l'arrête. Il voit comme en plein jour, bien mieux qu'en plein jour à vrai dire, se rit des aspérités du sol, des arbres que les ténèbres avalent.

Souvent, il passe les crêtes à ce moment-là, profitant du calme mais aussi de ses yeux enfin utiles, lui qui la journée souffre de sa vision médiocre – et puis, la nuit, le gel solidifie la neige, il se déplace à moindre effort.

Mais ce soir l'ours n'a pas de crête à passer.

Il lui suffit de descendre.

Cela dure deux ou trois heures, il ne sent pas la fatigue. Il y a une sorte de joie en lui, une excitation palpable.

Soudain, l'odeur. Il sait qu'il est arrivé.

Il ralentit.

Il s'immobilise.

Il regarde.

Comme un gros chat curieux, il se met en boule sur la neige et il ne bouge plus.

Hadrien

Tout près du feu, Hadrien écoute la nuit. La petite phrase de Lior ne l'a pas quitté de tout l'après-midi, elle est devenue un refrain qu'il a ressassé presque sans s'en rendre compte, sauf que cela faisait monter quelque chose dans sa gorge serrée : est-ce que, oui ou non, l'ours les suivait ?

Il sait bien que non. C'est une question plus vaste qui le taraude.

Faisons-nous bien d'être ici ?

De toute évidence, non.

La fois de trop ?

Non plus, il faut qu'il arrête de ruminer comme ça.

Gauvain a dit que tout était bizarre depuis le début de cette chasse.

Tais-toi.

Hadrien tressaille à chaque bruit que la forêt renvoie, chaque écho minuscule, ses yeux surveillent chaque frémissement des ténèbres autour d'eux. Il voudrait qu'il n'y ait pas de nuit, ce soir. Que la lumière soit toujours, et qu'ils repartent après avoir mangé, avalant les kilomètres à pas lents, fuyant cette sensation de désastre dont il n'arrive pas à se défaire.

Tout ça à cause de la petite phrase.

Après, sous la tente tandis que Lior ne dort pas, il le sait – mais elle a les yeux fermés, une façon d'entrer à l'intérieur d'elle-même, d'empêcher que les autres y viennent aussi –, il voudrait lui demander si elle y croyait, tout à l'heure. Finalement, il se tait. Son cœur bat trop fort. N'y tenant plus, il prend la main de Lior, la voit sourire sans ouvrir les yeux. Si elle pouvait imaginer l'angoisse qui s'est emparée de lui.

Sa voix à elle, Lior, plus bas qu'un murmure.

— Tu as froid ?

— Ça va.

— Tu trembles, non ?

— Non.

Si, bien sûr que si. Il bafouille un peu.

— Tu sais, cet ours. Tu pensais vraiment ce que tu as dit, cet après-midi ?

— J'ai dit quoi ?

Hadrien exhale un long soupir. Si Lior ne s'en souvient plus, c'est que cela n'a pas d'importance.

— Non, rien.

Un silence. Cela bourdonne aux oreilles d'Hadrien, il rêverait d'avoir un poste de radio, un iPod, quelque chose pour faire un peu de bruit.

Lior s'est tournée contre lui.

— Hadrien… la tente, je l'ai mise tout près du feu, le plus près possible, presque trop. Les autres sont plus éloignées. On ne risque rien.

— Ah ?

Il a beau faire semblant de ne pas comprendre, il serre la main de Lior dans la sienne. *Je vais essayer de m'en convaincre et dormir quatre minutes d'affilée* – cela, il ne le dit pas.

Un remerciement muet à Lior qui a pensé à cette terreur atavique du feu chez les animaux.

Parce qu'elle appréhende quelque chose ?
Tous les animaux ?
Un peu avant l'aube, Hadrien finit par s'endormir, exténué, la main toujours posée sur celle de Lior. Pas d'un sommeil tranquille, non : il abandonne. Trop de fatigue. *Tant pis*, se dit-il. Ces moments où l'extrême épuisement rend tout le reste futile, même la peur de mourir.

*

Alors à l'aube exactement, à l'instant où le ciel se grise, l'ours attaque.

*

Le hurlement d'abord. C'est ce qui les a réveillés, le pouls battant à se rompre. L'éclatement d'une peur à se faire crever le cœur.
Un son terrifiant, à peine humain.
D'un bond, Hadrien s'est levé – jusqu'à ce que Lior l'empoigne et le fasse tomber brutalement à côté d'elle, un cri étouffé : *Non !*
Les rugissements dehors, des hommes ou de la bête. Il voudrait ne jamais les avoir entendus.
— C'est l'ours ? halète-t-il.
Elle opine sans un mot. Hadrien ne bouge plus, la conscience lui revient. Avoir l'air aussi mort que possible, alors qu'il doit se faire violence pour ne pas se lever et s'enfuir dans la fin de la nuit.
Ne pas savoir ce qui se passe, d'où viennent ces beuglements effarants.
Un coup de fusil. Dans un réflexe, Lior et Hadrien mettent leurs bras autour de la tête. Comme si cela pouvait les protéger.

Dans la seconde qui suit, quelque chose arrache le devant de leur tente. La toile se déchire avec un bruit de sifflement, file sur un ou deux mètres, les empêtre. Ils se débattent à présent pour s'extraire du piège de tissu, avec l'horrible impression que l'air leur manque, Hadrien bat des mains et cherche Lior.

Soudain ils sont dehors, découvrant l'affolement qui fait courir des silhouettes sans ordre et sans cohérence tandis que les hurlements sont devenus une longue plainte sans force. À une dizaine de mètres d'eux, Oscar, le fusil à la main, tire en l'air en rugissant des menaces.

Hadrien cherche l'ours du regard.

Enfoiré, fils de pute, crevard !!

Vlad essaie de calmer le grand barbu en vain, Annabelle s'est jetée à genoux un peu plus loin, Hadrien ne voit pas, se redresse pour comprendre. L'instant d'après, Annabelle s'écarte et vomit sur le sol.

Les cris – Hadrien reconnaît la détresse dans la plainte lugubre. *Ici !!!*

Une tente commence à brûler, sans doute traînée sur le feu par l'ours en fuite. Des objets jonchent la terre, renversés, contenu des sacs à dos, gamelles, vêtements.

Hadrien court vers Annabelle en regardant autour de lui.

L'ours n'est plus là.

*

À côté d'Annabelle, il y a une forme recroquevillée par terre.

Pas une forme : un corps.

Pas recroquevillé : étendu dans une pose dérangeante, bras et jambes désarticulés, comme si tout avait été trop vite pour se protéger.

— Ici ! répète Annabelle dans un hurlement.

Hadrien accélère.

S'immobilise.

Il n'a pas vu encore. Mais il devine. Ses mains se mettent à trembler d'un coup. *Non, non.*

Là devant lui, malgré le jour qui tarde à se lever, ça pisse le rouge à tout va.

Alors il s'encourage d'un cri, s'approche. Les yeux d'Annabelle levés sur lui, comme une interrogation épouvantée – mais il n'y a plus de question dans son regard, juste l'horreur. Ça se voit tout de suite, qu'il n'y a rien à faire. Hadrien baisse la tête, la secoue de gauche à droite. Il serre son poing sur sa parka, comme si cela pouvait tenir son corps à lui. Mal au cœur.

— C'est l'ours, murmure Annabelle qui n'arrive pas à dire autre chose. C'est l'ours…

— Je sais.

Il s'agenouille à son tour dans le froid, sent l'air glacé lui rentrer dans la peau. Il ne veut pas regarder les chairs mutilées. Une fois que l'image est imprimée sur la rétine, elle hante la mémoire.

Jonas arrive en courant, s'immobilise. Lui, il regarde. Par terre, puis autour de lui. Par terre à nouveau.

— Il n'a même plus de peau, là où il a été attaqué, chuchote-t-il. On voit ses côtes.

— Connard ! s'exclame Hadrien tandis qu'Annabelle pousse un hurlement, le visage enfoui entre ses mains.

— Il est mort, reprend Jonas sans relever. Gauvain est mort – pour que cela soit dit, pour refermer la porte.

Vlad les rejoint enfin, le fusil d'Oscar entre les mains. Dans sa bouche, les mots hachés d'une autre langue. Il s'accroupit cependant, penchant la tête jusqu'à la bouche de Gauvain, épiant le moindre souffle ; mais il se relève après quelques secondes, parce qu'il n'y a plus rien. Annabelle s'est éloignée et sanglote dans les bras d'Hadrien avec des cris stridents, vomissant de la bile par à-coups. *Ta gueule!* rugit Oscar, exaspéré. Le guide lève une main. *Stop. On est tous sous le choc.* L'aube donne une lumière grisâtre à leurs visages – à moins que ce ne soit la sidération, quelque chose qu'ils n'auraient jamais cru possible, l'assaut de l'ours sur le campement saccagé.

Alors, Hadrien sursaute, regarde autour de lui. Une fulgurance.

— Lior?

Debout d'un coup. Il a lâché Annabelle. Au fond de lui, il sait déjà.

— Lior??

Les autres l'observent, inquiets. Lui, son cœur saisi d'effroi qui ne veut pas se calmer.

— Elle n'est pas là? demande Jonas en tournant la tête.

— Elle est où? s'inquiète Vlad.

Mais Hadrien ne les écoute pas. Il court comme un dératé jusqu'au bord du campement, là où la piste de l'ours s'enfonce dans la forêt. Met ses mains en porte-voix.

— Lior!!!

Cela ne sert à rien, rien du tout. Les autres le rejoignent à grands pas.

— Qu'est-ce qui se passe, bon sang? gronde Oscar.

Hadrien a des larmes qui lui brûlent le visage, ne répond pas. Il le dit pour lui-même – *Gauvain, Gauvain… mais Lior, ce n'est pas une raison. Ça ne le ramènera pas.*

À grands gestes paniqués et furieux, il fouille les débris de leur tente, flanche soudain. Le duvet de Lior n'y est plus, non plus que son sac et son fusil. Alors, un bras tendu vers la forêt, il articule :

— Elle est partie… elle le suit.

*

Ses yeux se sont habitués à la pénombre qui s'estompe. Courbée en deux tel un soldat sur la ligne de front, Lior marche, court, trébuche, électrisée par la fuite de l'ours.

Seule.

Les yeux écarquillés pour ne pas perdre la piste.

Au début, elle s'est arrêtée. L'ours avait si peu d'avance qu'elle a entendu le craquement des branches sous ses pas.

Par là, a-t-elle pensé.

Elle est repartie en foulées souples. Elle n'avait pas peur. Elle n'a jamais peur.

Sauf des tigres, mais c'est une autre histoire. Depuis qu'elle est petite, sans qu'elle sache pourquoi. Elle ne peut même pas les regarder, pas les entendre. Mais elle s'en moque. Ici, c'est un ours. Rien qu'un ours.

Pas peur. Mais mal.

Lior s'immobilise à nouveau. Elle doit laisser du champ à l'animal. Dans l'état de tension où il se trouve, il est capable de tout – y compris de se retourner pour charger s'il se sent suivi, et il ne fait pas assez clair pour être sûr, s'il faut tirer.

Lior a des larmes au bord des yeux, elle pense au petit garçon de Gauvain resté à Paris, à Annabelle agenouillée sur le sol près de la tente qui brûle.

Elle tient son fusil dans la main. Profite de la pause pour l'armer.

Elle ne fait jamais ça.

Mais cet ours-là n'est pas comme les autres.

L'ours

Derrière lui, ça s'est arrêté.

Alors il a ralenti l'allure un peu après, quand il était certain d'être hors de portée, et il a léché ses griffes encore ensanglantées. Le goût frais et métallique sur ses babines tachées de rouge – pendant quelques dizaines de secondes, il a fait sa toilette, passant ses pattes sur son museau, de loin on dirait une immense marmotte.

Debout sur son arrière-train, il écoute.

Longtemps, les cris du campement ont résonné dans la forêt. À présent, tout s'est tu. Il est trop loin.

Dans sa tête, la fièvre de l'attaque se calme peu à peu, l'émotion a disparu. Il sait qu'il doit partir. Chaque fois qu'il s'est enfui, il a pris ce chemin escarpé des montagnes, cherchant les sommets volcaniques où même son poids imposant ne laisse aucune trace, longeant les cratères avant de redescendre les berges d'une rivière trente kilomètres plus loin.

C'est ainsi qu'il a survécu depuis plus de vingt ans.

À vrai dire, il n'a rien à voir avec une grosse marmotte.

Six cents kilos de chair – deux tiers en muscles, le dernier tiers en graisse qu'il a commencé à accumuler pour survivre à l'hiver du Kamtchatka.

L'ours lève le nez, prend son souffle. Depuis sa gorge, un long grondement déchire le ciel.

Oreilles tendues.

Rien ne lui répond.

Il pourrait croire qu'il est seul.

Malgré ses narines qui palpitent, il ne perçoit pas d'odeur, pas de trace dans l'air. Il a beau se tourner aux quatre points cardinaux, il ne trouve que le parfum des écorces et de l'herbe mouillée, cette suavité si particulière des sols humides lorsque le soleil les réchauffe et que des bouffées tièdes montent depuis la terre. Un peu de neige fondue, peut-être.

Pourtant il sait qu'il est là quelque part.

Le petit être.

Il a perçu sa présence tout de suite après s'être enfui du campement des hommes. Il y avait les cris, les hurlements – et puis, très vite, ce glissement silencieux dans son sillage, cette respiration furtive. Lui, l'ours, dans sa course, gardait les oreilles tournées vers l'arrière pour écouter son suiveur. Il a décarré, histoire de mettre de la distance entre eux deux.

Le petit être est toujours là.

Il l'a entendu deux ou trois fois à ses trousses, son pas sur des branches qui craquent, sur des feuilles qui frémissent.

Oh, pas très près.

Mais il est là.

L'ours lâche un grognement, une sorte de soupir. Après l'attaque, après la fuite, il voudrait s'arrêter.

Il ne peut pas.

C'est la première fois qu'il charge un campement d'hommes.

Première fois qu'il tue une chose telle que celle-là. C'est pour cela qu'il renifle l'odeur sur ses pattes, l'odeur de tous les sangs, et puis celle qu'il n'aimait pas quand elle flottait dans l'air, avec cette légère amertume qui n'existe pas dans la chair des autres bêtes, quelque chose de plus fin, de plus aérien. Lui préfère les sangs épais qui annoncent des viandes grasses, celles qui lui permettent de survivre à la mauvaise saison, quand il entre dans cette étrange léthargie que seul le piquant du printemps fait cesser – ou parfois, quand la cachette est mal choisie, un chien ou un chasseur gueulant à l'entrée de la tanière.

L'ours n'a pas mangé l'homme tué, il n'a pas eu le temps. Entre ses griffes, il a goûté les morceaux de chair collés par la violence du choc, un coup de patte suffit à éviscérer un tel corps sans force et sans cuir. Il a été surpris par le manque de résistance de cet être blanc. Ça a été comme si ses griffes étaient passées à côté, comme si ses crocs avaient broyé le vide. Et pourtant la viande est là – alors il lèche, il dépiaute ce qui reste. Encore une fois, la déception d'une certaine fadeur, à côté des odeurs musquées des rennes dont il se régale à l'occasion, pour changer des saumons ou, quand la chasse est véritablement désastreuse, des insectes qu'il gobe par milliers. Non, il ne regrette pas d'avoir abandonné la carcasse sur place.

De toute façon, il n'était pas revenu pour manger.

Ou peut-être que si.

Cela n'a pas d'importance.

Hadrien

Au campement, Vlad a appelé les secours. D'une certaine façon, c'était inutile, voilà ce qu'ils ont tous pensé en silence; mais il fallait bien ramener le corps de Gauvain – et puis les autres chasseurs, que le guide n'arrive pas à calmer.

Annabelle s'est écroulée en poussant de longues plaintes, les mains appuyées sur les yeux et les frottant comme pour effacer les visions, les chairs arrachées de Gauvain, les tendons et les os à vif. Elle en a vu, des corps en charpie, des cadavres de bêtes, des plaies béantes; mais aujourd'hui c'est son homme. Une part d'elle-même qui ne sera plus jamais comme avant, la vie qui bascule.

Aujourd'hui, tout est très différent.

Annabelle tremble sans pouvoir s'arrêter. Hadrien s'est agenouillé à côté d'elle et a passé ses bras autour de ses épaules; rien n'y fait.

Elle pleure. *Les images, les images.*

Personne ne peut les gommer de sa mémoire terrifiée.

Dans combien de temps, les secours?

Vlad secoue la tête : quelques heures. Là où ils sont, on n'accède qu'à pied ou en hélicoptère. Les 4 × 4 pourraient peut-être monter, mais ils finiront par patiner. Vlad ignore comment on viendra les chercher, au fond, alors il répète : *Une demi-journée. Moins. Quelques heures.*

C'est à ce moment qu'Hadrien a embrassé Annabelle et s'est relevé.

— J'y vais.

Ils ont sursauté, tous. Le cri implorant d'Annabelle avant qu'elle ait véritablement saisi : *Non!* Mais Vlad avait déjà attrapé Hadrien par la manche.

— Non. Pas partir.

Hadrien s'est dégagé.

— Il faut que je retrouve Lior. On ne peut pas la laisser seule avec l'ours.

— Oui. Mais on doit attendre les secours d'abord. Après, je viendrai avec toi.

— Je ne peux pas attendre.

— Il ne faut pas partir seul.

— Et elle?

Vlad a un petit rictus nerveux au coin de la bouche.

— L'ours court devant. Elle ne risque rien.

— C'est un ours qui est revenu sur ses pas, cette nuit, pour nous attaquer. Il peut recommencer n'importe quand.

— Tu ne peux pas partir seul.

Hadrien a mis son sac sur l'épaule, son fusil dans sa main gauche.

— Non, s'interpose Vlad.

Hadrien fait un pas sur le côté – le vieux le suit. Il l'écarte sans ménagement.

— On ne peut pas tous aller dans tous les sens! crie Vlad en le rattrapant encore. Il faut rester ensemble.

Cette fois, Hadrien le repousse brutalement.

— C'est ma femme!

Dix mètres et il sort du campement à grandes enjambées. Le vieux court derrière lui.

Et puis.

Un tic sur son visage, Hadrien, lorsqu'il voit. Il murmure, contrarié : *Allez.*

En face de lui, Oscar a les yeux injectés.

— T'as entendu ? On ne part pas seul.

Hadrien baisse le regard sur le canon du fusil qu'Oscar a récupéré dans les mains de Vlad. Pointé sur lui. Pleine poitrine.

— Tu ne ferais pas ça, souffle-t-il.

— Non.

D'un geste, le grand barbu abaisse le canon au niveau des jambes d'Hadrien.

— Mais ça, oui. S'il faut t'arrêter.

— Oscar…

— Laisse tomber. On attend les secours, il a dit. Et moi aussi j'irai avec toi. On va se le faire, ce putain d'ours.

Dans les yeux d'Oscar, Hadrien devine la détermination, le coup qui partira s'il insiste. Ce type est raide dingue. Ce qui le fait trembler d'excitation, ce n'est pas l'idée d'aller sauver Lior, ni même celle de tenir Hadrien au bout de son fusil ; c'est la perspective de se payer l'ours. Ça se voit dans son regard. Un regard de bête.

Oscar lui fiche la trouille, à Hadrien.

Alors, parce qu'il sait qu'il n'arrivera à rien avec une balle dans le pied, il lève un bras en signe d'apaisement, pose son sac et son fusil. Dans le même temps, il gronde.

— S'il lui arrive quelque chose…

Il regarde autour de lui. Une issue, une échappatoire.

— Oublie, dit Oscar. Je te lâche pas.

Hadrien chancelle, implore.

— Elle a besoin de moi.

Le jour s'est levé. Un joli jour enfin, avec un ciel bleu encore moutonné de nuages de brume, une douceur nouvelle. Les arbres exposent leurs couleurs de fin d'été, verts et orange et rouges, un flamboiement sans fin. Au loin, on devine la rivière qu'ils ont suivie la veille. Aujourd'hui, pour la première fois, le paysage ressemble aux photos du catalogue. Hadrien tremble de tous ses membres. Lior ne doit pas mourir un jour comme celui-là, pas un beau jour de soleil. Il faut qu'elle l'attende.

Poings serrés l'un dans l'autre, dans une sorte de prière cachée. L'angoisse le terrasse jusqu'au fond des entrailles. Il regarde le ciel, cherchant un acquiescement muet.

Lior ne doit pas mourir. Pas elle.

*

À midi, le corps de Gauvain a été emmené. Annabelle et Jonas sont repartis avec les secours – elle en proie à une crise de nerfs que rien n'a réussi à calmer, lui en état de choc, après la brutalité de ses mots, celle de la vision du corps déchiqueté, une sorte d'effondrement.

Vlad sait qu'à présent ceux qui restent – se retournant, il observe par en dessous le regard halluciné d'Hadrien, les yeux déments d'Oscar –, ceux-là ne s'arrêteront pas.

Ce n'est plus une partie de loisirs qui commence : c'est une traque. En ligne de mire, l'ours est devenu secondaire, même pour Oscar qui a cependant demandé à le tirer, lui d'abord, quand ils l'auront retrouvé.

Mais avant l'ours, il y a Lior.

Hadrien craint autant les débordements d'Oscar que la bête qui les précède. Il a pris le grand barbu fou à l'épaule, sans ménagement – *Tu as compris qu'on allait tomber sur Lior d'abord ? Tu as entendu qu'il ne faudrait pas tirer sans être sûr ?*

Oscar répond d'un râle, les mots lui échappent. Peut-être cette rage brute, cet instinct de chasseur leur seront-ils utiles dans les heures qui viennent ; mais c'est Vlad que les deux hommes ont suivi sans discuter à l'instant précis où les secours ont disparu dans le chemin, Vlad qui connaît le pays, les ours, qui ne s'amuse plus à leur faire prendre de fausses pistes pour pimenter la chasse, et ils trottent tous les deux pour suivre le petit pas sec du vieux guide en soufflant. Oscar assure qu'il leur faudra au plus une journée pour rejoindre Lior. Ce qu'il ignore, et qu'Hadrien tait pour ne pas les décourager, c'est l'énergie inépuisable de sa femme lorsqu'il s'agit de courir derrière un gibier. Et l'ours, à cet instant, est devenu davantage qu'un gibier : il a tué un ami. Pour Lior, qu'importent les circonstances, l'ours est un assassin. Alors il leur faudra bien davantage pour la rattraper.

Marcher, suffisamment vite pour gagner du terrain sur elle, mais en gardant la force de suivre la piste de l'aube à la tombée de la nuit. Hadrien n'a jamais entrepris une telle course, et en entendant la respiration forte et régulière de ses deux compagnons, il craint de n'être pas capable de tenir leur rythme, eux les vrais chasseurs, les braconniers dans l'âme, mâchoires serrées sur la colère et fusil en bandoulière pour ne pas gêner leurs pas rapides. Hadrien descend au fond de sa chair, là où tout bouillonne, puiser la force et les heures d'effort. Il ne regarde pas devant lui, les distances lui font des vertiges ; il avance les yeux rivés à la terre, comptant machinalement chaque fois que le bout de ses pieds se projette sur les feuilles et les herbes, à mille, il reprend de zéro. Il s'est trompé il en est sûr, qu'importe, c'est pour passer le temps, pour ne pas céder à la tentation de relever la tête sur le chemin qui n'en finit pas d'avancer et de monter lentement vers les sommets.

Deux mille.

Et très vite et très dur : quatre mille. Six mille.

S'il n'y avait pas cette urgence au-dedans de lui, il éprouverait une joie profonde en découvrant les paysages verts tachés de feu, les espaces superbes et ondulés, les vallées ouvertes. Mais Hadrien ne voit pas, n'entend pas, ni les panoramas sidérants ni le ciel d'un bleu de mer. Il n'est même pas certain qu'il devinerait l'attaque de l'ours si celui-ci se retournait une nouvelle fois. Le front en sueur – la température a dépassé les vingt degrés cet après-midi, un changement de temps incompréhensible –, il se borne à murmurer en silence des chiffres de mille en mille, tel un mantra qu'il est seul à comprendre, refermant sans cesse sa main sur la sangle du fusil en travers de sa poitrine. Quand la respiration lui manque, levant un peu la tête pour se donner du courage, il cherche le rond rouge sur le manteau de Vlad, soupire en se frottant les yeux : Vlad a enlevé son manteau depuis des heures, il n'y a plus de cercle et plus de rouge, mais il oublie, recommence, soupire encore. Le vieux les a arrêtés pour boire et manger une barre de chocolat. Le vieux qui surveille le ciel et la roche en même temps, l'un pour guetter la nuit qui tombera d'un coup, l'autre pour ne pas perdre la piste. Au début, Hadrien a crié à pleins poumons le nom de Lior, espérant une réponse, bien qu'il sache qu'elle ne les aurait jamais attendus. Mais un cri, pour le rassurer, pour la direction – pour l'espoir. Vlad lui a ordonné de se taire d'un geste. Il ne faut pas affoler l'ours. L'ours entend tout.

Alors Hadrien a ravalé sa voix, ses mots, il s'est fondu dans le sillage du vieux et il n'y a plus eu que le bruit de leur foulée, tous les trois les uns derrière les autres, il devine le souffle d'Oscar tout près de lui, presque sur sa nuque. Cela le dérange ; une partie de son attention glisse en arrière, épiant le grand barbu impatient – comme s'ils n'allaient pas assez vite. Un instant, il a envie de gueuler, de la même façon qu'il repousse ces gens qui se collent contre lui dans la file d'attente de la poste, à Paris, *Ça ira pas plus vite !*, il sent les frémissements sur sa peau, mal à l'aise. Soudain, il pile. Un geste du bras.

— Passe, crache-t-il à Oscar en s'effaçant.

— Non.

— Passe, tu vas bientôt me marcher dessus !

— T'as qu'à avancer.

— Mais j'avance, tu veux que je piétine Vlad ou quoi ?

Le vieux s'est immobilisé quelques mètres devant. D'abord, Hadrien pense qu'il écoute leur dispute. Et puis l'attitude du vieux lui fait froncer les sourcils, il y a quelque chose d'autre. Ignorant Oscar, il se précipite.

— Quoi ?

— Le vent.

— Je ne comprends pas.

— Le vent apporte des bruits. Ils sont là-bas – par-dessus la cime des arbres, Vlad montre une autre montagne, peut-être un ancien volcan effondré.

— Là-bas ? Si loin ?

Le vieux tique, balayant le paysage comme pour y trouver une réponse.

— Allons-y, dit-il en se remettant en route. Il faut y aller.

— Mais qu'est-ce qu'il y a ?

— D'autres ours. Ou peut-être d'autres gens.

Hadrien sent le sang déserter son visage. C'est trop loin. Même ce soir, ils n'y seront pas, à ce point que Vlad désigne en observant le ciel pour prendre des repères. Cependant il court derrière le vieux, reprenant sa place devant le souffle d'Oscar qui se tient toujours juste dans son ombre, et ça le rend dingue cette présence comme un chien qui lui lécherait le cul, bien sûr qu'il le fait exprès, Hadrien rugit. Au moment où il se tourne vers Oscar, il balance le poing de toutes ses forces. Entend le choc sur le visage, voit le grand qui bascule en se tenant la mâchoire, et c'est idiot ce qu'il a fait, mais il n'en peut plus de cette tension depuis l'aube, depuis l'instant précis où l'ours a attaqué le campement et où tout s'est emballé, la mort de Gauvain, la disparition de Lior, l'insupportable attente – alors il l'avait prévenu, Oscar, qu'il fallait lui foutre la paix, pas lui renifler dans le cou comme une petite saleté, et Hadrien hurle.

— J'te l'ai dit, merde ! Passe !

Vlad est revenu en quelques enjambées, s'agenouille auprès d'Oscar en lui bloquant les épaules pour l'empêcher de se relever. Lui, il sait que ça va finir en bagarre, ils n'ont pas besoin de ça. Il esquive un coup, resserre son emprise sur l'homme encore sonné qui crie qu'il va l'abattre, ce chien, ce bâtard. Deux mètres plus loin, Hadrien a l'air hagard.

Et puis il y a la détonation.

Ils sursautent tous les trois, Oscar bondit sur ses pieds – Vlad l'a lâché pour écouter.

Ils regardent là-bas, où a eu lieu le tir. Un coup de fusil que l'écho des montagnes vient faire cogner contre eux, assourdi et pesant.

Hadrien a ouvert la bouche. Vlad lui saisit le bras, l'entraîne. Une fraction de seconde plus tard, ils courent déjà tous les trois sur la piste lorsqu'une nouvelle déflagration explose dans la forêt.

*

Savoir d'où il tire cette force insoupçonnable, cette impossibilité de s'arrêter. Plusieurs fois, Vlad l'a attrapé par la manche pour l'immobiliser, le temps de boire, d'écouter.

Hadrien n'a pas besoin d'écouter.

Il sait.

Étrange sensation que sa conscience lui transmet, comme si

les arbres avaient disparu, comme si son regard avait pu faire fondre le paysage et enfuir tous les autres bruits ; Hadrien court droit vers Lior, vers le coup de fusil, vers le silence dorénavant. Le chemin est inscrit dans son esprit, dans ses yeux qui ne voient que le point montré par le vieux un peu plus tôt. *Par là,* dit-il à voix basse. Vlad hésite, renifle, observe. Et puis il hoche la tête et ils reprennent la piste indiquée par Hadrien, à marche forcée, se pliant sous les branches.

Le vieux a compris qu'Hadrien ne renoncerait pas. Il veut atteindre ce soir l'endroit où les détonations ont éclaté. Alors lui aussi, il accélère, parce qu'il craint la nuit. Ils ne connaissent pas, eux. Ni l'évanouissement du jour en quelques minutes, ni l'emprise d'une autre vie dès lors que l'obscurité s'est abattue sur la terre. Ici, les nuits sont noires. Vlad n'ignore pas que là-bas, dans les grandes villes, ils ont perdu l'habitude, il y a toujours des lumières.

Ici, on ne voit plus le chemin sur lequel on marche. On ne sait pas que l'on s'égare.

On ne devine ni les rugosités du sol ni son effondrement. Un rocher, ou un abîme. On ne les compte plus, ceux qui ont voulu défier les ténèbres. Ils se dessèchent au fond d'un trou, ou embrochés au bout d'une branche effilée comme une tige d'acier. Parfois, cherchant la piste des ours, Vlad a trouvé de ces ossements dispersés – les bêtes sauvages, depuis les prédateurs jusqu'aux vers, ont dévoré la chair depuis longtemps.

Si seulement la lune se montrait. Mais dans ce pays elle se tapit derrière les forêts, derrière les montagnes, derrière les volcans.

Encore une heure de jour, estime Vlad au moment où l'air se grise d'une brume impalpable. Il les arrêtera, de force ; sans quoi ils iraient jusqu'au dernier instant de la dernière lueur, saisis soudain par le monde qui se dérobe, tendant les bras devant eux pour avancer de quelques pas de plus, Hadrien pour trouver sa femme, Oscar pour tuer l'ours.

Des fous.

Vlad n'a pas peur d'eux, mais il sent leur étrangeté dans son dos. Quand il entend leur souffle rauque derrière lui, il pourrait croire que ce sont des fauves qui le suivent. Souvent il se retourne. Croise leur regard. Il se remet en route sans un mot.

Alors oui, il faut rattraper Lior, puis l'ours, pour que la folie ne les prenne pas tout à fait.

Quelques minutes avant qu'il les oblige à bivouaquer, ils atteignent une minuscule clairière. *C'est là*, murmure Hadrien.

Là ?

Vlad secoue la tête.

Et puis il voit.

Même dans cette lumière grise de fin du jour qui éteint peu à peu les formes et les couleurs, cela fait une tache éblouissante.

S'il n'était pas convaincu que c'est du sang, il trouverait cela très beau.

L'ours

Ce qui perturbe l'ours au-delà de tout, dans cette course qu'il n'avait pas imaginée, c'est l'impossibilité de manger. Sans cesse il lui faut fuir, avancer, tendre l'oreille vers l'arrière, traverser ces montagnes où l'écho fait résonner les cris d'autres petits êtres – plus lointains ceux-là – en plus des pas feutrés de celui qui le suit sans bruit depuis l'aube de l'attaque.

Or manger, à cette époque de l'année, c'est survivre. S'engraisser avant l'hiver, sans quoi il ne se relèvera pas de la semi-hibernation pendant laquelle il perdra tellement de poids, dépliant sa silhouette à la peau pendante lorsque l'air annoncera le printemps et qu'il quittera sa tanière, affamé.

Aujourd'hui, demain, l'ours devrait être en train de débusquer, le long des rivières ou dans un lac, des saumons par dizaines au bout de ses griffes. Dans ce pays, il ne manque jamais de saumons, mais il faut du temps pour pêcher ; et le temps, les chasseurs sont en train de le lui grignoter. L'ours ne veut pas finir comme ces *chatouns* qui n'ont pas réussi à accumuler assez de gras et qu'avril ne réveille pas, ceux-là qui sont crevés au fond des grottes et dont l'odeur les écarte, eux les ours que la force et la faim ont levés avec des grognements – ceux du ventre à jeun depuis des mois, ceux du plaisir de se découvrir vivant.

Peut-être qu'il ne croyait pas à la traque qu'il subit ; peut-être pensait-il que la sidération et la peur cloueraient sur place les hommes du campement, lui laissant le champ libre pour courir quelques heures puis retourner à ses occupations ordinaires, oubliant bientôt jusqu'au long déchirement des plaintes de celui qu'il a tué. Mais plus probablement l'ours n'a-t-il pas réfléchi à tout cela. Il y a de l'instinct en lui, massif, puissant, celui de la survie et celui du territoire, il y a de la colère et du réflexe, la confiance d'une bête qui ne connaît aucun prédateur hormis l'homme. Mais pas de réflexion ni de raisonnement, ou du moins est-ce ce que disent les chasseurs et qui les rassure, car ce n'est qu'un ours, et dans la pupille jaune et brun qui ne cille pas, quelque chose de l'immobilité, de l'incapacité de la pensée se donne à voir, même si ce regard fixe effraie – par sa sauvagerie, pas pour son intelligence.

Croient-ils, les petits êtres.

Depuis des années, l'ours les observe. Il rôde autour de leurs cabanes et de leurs tentes, écoute leurs voix, suit leurs traces. Plusieurs fois, la nuit, il est venu s'asseoir à quelques dizaines de mètres d'un campement, reniflant les odeurs et épiant les gestes. Lorsque la chasse a commencé à l'aurore, tapi dans les bosquets sous le vent, il les a regardés chercher les pistes et les empreintes, aller et venir, s'engager à travers les forêts. Il a couru en parallèle de leurs groupes, invisible derrière un couloir d'arbres et de buissons, vérifiant leur présence d'un reniflement, bifurquant en même temps qu'eux, apprenant à reconnaître ce qu'ils cherchent avec tant d'ardeur – mouflons, rennes, et avant tout lui, l'ours, et les dizaines de ses semblables qu'il a vus morts en vingt ans.

Comme lui, l'homme armé d'un fusil n'a pas de prédateur dans la nature. Alors l'ours a décidé de lui en faire un.

Des fausses pistes, des empreintes brouillées, des pièges. Chaque fois, il s'en est sorti, même s'il a fallu aussi les emmener sur les traces d'autres gibiers pour se débarrasser d'eux. La victoire de l'ours, c'est d'être toujours vivant, de deviner la perplexité que l'air apporte lorsque les chasseurs ont abattu une bête trop facile pour admettre que c'est elle qui les promène depuis des jours. Ils savent qu'ils ont été floués – il faudra s'en contenter cependant, de ce loup à demi mort qu'il leur a servi, de ce mouflon à bout de souffle, et ils prennent les photos, arrachent la peau, s'en retournent avec orgueil et une toute petite pointe d'amertume au fond d'eux.

Ce matin, c'est l'ours qui a tué un homme, pour la première fois.

Mais il ne sait pas pourquoi, disent-ils toujours.

Par instinct. Bien sûr cela les chiffonne, car dans ce brusque revirement, dans cette décision de porter l'attaque, l'instinct ne suffit pas.

Le vieux Vlad, lui, a entendu parler de ces bêtes étranges qui jouent avec les chasseurs, les surclassant en vitesse, en connaissance de la montagne, en ruses qu'ils manient avec une étonnante opportunité. Ce sont toujours des animaux d'âge, le temps que l'expérience se fasse. Il est bien rare que, sans chiens, ils finissent par se faire coincer – d'autant que les accompagnateurs rechignent à les offrir en pâture aux *touristes*, partant sur une autre piste s'ils en croisent une, au mépris de toutes les règles qui veulent qu'une fois que l'on suit une bête, on la suit jusqu'au bout.

Là, tout est différent. Ils sont derrière lui, les chasseurs et le guide.

Ne le lâchent pas.

Peut-être est-ce parce qu'un homme est mort, oui. L'ours a perçu quelque chose d'implacable dans l'air. Quand il s'est dressé en ouvrant la gueule pour grogner, cela a fait un sourire en travers de son museau.

La fête n'est pas finie.

Hadrien

Hadrien s'est jeté à genoux à côté des flaques de sang, cherchant du regard, avec une infinie frayeur, un corps gisant sur la terre.

La nuit tombe, pense Vlad en frissonnant.

Hadrien écarte les feuilles épaisses à mains nues, comme si l'ours avait pu camoufler quelque chose – quelqu'un. Derrière lui, Oscar parcourt l'espace en plissant les yeux pour repérer une masse ou un mouvement même infime.

Dans la clairière, la clarté s'amenuise.

Vlad écoute, aux aguets. Mais son attention est troublée par la nécessité d'établir le camp, de dresser les tentes avant que l'obscurité les empêche. Par réflexe, il s'assure que du bois mort traîne sous les arbres.

Le regard d'Hadrien sur lui.

Quoi ?

Vlad secoue la tête, s'approche.

— Ça part par là, murmure Hadrien.

— On ne peut pas y aller. Pas maintenant.

— On ne sait pas ce qui s'est passé ici.

— Mais il faut s'arrêter pour la nuit.

— C'est peut-être elle.

Vlad pose une main sur l'épaule d'Hadrien, les yeux fixés sur les mares rouges que la terre et les feuilles ont bues à refus. Jamais un être humain n'aurait pu perdre autant de sang et continuer à avancer. Si ç'avait été Lior, son cadavre se trouverait à deux ou trois mètres d'eux, de cette tache fascinante qui continue à briller malgré la fin du jour. Il est sûr de lui. Alors il le dit. Hadrien se frotte le visage, la voix altérée.

— D'accord. Mais c'est quoi, en ce cas? L'ours?

Vlad se gratte le menton. Peut-être. Cependant il ne le croit pas. Ce serait trop facile, trop rapide, cet ours-là est trop rusé. Les empreintes au sol le laissent perplexe : il ne trouve pas trace des pas de Lior sur la piste ensanglantée qui part vers le sud. Et pourtant, quoi d'autre? L'ours, ou Lior. Encore une fois, il y a trop de sang pour un homme.

— Il faut monter les tentes, répète-t-il à voix basse en décidant de ne pas répondre.

Hadrien lève la tête vers le ciel, déjà vaincu. Un combat terrifiant se déroule au fond de lui, l'épuisement d'un côté, Lior de l'autre; autour d'eux, qui gravitent tels des démons, la nuit qui tombe, l'ours qui continue à courir, la peur de suivre les taches de sang si elles mènent au corps agonisant de sa femme – car il ne peut pas tout à fait entendre que Lior n'aurait pas survécu à une telle blessure, Lior est plus forte que le sang qui s'écoule, plus dure que tout ce que peut imaginer Vlad.

Il ne sait pas s'ils refont lentement leur retard sur l'ours et elle; ni ce que signifie le silence devant eux depuis les deux déflagrations du fusil. Il ignore si Lior est en bonne santé ou mourante, s'il court après un espoir ou un fantôme, il voudrait être seul pour s'effondrer sans honte, mais pas seul, non, pour traquer l'animal fou.

Si c'était le sang de Lior, cependant.

Il n'arrive pas à s'enlever l'horrible idée de la tête. Si c'était cela, il refuserait même de suivre la piste pour savoir.

Mais non, il l'aurait senti.

Ils sont si intimement liés, Lior et lui. Sa mort à elle n'existe pas qu'il ne le sache, qu'il le ressente jusqu'au fond de ses entrailles. Cela ne peut pas arriver sans que son corps, son âme, une vibration de l'air le prévienne. Un sixième sens qu'il guette dans sa chair – mais rien ne vient, rien ne tremble, et Lior n'est pas morte, non.

Vlad a sorti les petites tentes de survie rapportées par les secours.

Hadrien, ça lui donne envie de pleurer. Il ne veut pas ramasser des branches pour le feu, ni réchauffer une gamelle, ni s'allonger pour dormir. Lior, elle, dort dehors, loin devant eux. Dans le froid. Il guette les ténèbres et la cime des arbres qu'il distingue à peine, supplie d'apercevoir une mince colonne de fumée, une étincelle au fond de la forêt, pour lui dire que Lior est là quelque part, même intouchable, mais vivante, il promet qu'il n'ira pas la sauver, juste savoir.

Un signe.

Nuit d'encre.

La tension de son regard écarquillé, pareil que lorsqu'il attendait, enfant, le passage d'une étoile filante. Après, les hallucinations. Les lumières se superposent dessus ses yeux – de toute façon, il n'y a pas de lumière.

Hadrien étendu sous la tente ferme les yeux mais l'image ne s'efface pas. La mare de sang est dessinée à l'intérieur de ses paupières, inaltérable.

Ce n'est pas le sang de Lior.

Cela étincelle comme le rouge sur la capuche de Vlad.

Ce n'est pas le manteau de Vlad.

Dedans son regard, il fait grand jour, et toujours cette lueur vermeille qui le brûle.

C'est quoi, alors ?

Ses pensées s'arrêtent. Par lâcheté, par répit. Hadrien ne sait pas qu'il s'est endormi.

*

— C'est pour ça. Pour ça, putain !

Dans le cri d'Oscar, toute la rage du monde. Cela fait taire les oiseaux, les pas feutrés, les rivières soudain muettes et figées. Le grand barbu s'est retourné bras ouverts, la bouche déformée par un rictus. Hadrien a l'impression que c'est à lui qu'il s'adresse très précisément, parce que c'est sa femme, et peut-être son sang, et son ours. Lui, il reste là, scié, il ne comprend même pas – ou alors il a compris tout de suite, et son cerveau a coupé les ponts, tranché les liens, le laissant médusé et hors de portée des mots.

Oscar court vers lui, l'attrape aux épaules, le secoue.

— C'est pour ça qu'il n'y avait pas ses traces à elle !

Un nouveau beau matin de ciel bleu – ils sont partis à l'aube.

— Oui, dit Hadrien.

Oui quoi ?

Bien sûr qu'il le sait.

Vlad passe devant eux en courant presque, rebroussant chemin. *On repart.*

Hadrien reprend peu à peu ses esprits, son corps s'électrise. Un dernier regard sur la carcasse allongée là-bas.

Un mouflon.

Aucun d'entre eux ne l'a formulé mais ils ont deviné tous les trois. Lior et l'ours ont dû croiser la route de l'animal ; c'est sur lui que Lior a tiré la veille – sans doute a-t-elle cru que l'ours avait décidé d'attaquer, elle a entendu le bruit de la course, des feuilles que l'on écrase, elle a senti les remous de l'air bousculé par la galopade. La tension, la précaution. Elle a épaulé et visé. *Pan*. Avant d'être sûre que c'était l'ours, parce qu'il ne fallait pas se rater, il n'y aurait pas de seconde chance.

C'est pour cela qu'elle n'a pas suivi le chemin du sang, parce que ce n'était pas celui de l'ours.

Eux sont partis sur les traces du mouflon ce matin. Deux heures pour rien. *Des bleus!* hurle Oscar avec la fureur dans les yeux. À part eux, ils se demandent si l'ours n'a pas rabattu exprès l'animal sur Lior pour créer cette diversion, cette incroyable fausse piste ; dorénavant, ils le croient capable de tout.

Ils retournent en hâte sur leurs pas. Oscar fulmine. Tous les efforts de la veille pour rattraper la fille – réduits à néant. C'est comme si l'ours riait dans sa tête, une sorte de ricanement qui ne s'arrête pas et qui le fait cogner ses tempes avec ses poings. Vlad le surveille, inquiet.

Il s'en étranglerait, Oscar.

J'le veux.

Voix murmurante cette fois, feutrée par la haine.

Il dépasse Hadrien – lui aussi il lui en doit une, pour cette volée d'hier, par surprise, on en reparlera, il n'oublie pas. Pour l'instant, il n'y a que l'ours dans le reflet de ses pupilles étrécies.

Il dépasse Vlad.

Le guide fronce les sourcils.

C'est une sorte d'affront personnel que l'ours lui a fait, à Oscar. Pas qu'il ait jamais eu de gibier coriace, ni que la difficulté le perturbe, au contraire. Mais la sensation qu'on se moque de lui.

C'est cela : l'ours se fout de lui.

Oscar n'ignore pas qu'il doit se calmer, réfléchir. C'est sa force : la capacité à se mettre à la place de la bête, à deviner ce qui va se passer. Jusque-là, ça a donné que dalle. Il a plongé tête baissée dans tous les pièges. Or Oscar n'est pas un chasseur comme les autres. C'est un des meilleurs.

Il a même eu un article dans un magazine de chasse, il y a quelques années. À cette époque, il sortait de la guerre, celle des légionnaires. La chasse à l'homme, c'est un sacré entraînement pour la suite; aussitôt débarqué dans le contingent des retraités de l'armée, il avait fait ses preuves en écorchant vifs, coup sur coup, deux crocodiles en Australie. Oscar n'est pas un chasseur de pacotille, et pourtant.

Un pauvre ours de merde qui se joue de lui, oui.

On va voir.

Vlad s'est retourné, cherchant du regard l'approbation d'Hadrien. Un hochement de tête en retour. *Je te suis.*

Alors ils courent derrière Oscar, se coulant dans ses pas pressés et dans le feulement presque inaudible de ses menaces et de ses injures, retrouvant leurs propres traces, les branches cassées et les taches de sang trop visibles, des leurres, des farces.

À onze heures, revenu à la clairière, Oscar accepte de faire une pause – sept minutes pour boire, dévorer une boîte de conserve froide et la moitié d'une plaque de chocolat, reprendre son sac, repartir.

À treize heures trente, il refuse de s'arrêter. Il descend la moitié d'une bouteille d'eau au pas de course, jette l'emballage d'une barre énergétique derrière lui, que Vlad ramasse en marmonnant quelques mots qu'Hadrien ne comprend pas. Aucun d'eux ne voit plus le paysage, la lumière d'une beauté indicible sur les forêts qui muent, les ronds d'eau creusés à même la roche des volcans, les étranges sifflements des geysers cachés derrière; juste ils marchent. Les arbres, les coulées de lave figées, parfois une trouée sur la vallée qui leur couperait le souffle s'ils avaient le temps, si leur esprit n'était pas accaparé par ce qui se passe devant eux et dont ils sont exclus tels des mauvais élèves.

Alors Hadrien ne proteste pas quand Oscar repousse Vlad d'un geste, continuant la traque. Bien sûr qu'il est sur le fil, Hadrien, les jambes brûlant d'avoir trop marché, trop vite, le souffle court, un bourdonnement étrange à ses oreilles. Mais il avance. Oscar le traîne derrière lui, comme aimanté par une force invisible, l'obligeant à surmonter les douleurs et la raucité dans ses poumons, empruntant sans relâche les passages qui n'en sont plus, les sentes à peine dessinées.

Au bout, il y a Lior.

Hadrien suit, il l'a dit.

Vlad retient Oscar d'une main sur l'épaule.

C'est dangereux par là.

Le grand hoche la tête : d'accord.

Mais il ne ralentit pas.

Derrière lui, Vlad hésite. Il freine doucement Hadrien – prenant plusieurs mètres de distance avec Oscar, lui laissant du champ.

— Dangereux comment ? demande Hadrien.

— Des éboulements, des trous. On arrive dans des zones volcaniques.

Devant eux, des ondulations de roche noire bardée de lichens clairs, un lac aux eaux bleues ; un peu plus loin, la forêt reprend en plaques vertes, feuillus d'abord puis, à mesure que les vallons deviennent des montagnes et des anciens cratères, résineux et bosquets. Tout en haut, du mauvais temps des jours précédents il reste des coulures de neige. Hadrien regarde sans émotion. Pas le moindre frisson, le moindre sourire s'ouvrant sur quelques mots – c'est beau.

Pas beau.

Vide.

C'est une prière qu'il adresse à Vlad. *Elle est où ?*

Mais Vlad n'y peut rien, ce n'est pas lui qui a envoyé Lior

derrière l'ours ni l'ours sur le campement. Où ils sont, il ne sait pas. Quelque part. Sous le couvert des arbres, dans l'espace infini, impossible de deviner.

Où ils vont?

Là-dessus, Vlad a son idée.

Sur la roche, là où aucune empreinte ne marque, là où tout s'échappe. Il faut les rattraper avant – ou que Lior renonce. L'ours les emmène vers les volcans. Il y en a près de trois cents au Kamtchatka, presque tous éteints. Et tous cernés de traînées de lave durcies sur lesquelles même un éléphant ne laisserait pas de trace.

— Lior ne renoncera pas, dit Hadrien.

Alors Vlad comprend qu'il faudra courir encore des jours derrière cette fille vivante ou morte, sur des territoires de plus en plus inhospitaliers, de plus en plus rudes.

Mais avant cela, il y a la taïga.

Au milieu de la taïga, il y a cet endroit où personne ne va jamais, et qu'ils appellent la vallée de la mort. L'ours court droit vers elle.

Et puis soudain, devant eux, il y a une fois encore un hurlement.

L'ours

L'ours suit les sentiers de bord, ceux qui longent la gorge sans y entrer, évitant les buissons épineux, écrasant les herbes sèches et rabougries qui arrivent encore à pousser avec si peu de terre, les fleurs mauves en tapis.

Vlad se trompe, il ne va pas à la vallée de la mort.

Il la frôlera.

Il ne se fera pas avoir.

Sept ans auparavant, au dégel, lorsque les émanations toxiques du Kikhpinytch sont les plus dangereuses, dix ours y sont morts – ainsi que des quantités d'autres petits animaux piégés par les gaz. Le sol ressemblait à un grand cimetière où personne n'aurait eu le temps de creuser des tombes, un charnier naturel, même pas besoin de l'homme pour se faire crever, il suffit de respirer l'air vicié. D'autres fois, des humains s'y sont laissé prendre aussi. Maux de tête, vomissements, ceux qui ne s'enfuient pas aussitôt tombent au bout de quelques dizaines de minutes.

L'ours a vu, lui, il y était.

Pas au fond, parce qu'il n'aime pas cette impression d'être coincé comme dans un trou, il était resté plus loin, et bon sang qu'il avait été bien inspiré, quand il avait aperçu la femelle qu'il suivait depuis la veille chanceler puis rouler sur le flanc par-dessus les roches bombées. C'est à ce moment-là que l'ours avait remarqué les rongeurs et les petits prédateurs qui jonchaient le sol, inertes. Il n'avait rien senti, rien perçu de particulier dans l'air, mais cette immobilité silencieuse lui avait fait peur. Il avait rebroussé chemin en courant, se concentrant pour ne pas entendre les plaintes étonnées des animaux piégés avant qu'ils ne s'affaissent. Cet endroit-là, il ne l'a jamais oublié. Il sait qu'à certaines périodes de l'année on peut y passer sans risque ; mais il n'a jamais essayé.

Derrière la vallée, il y a de nouveau ces puzzles de forêts et de volcans, ces rivières qui sinuent sans fin, un véritable quadrillage dans lequel il les perdra, les petits êtres à ses trousses, car là-bas c'est chez lui, il y est né, y a grandi les premiers mois – il y a longtemps.

Il connaît par cœur.

Sur le chemin, il ne croisera personne. Peut-être quelques familles isolées d'humains vivant dans des yourtes, si la chasse ou la cueillette les ont amenés jusque-là, car comme lui ils sont friands de ces baies rouges sucrées que l'on trouve en bas des montagnes et qu'ils cachent dans des pots hermétiquement fermés pour éviter que l'odeur attire les bêtes telles que lui. Certains hivers, quand un événement imprévu tire les ours de leur demi-sommeil, la rareté de la nourriture les dirige droit vers ces cabanes ou ces tentes pour trouver de quoi survivre – le temps que le gargouillis se calme au creux de leur ventre, que la chaleur se fasse suffisamment pour que leur température corporelle puisse redescendre et leur rythme cardiaque se mettre au ralenti, cela sans danger, sans risque de ne plus se réveiller.

Souvent, les êtres dans les cabanes les laissent manger quelque chose dehors, des déchets ou même les restes d'une viande fumée, des légumes séchés. Il y a une sorte d'accord tacite entre eux : tout le monde a le droit de vivre. Ceux qui ont donnent à ceux qui manquent.

Bien sûr, les ours ne savent pas s'arrêter. Aussi, quand les petits êtres considèrent qu'ils ont assez partagé leur pitance, sortent-ils des cabanes avec des fusils qui tirent en l'air. Cela suffit, la plupart du temps, à ce que les ours s'enfuient.

Si cela ne suffit pas, les hommes les tuent.

Avec la graisse, ils font des onguents qui guérissent tout, jusqu'aux craquelures des cuirs gelés, et qu'ils étalent sur leurs joues pour les protéger du froid et des crevasses. Avec la chair, ils préparent des viandes fumées qui elles-mêmes attirent d'autres ours ; et parce qu'ils ont pris la vie d'un des leurs, les petits êtres offrent une partie de leur butin. Ainsi les ours se sont-ils mis à manger de l'ours – sans le savoir, car l'odeur de la viande séchée est si particulière qu'elle les empêche de reconnaître la provenance des quartiers goûteux qu'ils déchirent entre leurs griffes et entre les dents.

Cependant, si on veut éviter les contacts avec les humains, rien ne vaut le détour par les crêtes qui surplombent la vallée de la mort. Surtout, ne pas traîner. Parce que sur les roches des volcans rien ne pousse, rien ne vit, hormis quelques végétaux tenaces ; un ours se voit comme une mouche sur un mur blanc. C'est mieux qu'une cible immobile dans un jeu de foire : il n'y a qu'à ajuster et tirer. Il faudra courir. Dès que la végétation s'ouvre à nouveau, bifurquer, se laisser engloutir par les buissons trop bas, puis par les bois et les forêts. De l'autre côté, c'est gagné. Le retour à la forêt boréale – des milliers d'hectares à couvert. L'ours forcera sa course et ce sera fini.

Le petit être silencieux qui trotte sans relâche derrière lui va lui manquer.

Non, ce n'est pas vrai que l'ours se dit cela.

À cet instant, il pense seulement qu'il a faim.

Mais lui aussi, quand le cri se réverbère entre les montagnes, surpris, il s'immobilise et se dresse pour écouter.

Hadrien

Vlad et Hadrien se sont précipités avec la même pensée : ils l'ont laissé seul. Oh, pas loin. Mais il suffit de si peu.

Hors de vue.

Ils courent comme des fous. Vlad a armé son fusil et le tient à hauteur de poitrine. Bien sûr qu'ils ont déjà des frissons en imaginant ce que l'ours vient de commettre.

Entre l'ours et eux, Lior aussi s'est figée. Les bruits se heurtent aux volcans et aux rochers, rebondissent, elle se demande d'où cela vient. Si c'est l'ours qui est à l'origine de ce nouveau hurlement – auquel cas elle s'est complètement trompée de piste, car la voix, elle en est sûre, s'élève de l'arrière. Pendant quelques minutes, elle tend l'oreille, guettant un autre son ; en profite pour souffler, visage en sueur, il fait chaud. À peine deux jours de poursuite et elle s'est étrangement transformée, avec ses traits blancs et tirés malgré le hâle, des yeux agrandis qui lui mangent les joues, observant tout, paupières battant trop vite à cause de la fatigue. Elle apparaît tel un filigrane, silhouette qui s'estompe, se fond dans la forêt et dans l'air bleu et laiteux, sa présence s'évapore, fait place à un être de vent et de feu. À l'intérieur, Lior est un brasier. Heure après heure, elle essaie de comprendre l'ours, de deviner l'ours, de devenir l'ours.

Cette perplexité : il n'y a pas de cohérence, pas de logique dans ce qu'il fait.

Il monte, redescend, trace au nord, à l'est, file tout droit, revient presque sur ses pas, fait des boucles, avance, recule. Qu'il s'envole, et elle finira par y croire. Ou alors il veut les rendre fous, eux les chasseurs lancés à ses trousses ; et il pourrait bien y parvenir. Ce n'est plus l'ours que suit Lior, c'est l'idée de l'ours.

Cela aussi s'évapore dans la brume.

Sens aiguisés comme des lames.

Lior se remet à courir, ignorant le cri qui n'est pas revenu.

Des kilomètres plus au sud, Vlad et Hadrien se sont agenouillés auprès d'Oscar. Ils l'ont cru mort : tout d'abord, seul le soulagement de le trouver en vie les submerge. Les rassure trop vite, Oscar n'a rien – cette grande gueule. Rien, sauf l'angle anormal de ses jambes prises dans un éboulement. Alors ils se rendent compte.

À quoi cela ressemble en dessous, ils n'osent pas l'imaginer.

Murmure d'Hadrien.

— Ça va ?

Ça serre les dents, il le voit. Oscar grimace.

— Ça va. Sortez-moi de là.

Vlad enlève les pierres une à une, les passe à Hadrien. Plus le poids s'allège sur le corps d'Oscar, plus le grand barbu gémit.

— Je l'avais dit que c'était dangereux par ici, gronde Vlad.

— J'ai pas besoin d'une leçon de morale en plus.

Le vieux s'échine encore une dizaine de minutes avec précaution. C'est lui qui découvre en premier la peau déchirée de plaies, la cheville gauche démise.

Cassée ?

— On fait quoi maintenant ? siffle-t-il, colère et résignation mêlées.

Avec l'aide d'Hadrien, il prend Oscar par les aisselles, le tire lentement en arrière pour le sortir du trou. Les plaintes, les cris étouffés, il s'en moque. Il avait prévenu. Ce con qui se croit le plus fort.

— Ça va aller ? répète Hadrien.

Rien à faire des blessures d'Oscar. Ce qu'il veut, lui, c'est que le grand se mette debout et qu'ils repartent.

— Ouais, grogne Oscar.

— Non, dit Vlad.

Et c'est le vieux qui a raison : quand il essaie de se relever, Oscar s'écroule. Impossible de ramener sa cheville dans l'alignement de la jambe. Son pied ressemble à une bestiole morte qui pendrait toute molle au bout des os. Hadrien regarde la chair inerte en refrénant des frissons.

— Merde !

Vlad regarde en silence. Hadrien sait qu'il calcule.

Leur position, le point le plus proche pour capter un peu de réseau et appeler les secours. Comme ils sont montés depuis deux jours, il est probable que l'on puisse hélitreuiller Oscar depuis une plate-forme rocheuse, pas très loin.

L'ours, Vlad ne le prend plus en compte. Juste juguler la catastrophe de cette chasse. Songeur, il est tourné vers les montagnes où Lior court toujours, espère-t-il – jusqu'à ce qu'elle se fasse piéger à son tour par cette étrange bête qui les emmène au bout de l'enfer.

L'unique chose qu'Hadrien entende, ce sont les sanglots de rage d'Oscar qui s'est effondré en tenant sa jambe.

*

Seul.

Jusqu'au bout, Hadrien a suivi des yeux Vlad qui s'éloignait.

Dans la cabane de fortune qu'ils ont construite, Oscar a de quoi alimenter le feu pendant vingt-quatre heures.

Le vieux sera revenu bien avant. Prévenir, puis attendre les secours. *Non*, a murmuré Hadrien quand il a croisé son regard. Pas deux fois.

Vlad ne peut pas le retenir.

Chacun d'un côté : le vieux vers le sud, Hadrien au nord-ouest. Oscar reste au milieu.

Résigné, Vlad a demandé à Hadrien s'il savait se servir du fusil. Avant qu'il réponde, il lui a montré. Avant qu'Hadrien lui dise qu'il n'a jamais tiré – mais il l'avait deviné depuis longtemps. S'il se sent capable de le faire, maintenant ? Sans doute que non. Il passe son doigt sur le chien de l'arme, pour se souvenir.

Vlad a disparu derrière les arbres en promettant à Oscar d'être de retour avant la nuit. Quelques instants plus tard, Hadrien a posé une main sur l'épaule du grand. *J'y vais*. Oscar ne le regarde pas, ne dit rien. Qu'est-ce qu'il lui dirait, sinon l'humiliation d'être celui par qui tout s'arrête ; ou la conviction qu'Hadrien n'a pas l'envergure, ni face à l'ours ni face à Lior, que rien de bon ne sortira de ces journées-là. Vraiment, il aurait beau jeu de l'ouvrir, sa grande gueule, avec la chute stupide qui l'a cloué sur place. Il a la haine, Oscar. Chasse de merde. Pays de merde. Veut plus les voir, plus entendre parler d'eux. Jamais. Il ne pense qu'à l'avion qui le ramènera chez lui, à ce séjour qu'il s'appliquera à oublier, jusqu'aux gens dont il efface les noms dans sa tête, il invente une histoire à raconter en rentrant, pour garder la face.

Hadrien est parti sans qu'il le voie.

Seul, voilà.

Hadrien qui s'est retourné après quelques minutes à peine : plus de cabane, plus d'Oscar. Plus de Vlad.

Oui, seul.

Le moment de montrer qu'à force de côtoyer des chasseurs il peut faire aussi bien qu'eux pour suivre une piste. Pas besoin qu'on lui ouvre le chemin. C'est comme un jeu terrifiant, cependant. Cet après-midi du deuxième jour après l'attaque, ils ne sont plus que trois : Lior, l'ours et lui.

Soudain, tout a changé.

Hadrien sent son cœur qui palpite. Angoisse. Il s'oblige à contempler le ciel, la mousse sur le sol et, plus loin, les arbres qui reprennent vie. La brume dans ces vallées à la géologie si singulière, les bruits que son esprit imagine pour combler le vide.

Yeux écarquillés.

Les mains moites, il prend le fusil à pleines mains, engage les balles de la façon que Vlad lui a montrée. Le claquement métallique de la culasse le saisit et le rassure, le verrouillage du loquet, l'arme est prête. D'un coup, il comprend le sentiment de puissance des hommes lorsqu'ils tiennent une de ces carabines avec l'intention de s'en servir, la certitude d'être à l'abri, intouchables, increvables.

À d'autres.

Il se remémore le nombre de balles dans la chambre, espérant calmer les battements de sa poitrine.

Et les mots de Lior quand ils chassent le gros gibier : tirer deux fois. La seconde balle à bout portant, pour être sûr. Ça a toujours l'air mort, une bête à terre ; mais combien de chasseurs ont été fauchés en croyant que leur proie était si bien crevée qu'ils n'ont pas anticipé l'ultime coup de griffe, coup de patte, coup de croc en s'approchant ? Par négligence, par imprudence, par trop de certitude. Oh, la certitude, cela ne risque pas de lui arriver, à Hadrien. Il tirera plutôt cinq fois. Et s'il tremblait au point de manquer malgré tout sa cible ? Jamais il n'aurait cru s'en vouloir comme aujourd'hui, à ne pas savoir se servir du fusil. *Vise*, dit Lior dans sa tête. Il regarde la lunette.

Il épaule, vise. Recommence. Fait semblant, dix fois, vingt fois. Chaque fois ce cœur qui s'emballe quand il regarde la piste fuyant dans la montagne. Alors qu'il veut décharger la carabine, il n'ose pas y mettre de la force, la culasse résiste. Hadrien sent la sueur sur son front, le malaise, il marmonne une injure en même temps qu'il force la culasse, surpris par les balles qui s'éjectent enfin. Et puis il les remet. Pas de raison de les enlever, avec ce qui l'attend.

Mais il ne veut pas tuer l'ours, il ne veut pas aller jusqu'à l'ours. Ne cherche pas le face-à-face. Au fond de lui, et malgré la mort de Gauvain, il éprouve une sorte de respect pour cet animal qui a su les piéger coup sur coup, qui leur impose d'aller aux limites d'eux-mêmes. Et surtout il sait que, s'il trouve l'ours, c'est que Lior sera morte.

Sinon, il trouvera Lior.

Alors il enlève très vite la pensée de sa tête, pour ne pas lui donner forme. Il efface l'image de l'ours dressé devant lui, parce qu'il y a le corps de Lior étendu derrière. Secouant la tête, il crie presque, pour que le ciel entende : *Je ne veux pas l'ours.* À cet instant, il croit presque que, s'il jure de laisser la bête en vie, celle-ci épargnera sa femme. Un échange tacite, quasi magique, qu'il jette dans l'air d'une pureté sidérante. Un espoir stupide, de ceux qu'ont les hommes en détresse et qui leur font promettre n'importe quoi – *demande-moi n'importe quoi* –, seuls dans le chœur d'une église, parce qu'il n'y a pas d'autre lieu où aller, et personne d'autre pour écouter. Mais le ciel ne demande jamais rien, et il n'écoute même pas. Ça ne marche pas comme ça, la prière, même quand elle se mue en des sanglots suppliants. Cependant Hadrien n'en démord pas, l'espoir seul le fera avancer.

Tenir Lior dans ses bras encore des années.

Juste une fois, peut-être.

Ne la touche pas.

Il se met en route, surpris de voir que les traces de l'ours se dévoilent si facilement. Plusieurs fois, il froncera les sourcils en s'immobilisant, inquiet de savoir s'il suit la bonne piste ou si l'ours l'égare à force de signes aussi évidents.

Pas le choix.

Dans l'après-midi, il entend les rotors d'un hélicoptère. Oscar doit être évacué, se dit-il. Il a l'impression d'avoir parcouru une distance ridicule tant le bruit l'assourdit et lui semble proche.

Est-ce qu'ils auraient pu rattraper Lior avec l'hélicoptère ?

Bientôt, la piste s'engouffre dans la forêt. Même la tête renversée à s'en casser le cou, Hadrien ne voit plus le moindre espace de ciel. La lumière traverse à peine les feuillages épais.

Où vont-ils ?

Il ne connaît ni le début ni la fin de ce pays.

Pas les montagnes, et pas les steppes. Pas les forêts ni les cratères ni les volcans. Il ne sait pas s'il y a une ville quelque part devant lui, où il pourrait trouver de l'aide. Ou un bourg.

Un hameau.

Une cahute ?

Il essaie de se remémorer la carte de la péninsule étirée tel un chat qui s'éveille.

Et les derniers mots de Vlad. Est-ce qu'il n'a pas dit qu'il partirait sur ses traces dès que les secours auraient pris Oscar en charge ? Hadrien est incapable de se souvenir. Quelque chose bloque dans sa tête. Juste il marche dans la forêt, obnubilé par la piste de Lior et de l'ours, par l'idée qu'il faut la trouver avant qu'elle ne rattrape l'animal.

Avant qu'il ne lui arrive un accident.

Un accident, c'est l'ours qui se retourne sur elle.

Mais il ne le fera pas. L'ours fuit, essaie de manger des herbes lorsqu'il fait une pause, boit quand il croise une rivière, ignorant la course des saumons sous la surface de l'eau, et son ventre qui réclame.

Tu entends ? Ne la touche pas.

Et elle, Lior, que mange-t-elle ? Où dort-elle ? Avec ce qu'elle a emporté en quittant le campement, des barres de céréales et son duvet pour dormir à la belle étoile sous un ciel de gel – bien sûr qu'elle ne pensait pas que cela durerait même deux jours, ou trois, ou quatre, maintenant, comment savoir.

Une éternité.

Hadrien, lui, est prêt pour cela.

La sueur lui fait de l'eau jusque dans les yeux.

Ou peut-être sont-ce des larmes.

L'ours

Parfois l'ours court comme s'il était poursuivi – mais vraiment poursuivi, avec des balles qui pourraient le toucher, des cris qui feraient vibrer l'air par-dessus la montagne en venant cogner ses oreilles –, et il prend son élan, s'étend, se jette. Pendant quelques minutes, il charge – quoi ?

Le vide.

À vrai dire, il ne poursuit rien.

Il met de la distance avec le petit être derrière lui.

L'ours a besoin de s'arrêter, de boire et de manger, de reprendre son souffle. Sa force inouïe ne vaut pas grand-chose dans la durée, il faut des temps de répit. Entraîner ses cinq ou six cents kilos lui demande un effort considérable – rien à voir avec le corps frêle qui lui colle aux basques et qui a besoin de si peu d'énergie pour avancer.

L'ours court, lui, pour pouvoir s'arrêter.

Il guette le jour qui tombe, car il comprend d'instinct que tout se fige la nuit, et pas seulement les ours. Alors il prend de l'avance, continuant son chemin dans l'obscurité, une lueur jaune au fond des yeux, il s'oblige à marcher une heure ou deux ou trois de plus. S'arrêter la nuit, cela ne sert à rien. Il ne peut ni chasser ni pêcher. Les saumons frémissent immobiles dans les recoins des rivières, les petits mammifères sont terrés, il faudra attendre l'aube, c'est pour cela qu'il pousse plus loin, pour gagner de l'espace derrière lui, pour gagner du temps au petit matin, à l'affût de nourriture. Bien sûr il lui arrive de tomber sur un rongeur nocturne dont il ne fait qu'une bouchée – mais son corps demande bien davantage, vingt kilos de pitance par jour, il a beau happer les papillons bruns qui sortent la nuit, cela ne suffit pas.

Lorsque l'aurore grise le ciel, l'ours s'éveille. Il cherche des cachettes près des rivières pour attraper quelques saumons avant de reprendre sa course. Dormir et manger : d'habitude, il y passe quatre-vingts pour cent de son temps. Là, sa discipline nonchalante explose. Dormir peu, grignoter ce qui est possible, et courir.

Les yeux à demi fermés, il hume l'air pour évaluer la distance qui le sépare du petit être.

Encore une heure. Il dévore deux poissons de plus, assis sur la berge.

Comme tous les ours, sa vue n'est pas très bonne ; mais son ouïe et son odorat compensent la myopie et il sent, il entend s'approcher le petit être. Il ne comprend pas comment celui-ci peut être toujours sur ses traces, tant il a l'habitude de se fondre dans la nature tel un fantôme, laissant à peine ses empreintes, aucun bruit, aucun cri.

D'ordinaire, les chasseurs ne devinent même pas sa présence. Il se coule derrière les fourrés, recule, s'éloigne. Une ou deux minutes plus tard, il est indétectable. Eux, avec leurs fusils, ne savent pas qu'ils sont passés à quelques dizaines de mètres de lui, et ils cherchent à voix haute, s'interpellent, s'interrogent, inutile car l'ours est parti.

Le petit être ne ressemble pas à ceux-là. Il y a en lui une acuité que l'ours n'a croisée que chez les bêtes, un instinct formidable et terrifiant, à l'image d'un fauve qui serait accroché dans son dos et que rien ne ferait lâcher, une teigne, une sangsue. Pourtant il y a de la fatigue chez lui aussi, et ce matin l'ours a pu pêcher plus longtemps parce que le petit être peinait à refaire son retard.

Cela le rassure un peu – pas entièrement cependant, car l'épreuve n'est pas finie.

Mais l'ours sait que le mouflon qu'il a affolé la veille, le lançant à la rencontre de ses poursuivants, a heurté le petit être dans sa fuite aveugle. Il a perçu le choc derrière lui, le souffle coupé de la fine silhouette à genoux, sa main palpant son épaule et son flanc avec précaution. À ce moment-là, l'ours aurait pu revenir, il n'y avait qu'une bouchée à faire de ce corps recroquevillé sur lui-même, de cette respiration haletante. Il a préféré gagner du terrain droit devant lui.

Oh oui, il aurait dû revenir.

À présent, le petit être se trouve à nouveau sur ses traces. Un peu plus loin, un peu plus faible, mais il y est, collant comme une résine d'arbre, comme une coulée de miel.

L'ours oblique vers l'est. Il veut longer la vallée suivante, où quelques familles évènes persistent à élever des rennes, vivant en minuscules communautés où le bétail est bien plus nombreux que les hommes. En arrivant au-dessus des cinq ou six yourtes qui bordent une rivière, entourées d'un large troupeau disséminé dans l'herbe drue, il s'arrête, se prépare.

Du haut de la forêt, l'ours grogne.

D'abord, cela n'a l'air de rien. Et puis, très vite, les rennes entendent, les cris leur font lever la tête. Inquiets, ils se mettent à piétiner et à bramer, à trotter nerveusement, se regroupant et s'écartant, cherchant où aller. Quelques humains sortent des habitations, le fusil à la main, avec très exactement la même attitude que l'ours lorsqu'il écoute, visage relevé, nez au vent, car eux aussi essaient de sentir et d'entendre malgré leurs sens dérisoires.

L'ours gronde, ses cris résonnent contre les parois des montagnes. En bas, les humains s'interpellent en chargeant leurs armes.

Nul doute que le petit être s'interroge lui aussi.

Alors l'ours reprend sa course vers le nord, abandonnant les troupeaux à leur panique grandissante, les hommes à la battue qui s'organise, et il file sans regarder, sans écouter, il sait où il va, lui, l'agitation se referme sur lui, et le bruit, et la peur, il court, il détale.

Hadrien

Hadrien a longuement vérifié la piste de Lior et de l'ours quand elle a redescendu vers l'est.

Improbable.

Mais il faut se rendre à l'évidence : l'ours est parti par là.

Qu'est-ce qu'il fout ?

Dans l'épuisement d'Hadrien, il y a aussi la colère de celui qui se sent floué, la même que lorsque, enfant, il essayait d'attraper ses sœurs bien plus grandes que lui, refermant ses doigts sur un courant d'air tandis qu'elles gloussaient en l'appelant plus loin, et il recommençait à courir, fou de rage et d'impuissance – jamais il n'arrivait à les toucher, hormis quand elles le laissaient faire parce que le jeu les avait lassées.

Il a envie de le cogner, cet ours qui les trimbale un peu partout, il a envie de hurler qu'il faut arrêter, à présent, que la farce a assez duré. En même temps, il en veut terriblement à Lior de ne pas abandonner, ne pas avoir cédé, refuser de reconnaître que l'ours est trop fort pour eux. Il y aurait tant à raconter, au retour, de cette bête incroyable, tant de dignité à lui accorder la victoire, au lieu de courir à s'en faire péter le cœur, et les jambes, et la patience, car Hadrien est à bout, l'exténuement lui creuse les yeux, il rêve de pouvoir tout stopper, comme une partie de cartes ou de petits chevaux que l'on fiche en l'air avant d'avoir vraiment perdu. Il voudrait que cela s'écrive dans l'air et dans les nuages, le mot *fin*, ou *game over*, enfin quelque chose qui signifierait que c'est assez, plus de jetons, plus de vies, chasse suspendue. Halte.

Lior ne s'arrêtera pas.

Par moments, Hadrien rêverait d'avoir le courage, la folie oui !, de l'envoyer au diable. Un grand geste de rage – et puis une volte-face. Qu'elle y aille. Qu'elle le rattrape, son ours, qu'elle se le coltine au bout de son fusil, il ne veut plus le savoir, ne veut plus voir. Il rentre. Même pas au campement, même pas à la petite ville : en France. Elle le rejoindra peut-être. À cet instant, il s'en moque. Qu'elle poursuive l'ours pendant des jours, des années, si elle le souhaite, il a décidé, lui, de revenir sur ses pas, de la laisser à son absurde obstination.

Évidemment non.

Hadrien chasse les pensées d'un mouvement nerveux.

Il transpire sous la douceur de la fin d'été, sous le soleil, sous un ciel trop bleu. Son manteau est enroulé en haut de son sac.

Une pause.

Il est le seul à la faire, il le sait. Devant lui, Lior et l'ours avancent à marche forcée.

Tarés, tous les deux.

Et pourtant qu'il l'aime, elle. Sa sœur dit qu'elle ne le mérite pas ; mais c'est lui qui ne pourrait pas vivre sans elle. Le mérite, cela n'existe que dans le regard des autres.

Dans son sac, il reste des barres de céréales, du pain sous vide, du chocolat, du jambon sec dont il se souvient qu'il faut l'emballer sous trois épaisseurs à cause de l'odorat des ours. Des guides devaient apporter chaque soir de quoi dîner un peu mieux, mais il n'y a plus de guide, et plus de chasse. Juste trois jours de nourriture, s'il ne dévore pas tout d'un coup. Il faut trouver Lior avant que le sac soit vide.

Hadrien ferme les yeux, le menton dans les mains, à moitié assis sur un rocher noir. S'il s'écoutait, il roulerait à terre, couché en boule, s'endormirait dans les feuilles chaudes. La nuit, il se réveille sans cesse : les bruits, le vent, les cris. Ceux que des oiseaux poussent sans prévenir, ceux des petits mammifères piégés par les prédateurs au sortir des terriers, ceux qu'il invente pour empêcher le silence de s'établir. Le silence, c'est la mort. Tout ce qui vit bruit, frissonne, miaule, craque, frôle, siffle, ronfle. Les cimetières, eux, sont peuplés de silence – et de chats qui ne disent rien.

Lior et Hadrien n'ont jamais parlé de cimetière. Peut-être parce qu'à leur âge on croit que cela n'arrivera jamais, ou alors dans cinquante ans : une éternité pour y penser. Peut-être dans cinquante ans ne seront-ils plus mariés lui et elle, et ils habiteront à des centaines ou des milliers de kilomètres l'un de l'autre, ne se connaîtront-ils plus – même si Hadrien ne veut pas réfléchir à cette éventualité. Mais à quoi bon penser aux cimetières de gens dont on peut se séparer mille fois le temps d'une vie ? Si l'épreuve revenait à d'autres. Si Lior n'était pas la femme qu'Hadrien enterrera quand il sera vieux, et réciproquement.

Quand ils seront vieux, oui.

S'ils deviennent vieux.

Ils ont beau rejeter la mort le plus loin possible, fermer les brèches dans leurs esprits, croire sans l'avouer que ne pas en parler protège de quelque chose, cette chasse-là, depuis le matin de l'attaque, renverse l'ordre et la cohérence. Cette chasse qui lui rappelle – comme s'il ne le savait pas ! – qu'il suffit d'un grain de sable, et la question des cimetières se pose avec une acuité nouvelle, en dehors des âges, en dehors des statistiques, en dehors des normalités.

Si Lior est tuée par l'ours, que fera-t-il d'elle, sinon errer indéfiniment avec sa dépouille sans se rendre, sans quoi on la lui prendra, pour l'enfouir ou la brûler, on la lui enlèvera. Il lui faudra marcher pour toujours, pour la garder. D'année en année, traînée dans son sillage, elle pèsera moins lourd, les chairs s'en iront en lambeaux, elle laissera une trace rouge et brun dans la neige, dans la terre, le long des rivières, puis plus de trace du tout, quand la peau aura déserté ses os et que ses os se seront dispersés aux quatre coins du pays, derrière les pas épuisés d'Hadrien. Alors lui, quand ses mains ne tiendront plus rien, pas même un dernier cheveu, il rentrera là où tout le monde l'aura oublié, sur sa terre qui ne sera plus sa terre, retrouver les siens dont il ne veut plus.

Lior.

Hadrien se griffe le visage pour revenir à lui. Il sent qu'il s'égare, la tête lui tourne. Vision floue. Il y a des voix au loin.

Pas même.

Et pourtant il perçoit quelque chose d'humain. Étrangement, cela commence par l'aboiement d'un chien.

Hadrien est toujours assis sur le rocher, une sorte d'épuisement le terrasse.

Chien ?

Quatre hommes se faufilent entre les arbres. En une fraction de seconde, Hadrien attrape son fusil. Sidéré. Pas vus venir. Pas entendus, si ce n'est ce bruissement de voix qu'il a pris pour une hallucination.

Les hommes se sont baissés pour se cacher, se dispersant avec une vivacité stupéfiante derrière les troncs et les bosquets. Hadrien, lui, bascule de l'autre côté du rocher. À peine s'est-il rétabli à genoux qu'une balle vient écorcher la caillasse qui le protège. Il s'écrase sur le sol.

Pourquoi ?

Deuxième balle. Les chiens hurlent.

Alors Hadrien comprend. Les chasseurs l'ont pris pour l'ours.

Pas même cherché à le voir, à être sûrs, dans cette forêt où personne ne passe. Ils sont à mille lieues d'imaginer qu'un homme pourrait se trouver là, eux qui n'ont peut-être pas croisé d'autre être vivant que des gibiers et des fauves depuis des années.

Leur dire.

Surtout, ne pas se redresser. Dans un réflexe galvanisé par l'appréhension, ils tireraient aussitôt.

Alors Hadrien crie, recroquevillé derrière le rocher :

— Hé !

Il devine les fusils qui se suspendent, le silence accompagnant la surprise et le désarroi.

— Arrêtez !

Très lentement, il lève le fusil, se déplie, bras en l'air. Il n'est pas certain que les hommes s'en tiennent là. Peut-être savent-ils tout à fait qu'Hadrien n'est pas l'ours. Peut-être est-ce plus compliqué qu'il ne l'imagine.

— Je ne suis pas un voleur ! Je cherche un ours !

Les quatre hommes s'approchent avec d'infinies précautions, retenant deux chiens qui jappent pour courir vers Hadrien, à moitié étranglés par des laisses en cuir que les maîtres tendent d'un coup en donnant un ordre brusque, un mot qu'Hadrien ne connaît pas, dialecte ou russe. Il ouvre les bras pour les rassurer sur ses intentions. Visages durs et tannés, yeux bridés comme il pensait qu'étaient seuls ceux des Esquimaux – mais ce n'est pas si loin, le Groenland, d'autant que certaines ethnies peuplent encore l'extrémité de la Sibérie orientale. Hadrien les regarde avec curiosité, s'en rend compte, détourne les yeux.

La tension a baissé d'un cran, il le sent. Une sorte de déclic. Et puis il est tout seul – qu'auraient-ils à craindre ?

Fusils à la main, ils lui posent des questions incompréhensibles à une vitesse étourdissante. Tout d'abord, il essaie de montrer par gestes que leur langue ne lui évoque rien, mais ils continuent ces monologues à peine entrecoupés de silences et de points d'interrogation – alors il répond en français, d'une traite, expliquant la traque de l'ours et la présence de Lior quelque part entre la bête et lui, la fatigue, le chemin qui repart vers le nord, et les hommes se taisent.

Sur la poussière de la terre, ils dessinent un ours qui ressemble à ce que crayonnerait un enfant. Hadrien hoche la tête. Du bout du doigt, il ajoute une forme humaine allongée pour représenter Jonas, avec des croix à la place des yeux pour qu'il ait l'air vraiment mort et une étoile sur le ventre en guise de blessure ; puis il ajoute une deuxième forme, debout celle-là, courant derrière – Lior ou lui, qu'importe. De la main, il désigne l'ours. Se frappe la poitrine puis indique la silhouette de l'ours à nouveau, s'aidant de mots inutiles. *Moi, je veux le rattraper.* Très vite, il perçoit que ce qui inquiète les hommes, ce sont les rennes qu'ils englobent de larges gestes en balayant la vallée de leurs bras.

Non, dit Hadrien en secouant les mains – et il montre le chemin par lequel est parti l'ours, signifiant la fuite de l'animal, sa course sans relâche.

Les hommes hument l'air.

Jamais Hadrien n'a vu autant d'humains renifler des odeurs que depuis qu'il est dans ce pays, et encore une fois il reste perplexe, car il ne sent rien, lui, il peut juste réfléchir – il donnerait cher pour deviner une fragrance, comprendre quelque chose hors de sa portée, savoir où aller, et vers quoi. Les chasseurs observent la piste de Lior et de l'ours en échangeant des commentaires bruyants.

Se tournent vers lui avec leurs étranges regards. Ils attendent.

Hadrien ramasse son sac. *Il faut que j'y aille.*

Il frôle les hommes immobiles en passant.

Jusqu'à la voix qui le rappelle. Mais il ne saisit pas ce qu'elle veut lui dire. Alors les autres crient, et il s'arrête.

Quoi ?

Ils désignent le chemin. Oui c'est là qu'il va – il hausse les épaules. Il a perdu trop de temps. Il répète : *J'y vais.*

Les hommes rient, l'air content.

De savoir que l'ours n'a fait que passer ? Que l'homme fatigué ira le poursuivre, leur épargnant la chasse et le danger ?

Ou simplement ils se moquent.

L'un d'eux ouvre son sac, en tire un filet de viande séchée qu'il offre à Hadrien. Petits mouvements de tête, il s'approche avec précaution, bras tendu. Hadrien a l'impression d'être un chien à qui l'on dirait : Prends-le ! Prends !

C'est pour toi.

Il met la viande dans son sac en remerciant avec un sourire forcé. Lorsqu'il s'éloigne enfin sur la piste, il se sent obligé de courir à petites foulées. Dans son dos, le regard des hommes le suit jusqu'à ce que la forêt l'ait avalé.

Alors Hadrien pense à nouveau : *Seul.*

Pense aussi à cette étrange apparition, à ces silhouettes sorties de nulle part et reparties aussi inutilement qu'elles étaient arrivées, il ne comprend pas pourquoi les hommes sont venus.

Mais si, bien sûr que si.

L'ours.

Qui a affolé les rennes pour faire diversion, pour attirer les hommes des yourtes jusqu'à Lior et jusqu'à Hadrien, en haut, en surplomb. Espérant peut-être que, la panique aidant, les humains s'entre-tuent, tirant au jugé parce qu'ils ont entendu des froissements lourds dans les feuilles, des pas traînants, et que jamais d'autres hommes n'errent dans ces forêts, on n'a pas le temps d'attendre d'être certain, si c'était dangereux. Ici, il n'y a que des bêtes. Un accident parfait.

Oui bien sûr : l'ours a essayé de les piéger une nouvelle fois.

À mort.

Hadrien essuie son visage en sueur. Pas que la sueur : la sensation qu'ils ne sortiront pas de cet étrange voyage, qu'ils seront toujours dupes, toujours à la merci des tromperies d'un animal qui connaît le territoire jusque dans ses moindres recoins, jusqu'aux habitants improbables des petites vallées perdues, et aux réflexes sauvages des hommes et des bêtes. Continuant son chemin, il sursaute aux moindres chuintements, aux courants d'air, aux frissonnements des arbres. Et cette chaleur – mais ce n'est pas la chaleur qui lui met de l'eau dans les yeux, seulement cette angoisse qui le fait peu à peu basculer dans un état bestial, peur, moiteur, l'odeur âcre sous ses bras, sale et hirsute, il le sent, qu'il n'est déjà plus tout à fait un homme.

L'ours

Ce que l'ours n'avait pas prévu, c'est que le petit être, entendant ses rugissements loin devant, se mettrait à courir. D'habitude, les cris de l'ours effraient les autres bêtes, qui décampent en sens inverse ; mais le petit être, lui, s'est précipité dans sa direction. Dans son dos. Plus vite, plus fort.

Alors les éleveurs de rennes n'ont pas eu le temps de l'intercepter.

Une fois encore, l'ours ouvre les yeux un peu grands, un peu étonnés. Ses pièges ne fonctionnent qu'à demi. Il s'immobilise quelques instants, mâchonnant dans le vide.

Réfléchir.

Non, l'ours n'en est pas capable. C'est une sorte de saisissement puis de vision blanche, vacante, bancale.

Chercher où aller, mais cela ne suffit pas.

Chercher comment se dépêtrer de tout cela.

Comment se débarrasser du petit être qui ne se laisse pas perdre.

L'ours renifle longuement. Depuis quelques heures, une odeur plane, lointaine. Il pressent que ce pourrait être la solution.

Risquée, mais a-t-il le choix ?

Secouant la tête, il repère le sens du vent.

Cela l'obligerait à revenir presque en arrière, en montant un peu plus à l'ouest. Surtout, il ne faut pas croiser les chasseurs. Mais l'odeur, il la reconnaîtrait entre mille, ces effluves pourris de demi-charogne, des fragrances d'efforts ultimes, de respiration douloureuse, un certain exténuement, des soupirs à l'haleine si faisandée qu'ils ressemblent à un dernier souffle.

Oui, il peut tenter.

Parce que tout cela doit cesser.

Il y a un voile étrange sur le regard de l'ours, que la fatigue aggrave. Il ne veut plus jouer. La fuite l'use trop fort, et cela peut durer indéfiniment, car il suffit de tourner autour des volcans et des montagnes, et l'espace sera inépuisable, de quoi courir des années, s'ils en avaient la force, le petit être et lui.

Mais la force, il n'y en a plus, et ce n'est pas vrai qu'on peut détaler à l'infini quand les corps faiblissent et que la raison vacille. L'ours sait bien que la fin approche – non qu'il le sache réellement, mais encore une fois il le faut.

Alors cela sera bientôt terminé. Ce qui lui échappe, c'est la façon.

Ce sont les victimes, et les vainqueurs.

Lui, ou le petit être ?

Même pas une question.

L'ours éternue, à cause des relents dans l'air. Personne d'autre ne les sentirait sans doute ; mais son odorat est l'un des meilleurs du monde. Pourtant, il fait un pas dans une autre direction, celle qu'il suit depuis la veille. Hésite. Il a la sensation que ça se bat là-haut, dans sa tête, à gauche ou tout droit.

À gauche, l'odeur.

Tout droit, la fuite.

Il s'est déjà défait de cinq de ses poursuivants.

Restent deux.

À gauche ou tout droit ?

S'il continue à filer, il a une chance de les perdre peu à peu, mais peu à peu ce n'est plus possible. Faim, fatigue. S'il était un homme, il se le répéterait sans relâche, hurlerait parce que quelque chose devient insupportable, parce qu'il y a cette douleur juste derrière les yeux, qui prend le front, le crâne et jusqu'à la gorge, l'unique pensée, stop, stop. STOP.

L'ours a déjà vu des mouflons, au terme de courses terrifiantes, se jeter du haut des montagnes. Ils n'ont pas pu aller plus loin. Plus de volonté, plus de mental. Comme lui : il faut que cela cesse. Si cela ne veut pas cesser, il y a un moyen très simple d'obliger.

Sauter.

Se fracasser.

Oui, cela s'arrête. À ce moment-là, tout le monde a perdu.

C'est cela que tu veux ?

L'ours s'étend sur le flanc et ferme les yeux.

Ours mort.

Un instant de répit. Quand on est mort, on a le temps. Cela fait une joie engourdissante dans son corps, l'impression que tout se relâche, tout se répand, l'ours sent son cœur cogner contre la terre.

La terre lui répond.

Il ouvre un œil, celui du côté du ciel. Celui contre le sol reste fermé. Côté lumière, c'est bleu, c'est jaune, c'est vert, ça tourne.

Côté ciel, les feuilles des arbres frémissent, des oiseaux chantent, et le lit d'une rivière, au fond.

Côté terre, le magma bouillonne sans bruit, faisant des vibrations presque imperceptibles. Et le rythme d'un pas qui avance.

L'ours se redresse dans un sursaut. Pas de pensée, pas de décision, juste les muscles qui se crispent en redonnant forme à la chair. Faisant volte-face, il bondit, se jette, détale.

Il ne sait pas pourquoi.

Mais où, oui, il est sûr : à gauche.

Hadrien

Quatrième jour. Lior ne donne plus signe de vie depuis quarante-huit heures.

Hadrien marche. Ne pense à rien.

Tout lui vient tout seul.

Son existence sans surprise, les peurs, les abandons. La joie, l'insouciance, les interrogations, le temps dont on attend qu'il passe sans savoir pourquoi – puis, au soir d'une vieille enfance qui s'achève, Lior.

Feu d'artifice.

Des étoiles bleues, pourpres, or.

À l'intérieur, Hadrien a vu la lumière d'un coup, comme la naissance d'un être assoupi depuis vingt-cinq ans, qu'on croyait mort, et qu'un sort réveille et lève en chantant à tue-tête.

Dans tue-tête, il y a tue.

Hadrien a renoncé depuis longtemps à essuyer la sueur sur son visage et à chasser les mots fous de son cerveau. Qu'ils passent donc.

Qu'ils trépassent.

En milieu de matinée, il a trouvé un mouchoir ensanglanté sur le sol, et tout a basculé. Ce mouchoir, ce ne peut être que Lior. Le sang : une blessure, une plaie ouverte, un égorgement, peut-être la mort qui s'avance. Cette fois, il comprend que l'un d'eux ne reviendra pas de cette chasse, il y a trop de choses, trop engagées. C'est comme se trouver au bord d'une falaise avant de glisser sur une pierre, tant que l'on tient, tout reste possible. Et puis un faux pas. Après, c'est la chute.

La question : qui tombe ? Et comment.

Faites que ce soit l'ours.

Pauvre espoir en vérité, car il est le plus habile d'eux trois. Le moins éprouvé aussi, imagine Hadrien dont les jambes ne sont plus que deux tiges en os qui arquent au risque de se rompre tant l'épuisement les fragilise, Hadrien qui a ramassé le mouchoir de sang pour le fourrer au fond de sa poche, si c'était le dernier souvenir de Lior, car la certitude de la trouver en vie chavire peu à peu.

Blessée, au mieux.

Le pire, il refuse d'y penser, pour ne pas lui donner corps.

C'est pour cela qu'il accélère malgré ses poumons qui crient grâce, malgré les incohérences dans sa tête et sa vision troublée. Une sorte d'urgence. Pourtant, un pressentiment terrible lui murmure qu'il arrivera trop tard.

C'est la fatigue, la fatigue qui dit n'importe quoi.

Il pense aux mots d'Oscar qui l'avaient tellement gêné, et dont il saisit le sens et l'incroyable volonté à présent qu'il est lui aussi aux limites de sa résistance : *Marche, crevure.*

Alors il marche.

Cela fait des éclairs minuscules dedans ses paupières et dans son esprit, il ne sait plus vraiment où il est, si c'est bien ce pays, et si c'est bien l'ours qui les emmène devant, loin, mais pas si loin, parce que Hadrien ignore à quel point l'animal est également à bout – de forces, mais surtout de patience.

Ou peut-être le devine-t-il dans l'exigence incompréhensible de se jeter corps et âme sur cette dernière piste, dans l'angoisse qui s'est muée sans raison en une véritable panique, et il supplie pour que Lior perçoive elle aussi le danger grandissant, qu'elle s'arrête, qu'elle l'attende.

Il sait qu'elle est vivante ; sans quoi il aurait trouvé son cadavre.

Mais dans quel état ? Le sang dans sa poche le fait trembler, le mouchoir tombé par erreur, car jamais Lior ne l'aurait laissé derrière elle, preuve qu'elle s'étiole, qu'elle vacille, qu'elle commet des erreurs. Or avec cet ours-là, la moindre faute peut être mortelle.

Marche, crevure.

Comme un fou, une heure de plus, puis deux.

Bouche ouverte et des larmes dans les yeux et dans la gorge, parce que c'est trop dur. Mais il se rapproche, il le sent.

Une sorte d'effluve dans l'air.

*

Lior a bifurqué à l'endroit où l'ours, tout à coup, a pris vers l'ouest. Elle ne s'est pas demandé pourquoi il avait changé de direction encore une fois : depuis quatre jours, il n'a pas cessé de le faire. Et puis la piste se stabilise, redescend lentement, et elle en éprouve un tel soulagement, corps rompu, qu'elle ne se pose pas la question, courant presque à présent, même si tout en elle l'adjure de s'arrêter. Elle n'a plus mangé depuis la veille, ses provisions sont épuisées. Elle a rempli sa gourde à l'eau d'une rivière qu'elle a suivie un moment, trop froide, trop pure, ses entrailles n'en peuvent plus.

Mais Hadrien a raison : elle pressent que la traque s'achève. Quelque chose dans le rythme de l'ours, qui ralentit imperceptiblement, dans la lumière du soleil mêlée de particules de brume, l'air trop doux, des nuances sans importance – et pourtant.

Pour la première fois depuis des jours, Lior s'immobilise, lève le nez, s'impose un temps de suspens. La tête lui tourne. Ses yeux plus grands que jamais, immenses dans son visage décavé. Elle a pris froid la nuit, avec son duvet qui ne la protège pas assez quand la chaleur s'estompe et que les températures descendent au-dessous de zéro, la fièvre cogne à ses tempes. Mais l'étincelle est toujours là, épuisée, mourante peut-être – présente cependant, comme un éblouissement qui la tiendrait éveillée malgré les frissons mauvais et malgré la blessure au côté droit, quand le mouflon l'a heurtée l'autre jour, après qu'elle a eu tiré au hasard dans les bois, effrayée par le bruit de la course. Le sang sur son visage aussi, pommette ouverte par les cornes, bien qu'elle se soit jetée en arrière pour échapper à la chute de l'animal, cette plaie qui ne se referme pas et qu'elle essaie de calmer en appuyant une poignée de neige dessus. Elle se souvient de leurs corps emmêlés, à peine, un si bref instant, elle à genoux, les mains sur ses joues, le mouflon repartant en boitant dans une traînée rouge. Relevés tous les deux, très vite, lui s'enfuit, elle reprend la piste de l'ours. Une sorte de vision fugitive, une apparition. Si les blessures ne rougissaient pas ses vêtements, elle douterait que cela ait vraiment existé.

À cet instant, elle ne sent plus rien. Son corps exténué s'est drogué lui-même, enivré par l'effort. Lior flotte au-dessus de la forêt. Quand elle court, il lui semble qu'elle vole ; au fond d'elle, un reste de conscience sait bien que ce n'est pas vrai, mais la sensation est là, exaltante, elle avale la piste, immortelle.

Se souvient par fragments que l'immortalité, cela n'existe pas.

Se méfier des intuitions épuisées.

Elle reprend le chemin.

L'impression de sentir l'odeur de l'ours, sa sueur animale, un parfum fort et amer.

C'est là, c'est là, se dit-elle sans comprendre.

Au même moment, une lourde silhouette s'esquive entre les arbres. Lior ne peut réprimer un cri étouffé. L'ours est à vingt mètres, trente peut-être, elle ne l'imaginait pas si près, masse brune qui se fond dans les bois – cependant elle a le réflexe, épauler, ne prend pas le temps de viser, elle tire.

Le bruit, immense dans le silence des forêts. L'écho résonne jusqu'aux vallées, rebondit, revient à ses oreilles. Mais Lior l'ignore, court déjà vers l'endroit où se tenait l'ours.

Vide.

Une voix au loin, un cri? une plainte? Humain ou animal, ou hallucination – elle secoue la tête.

Elle se tourne, cherche un mouvement.

Regarde le sol, espérant une trace de sang, trouve les empreintes, engage une nouvelle balle dans le fusil et bondit à la suite de l'ours, électrisée par une joie sauvage : il est là.

*

Hadrien a sursauté en entendant la détonation. Lui aussi, réflexe : il s'est agenouillé, les mains sur la tête. Moins la peur qu'une sidération; Lior est tout près. Le coup de fusil venait de l'ouest, un claquement qui a fait vibrer l'air autour de lui, il les croyait bien plus loin, l'ours et elle, s'est trompé.

Il rit : il les a rattrapés.

Ou ils ont ralenti.

Alors il crie dans la montagne.

Lior!!

Il s'en fout si l'ours s'enfuit.

S'en moque si Lior rugit parce qu'elle l'a perdu à cause de lui.

Lior, Lior!

Il n'attend pas de réponse, se relève, empoigne son fusil.

Lui aussi, une exultation de tout son être : elle est là.

*

Devant, l'ours court de toutes ses forces. Il sait que le petit être va le suivre comme un fou, à présent, enragé par sa proximité incroyable, les derniers efforts.

Derniers efforts, oui, pour lui aussi.

Mais il faut échapper aux coups de fusil, ne pas se laisser surprendre. À l'instant, alors qu'il se faufilait entre les grands arbres, la balle a ricoché contre un chêne, des morceaux d'écorce lui ont éraflé l'oreille.

Quelques gouttes de sang.

Qu'importe, il se concentre sur le chemin devant lui, baissant la tête aux branches basses, prenant soin de zigzaguer – assez pour faire une cible trop compliquée entre les troncs noueux, mais assez peu pour ne pas perdre de temps, un long chaloupage, comme une bête ivre, tandis que ses nerfs à vif le propulsent dans une course terrible.

Il suffit d'un faux pas.

Il le sent, qu'il est sur le fil.

Tenir.

Courir.

Forcer.

Jusqu'où ?

Le sol vibre sous les enjambées de l'ours. Un rythme puissant et régulier, trois temps à peine interrompus par un instant de suspens, comme un galop de cheval, l'arrière-main et l'échine projetés vers l'avant, une ondulation de chair et de muscles. Sous ses griffes, les feuilles s'envolent, milliers de taches de couleur malmenées. L'air lui rentre dans la bouche, asséchant son souffle, aspirant la douceur de l'après-midi.

Bientôt il faudra qu'il se repose. La balle a touché son épaule, il refuse de voir mais le sang vient de là, pas de sa pauvre oreille qui continue à écouter les bruits derrière, il commence à boiter.

Même pas mal : juste, ça le gêne. Et ça l'irrite.

Et à ce moment-là tout reste ouvert, aucun d'eux n'a réussi à prendre l'ascendant sur les autres, les chances sont égales. Au fond, c'est Vlad qui avait raison quand il disait que rien n'était gagné d'avance, ni pour les hommes ni pour les ours.

Cela se joue jusqu'au dernier moment.

Jusqu'aux dernières blessures. Et à l'instant ultime de l'épuisement.

Lior s'est figée.

Bouche ouverte : mais cette fois elle étouffe le cri.

Elle reste à distance. Là aussi, une trentaine de mètres.

Le temps de comprendre.

Dans la petite clairière qui l'a stoppée net, l'ours est allongé de tout son long.

Mort.

Mais c'est si soudain, si inattendu qu'elle n'y croit pas encore. C'est pour cela qu'elle attend à demi cachée par un arbre, les yeux fixés sur le ventre de l'animal, guettant le moindre mouvement, la moindre respiration.

Rien.

Le silence, et son souffle à elle.

Drôle de silence : un bourdonnement. C'est dans sa tête. Comme un choc.

L'ours est mort.

Ainsi elle l'a touché tout à l'heure.

Et tout est fini ?

Prudente, elle laisse passer plusieurs minutes. L'ours ne cille pas, ne tressaille pas. Il n'agonise pas. Il est mort, mort, se dit Lior. Les yeux rivés à la grande silhouette inerte, elle guette un frémissement même minuscule, même imperceptible. Elle fronce les sourcils, finit par ramasser une pierre qu'elle jette de loin, et qui vient cogner la masse allongée, rebondissant sur le poil brun. Rien, rien de rien, pense-t-elle en se mordant les lèvres.

Alors enfin elle se redresse en riant, toujours incrédule. *C'est pas vrai ?*

Les mots la traversent de part en part, douloureux, ébahis, hystériques soudain.

Je l'ai eu. Je l'ai eu !!

Les larmes aux yeux, elle court vers lui, fusil toujours chargé s'il fallait l'achever, bien que l'absence totale de mouvement la rassure, l'ours est mort, *Putain*, hurle Lior, *il est mort !!* C'est fini, fini. Le tueur de Gauvain est mort. Tant pis si cela ne rachète rien. Lior est à trois mètres, elle ne voit que lui. Elle n'a plus aucun doute, le voile sur le regard fixe, la gueule ouverte. Elle le pousse du bout du fusil et il n'y a qu'un grand corps inerte. Elle s'agenouille devant lui, le souffle coupé, riant encore et soudain sanglotant, parce que l'émotion est trop forte, et ces jours de suspens, presque irréels, qui s'arrêtent d'un coup. Il va lui manquer, l'ours, qui a donné un sens incompréhensible à ces journées dangereuses, l'ours qui lui a demandé le meilleur d'elle-même, qui l'a obligée à passer de la colère aveugle à une étrange quête qu'un moment elle a imaginée sans fin. Mais il n'y a rien d'infini, et l'ours est mort cette fois.

Alors c'était toi.

Ventre gonflé, les insectes sur les plaies noires.

En courant jusqu'à l'ours, Lior avait vu les dizaines de mouches. Mais, dans l'excitation et dans la surprise, elle n'y avait pas prêté attention.

Soudain, ses yeux s'agrandissent, exorbités, elle a un mouvement de recul. Une fulgurance.

Il ne peut pas y avoir déjà autant de mouches sur le corps de l'ours. Pas en quelques secondes – ou quelques minutes.

Lior fait un geste pour se relever en même temps que la terreur éclate en elle.

Ce n'est pas lui !!

À cet instant exactement, caché derrière le bosquet au bout de la clairière, l'ours charge.

*

Six cents kilos et soixante kilomètres heure. C'est la bête qui déboule sur Lior, la gueule déjà retroussée sur des dents qui font un rictus.

Soixante kilomètres heure, c'est beaucoup trop rapide. L'ours le sait, même si la chasseuse devant lui est exceptionnelle. Il est le seul à avoir une chance.

Dans sa gorge, un grognement terrible, joie et fureur mêlées, il a piégé le petit être, enfin. Pour cela, il aura fallu l'amener jusqu'à cet ours mort dont il a senti l'odeur depuis la veille. Détourner son attention, écraser sa vigilance. Tant d'efforts, et tant de fatigue.

Plus rien n'a d'importance.

Il voit Lior empoigner son fusil – trop tard.

Mais elle tente. Elle essaie. Pour ne pas avoir de regrets.

Et peut-être parce que l'urgence n'a jamais été aussi vraie, et la peur aussi paralysante, pour la première fois Lior laisse échapper son arme.

Pour la première fois, le doigt coupé de sa main gauche la trahit, le canon glisse dessus ; elle fait un brusque mouvement pour le rattraper, en vain, la bouche ouverte sur un cri qui ne sort pas.

Regard obnubilé par le poitrail de l'ours au galop, la masse qui prend son élan pour la renverser, dix mètres, puis cinq.

Il s'envole.

La dernière chose que Lior entende, c'est le coup de fusil. Elle a le temps de penser que c'est inutile, qu'elle a tiré trop haut, vers le ciel barré par une masse sombre immense. Et puis l'ours est sur elle et elle ne perçoit plus que la violence du choc.

*

L'ours a sauté de toute sa puissance, de toute sa rage. Il a senti, avant même de la broyer, l'odeur de la chair humaine, sa texture, il a entendu les os craquer sous son poids quand il retomberait, la respiration arrêtée net, les poumons écrasés. Tous ses muscles se sont détendus pour le jeter en l'air dans un bond prodigieux.

Le coup de fusil, il a compris tout de suite que cela passerait à côté. Comme suspendu, l'ours a tourné la tête pour suivre des yeux la balle perdue, il a entendu le sifflement crever l'air, tout ça pour rien, ces particules déchirées, cette vaine détonation qui a effrayé les oiseaux autour. Il faisait beau ce jour-là, beau et chaud, même si l'ours savait à plein de petits signes imperceptibles que c'était la fin de l'été, la couleur des arbres avait commencé à virer. Il allait falloir pêcher sans relâche et faire du gras, des dizaines de kilos de gras en réserve, pour passer l'hiver. À présent que la traque s'achevait, ce serait enfin possible. Il pourrait se reposer, boire, manger. Les choses étaient à nouveau en ordre. Les chasseurs avaient échoué face à lui, comme tous les précédents. Pourtant, l'ours avait dû déployer des efforts titanesques pour se débarrasser de ceux-là ; plusieurs fois, il s'était senti désorienté, parce que celui qui ne l'avait plus lâché depuis l'attaque du campement était d'une autre trempe que tout ce qu'il avait connu. Et comme les parasites qui s'installaient dans sa fourrure en le rendant fou pour quelques jours ou quelques semaines, il avait cru qu'il ne s'en libérerait jamais, il avait dû puiser dans toutes ses forces et toute son expérience pour en finir. Il avait compris qu'il ne s'en déferait pas – la seule solution était autre, il devait aller au combat, mais pas bille en tête, car il connaissait trop bien les fusils. Il ne chargerait pas comme une bête acculée. Il ferait comme eux, les humains : il imaginerait un piège.

Pendant l'immense saut de l'ours attaquant Lior, il y eut toutes ces pensées, ou ces images, défilant dans sa tête à une allure telle qu'il ne les vit peut-être pas. Mais la sensation, légère et saturée à la fois, était là, elle signifiait la même chose. Il sortait vainqueur de cette chasse qui le laissait encore incrédule, et le corps colossal porté par les poussières de lumière vibrait de puissance, toute rage évaporée, à cause de la fatigue sans doute ; il aurait aimé, un instant fugitif, se rouler en boule dans une tanière de feuilles tel l'ourson qu'il avait été, et dormir sans crainte, sans heurts, sans fin. La réalité l'en empêcherait, il fallait s'éloigner encore, et il fallait manger. Mais il n'y avait pas à revenir là-dessus, c'était égal.

C'était la vie.

C'était bien ainsi.

Alors l'air cesse de porter l'ours, cesse de le maintenir dans cet étrange rêve éveillé dont il ne sait que faire. Sous ses pattes avant, sous ses griffes, il aperçoit Lior qui le regarde, attendant l'impact avec des yeux remplis d'effroi, de grands yeux bruns d'animal aux abois, immenses dans son visage épuisé, et il se dit : Le voici, le petit être.

Mais c'est trop tard et toutes les suspensions se remettent en marche.

S'écrasant au sol, l'ours s'affale sur Lior.

*

Sous la violence du choc, Lior a perdu connaissance.

Elle ne verra pas ce qui suit. Elle est déjà loin, là où plus aucune conscience n'a de prise, et peut-être est-ce un réflexe de son cerveau qui s'est déconnecté pour ne pas assister à sa mise à mort, une ultime protection, que cela se fasse en douceur – presque.

Lior flotte, s'étire, vole au-dessus de la montagne. Elle devine bien la silhouette de l'ours penché sur la sienne, en bas, mais elle ne peut rien y faire. Elle n'essaie pas d'intervenir. Elle regarde.

L'ours est magnifique, se dit-elle. Quelle idée d'avoir voulu le tuer – et maintenant, la roue a tourné, la question n'a plus de sens. Cela lui donne envie de rire, même si une grande tristesse l'envahit aussitôt. Allons, il faut en finir. Ce qu'elle ignore, c'est si elle sentira la première morsure, le premier coup de griffes. Le temps que sa tête s'arrache, après quoi tout sera terminé, mais elle n'a pas peur et elle n'a pas mal. Simplement, c'est long.

L'ours, sur la terre, s'est reculé.

Il est resté quelques secondes immobile sur sa proie, humant le petit être qui lui a causé tant de soucis. Il a perçu l'âme évaporée, le corps inerte, comme déserté. Sur les feuilles, il y a un peu de sang, celui que ses griffes ont fait jaillir en renversant Lior. Il sait que le petit être n'est pas mort. À présent, il ne manque qu'un coup de mâchoire pour que tout s'accomplisse.

Cependant il hésite.

Est-ce parce qu'il pressent qu'alors la traque reprendra avec le deuxième chasseur lancé à sa poursuite et dont il entend les pas lourds et précipités à quelques centaines de mètres – est-ce parce que la mort de Lior ne l'intéresse plus, tant sa victoire éclate sous le soleil et sous les feuillages verts et dorés.

Probablement c'est autre chose, car l'ours ne pense pas.

Une immense fatigue soudain.

Comme un dégoût.

C'est pour cela que, jetant un dernier regard sur la silhouette étendue dans son étrange sommeil, il fait volte-face et repart en courant vers la montagne.

LIVRE II

NÉPAL

Hadrien

Un miracle.

C'est ce que se dit Hadrien chaque jour depuis que Lior a réappris à marcher et qu'il la voit apparaître au seuil du salon, une main encore agrippée au chambranle de la porte pour s'assurer.

Un miracle, il sait que c'est vrai.

Lorsqu'il est arrivé trop tard dans la clairière où l'ours avait abandonné Lior inconsciente, il est tombé à genoux. Il n'est même pas allé jusqu'à elle, ses jambes ne le portaient plus – à quoi bon ? Il avait vu comme dans un rêve la silhouette de l'ours repartir à l'assaut des roches volcaniques, le corps de Lior immobile, les taches de sang. Il n'avait pas besoin de mots pour comprendre que tout était fait, et son cœur s'était presque arrêté, lui coupant le souffle. Il lui avait fallu plusieurs minutes pour se remettre debout sans flancher, parce qu'il devait aller voir, il voulait un souvenir pour sa mémoire, même disloqué, même arraché. Un souvenir pour avoir la force de se relancer derrière l'ours qui avait pris sa femme.

Il s'était simplement dit que Lior n'était pas très abîmée.

À nouveau, il s'était retrouvé à genoux, et il s'était mis à sangloter.

Il n'aurait peut-être jamais cessé si Vlad n'était arrivé. Il se souvient qu'il avait eu un haut-le-cœur, c'était trop vite, trop tôt, Vlad ne lui avait pas laissé le temps.

Le vieux s'était accroupi à côté d'eux, mais il avait aussitôt pris la main de Lior, palpant le pouls par réflexe. Alors Hadrien l'avait vu dans son regard agrandi par la surprise et il avait crié : *Quoi ? Quoi ?* – mais Vlad composait déjà le numéro des urgences, rappelait l'hélicoptère, ordonnait à Hadrien d'envelopper Lior dans sa parka et de parler, parler sans relâche.

Le temps s'était suspendu depuis des jours, et voilà que tout se remettait en marche dans un coup de tonnerre.

La semaine suivante avait défilé tel un cauchemar. Rapatriée à Petropavlovsk, Lior était restée dans le coma quatre-vingt-douze heures. Elle n'avait pu être transportée à Moscou que cinq jours plus tard, dans un état stationnaire. Puis, enfin, renvoyée à Paris. À ce moment, et à ce moment-là seulement, Hadrien avait eu la sensation de recommencer à respirer, il s'était dit qu'ils étaient sauvés. Plus de quinze jours avaient passé depuis l'accident avec l'ours.

Et tous les médecins russes et français, comme Vlad au moment où Lior reprenait connaissance à l'hôpital Lukashevsky, avaient eu ce mot-là : un miracle. Oui, aussi, de la chance, une condition physique exceptionnelle, une volonté farouche qui avait eu raison du coma profond dans lequel elle se trouvait, mais surtout et avant tout, un miracle.

Elle, à Moscou, s'éveillant et trouvant Hadrien endormi, les coudes appuyés sur le matelas, le visage enfoui dans les draps, lui avait passé une main dans les cheveux et avait dit en souriant : *J'ai cru que tu étais mort.*

Il avait eu un petit rire étranglé en la prenant dans ses bras le plus légèrement possible, pour ne pas lui faire mal. C'est elle qui avait failli mourir.

Oh la fatigue.

Elle dans sa tête, la peur pas encore estompée – lui, les images de la clairière ensanglantée, de l'ours qui ne s'était pas retourné en partant, et puis le déferlement des heures, des jours et des semaines, après, jusqu'à ce qu'ils arrivent à Paris et qu'enfin ils arrivent à croire que tout était fini.

Avec des avancées minuscules, des progrès désespérants de lenteur, Lior avait recommencé à vivre. L'une des premières choses qu'elle avait demandées sur son lit d'hôpital, en France, était la griffe de l'ours.

Vlad la lui avait glissée dans la main avant son départ. Encore assommée par le choc et les médicaments, elle n'avait pas réagi, enregistrant à grand-peine ce que lui disait le vieux guide. La griffe était prise dans son manteau au niveau de l'épaule. Sans doute l'ours se l'était-il arrachée lors de l'attaque – une griffe que Vlad avait nettoyée, soigneusement polie, et qui brillait comme une perle d'huître. *Cela te portera bonheur*, avait-il murmuré afin que Lior soit la seule à entendre. Sur le coup, elle avait refermé sa main dessus par une sorte de geste réflexe ; il avait fallu qu'Hadrien desserre ses doigts un à un pour extirper la griffe qui avait entaillé sa paume. Ensuite, les transferts, les soins, les opérations lui avaient fait oublier ce présent dérangeant. Elle l'avait retrouvé deux mois plus tard et, sur un coup de tête, fait monter en pendentif sur une petite chaîne en argent. Le dégoût et la peur avaient cédé à la fascination, une sorte de fierté ridicule aussi, s'avouait Lior, un bijou que personne d'autre ne possédait, un objet unique, saisissant, magique. Elle voulait croire que l'ours lui avait délibérément laissé la griffe. Le soir, elle la posait sur la table de nuit et la contemplait avant d'éteindre la lumière, attentive aux reflets sous la lampe, gris et argentés et nacrés. Parfois, le matin, elle la prenait dans sa main, fort, comme pour l'étouffer.

Alors il a fallu du temps, et il a fallu de la hargne, pour remettre en route une vie et une jambe fracassées qui n'ont pas voulu tout à fait se rétablir, ni l'une ni l'autre, cadeaux de l'ours. Lior gardera toute sa vie une légère boiterie, de ces claudications qui se remarquent à peine mais qui, une fois qu'on les a vues, ne cessent de poser question. Aux regards qui s'attardent, Lior ne répond jamais. Leurs amis sont au courant et n'osent pas demander davantage. Les autres pensent à un accident banal, une glissade, une cheville tordue. Lior garde sa boiterie comme on garde un secret, jalousement, passionnément. Elle ignore les coups d'œil insistants. Avec un demi-sourire, elle pense : *C'est mon ours.* Mon *ours.*

À son cou, la griffe cachée par sa chemise lui apporte un étrange réconfort.

À tout petits pas, Lior guérit. Le souvenir, lui, est intact. Il a gardé la force des émotions, des images, des odeurs – de la lumière aussi ; pour le reste, Lior a tout transformé.

Elle n'a conservé que ce mot : un miracle.

Et elle, la miraculée.

Parce qu'elle est morte là-bas. Presque.

Revenue par magie, par un mystère que personne n'expliquera jamais. Une expérience si près du ciel. Parfois, l'effroi balaie encore le fond de ses yeux.

Et cela aurait pu être la plus grande blessure : la peur.

Mais Lior ne parle pas de peur.

Juste, elle dit à Hadrien, d'une voix à peine audible : *Il y a une fragilité, je crois.*

Elle ne dit pas où. Elle n'ajoute rien. Hadrien ne sait pas si la fragilité est en elle ou ailleurs, au fond de son ventre ou dans le monde qui les entoure. Il n'est même pas certain de ce qu'elle entend par ce mot-là. Est-ce un os qui casse, une confiance qui s'effrite, le souvenir de l'ours sur elle ? Il retourne mille fois les questions dans sa tête. Il essaie de comprendre, il essaie de trouver. Mais il ne sait plus ce qu'il cherche.

Car ce qu'il cherche est bien au-delà de l'ours, bien avant, dans l'enfance de Lior – celle qui a précédé l'adoption, le changement de pays et le changement de vie. La source est toujours dans l'enfance.

Un traumatisme.

Un peu de folie qui passait par là.

Qu'est-ce qu'il y a eu ?

Du bout du doigt, Hadrien frôle la carte d'identité que Lior a laissée traîner sur la table.

Nin Lior.

Ce premier prénom que ses parents adoptifs ont conservé et qu'elle a voulu rayer de sa vie, renvoyant pendant des années les courriers adressés à Nin avec rage – *n'habite pas à l'adresse indiquée*, souligné trois fois, entouré en noir, en rouge, en bleu.

Qu'est-ce qui s'est passé ?

Lior marche en forêt pour entraîner sa jambe abîmée, Hadrien l'accompagne. Ils jouent à se bousculer, à s'éviter, à se rattraper. Elle rit. Lui, la question est toujours dans sa tête. Elle le regarde, elle devine.

Je ne sais pas.

Il la croit. Un bras autour de ses épaules, il l'arrête, lui montre un écureuil qu'elle n'avait pas vu – elle marmonne, vexée : *Je ne faisais pas attention.* Il se moque gentiment. Alors elle, pour le tourmenter, pousse un cri : *Pan !* L'écureuil s'enfuit.

Lior mime une dégringolade avec ses mains et Hadrien fronce le nez.

— Méchante.

— C'est pour rire.

Pour rire, car Lior ne retourne pas à la chasse, et les écureuils ne meurent pas.

Pas encore.

Hadrien, lui, appréhende ce moment pendant des mois, ce jour où elle rentrera en annonçant qu'ils partent tuer des cerfs, des singes ou des lapins. Il ne peut se défaire de cette pensée-là, de cette obsession qui a rythmé leur vie depuis cinq ans et qui va revenir, c'est sûr.

Mais Lior se tait et Hadrien se fait des nœuds dans le ventre et dans la gorge, parfois il voudrait crier : *Dis-le, mais dis-le !* Il se retient de justesse, comme s'il espérait qu'elle ait oublié ce qu'était la chasse, oublié que cela existait, il fait semblant d'y croire, il compte les jours.

Lior, elle, a les mains qui tremblent. Elle les cache soigneusement dans son dos, sous son manteau, dans ses poches. Elle marche avec Hadrien dans les grandes forêts. Rééducation. Boite toujours, de toute façon. Elle a le cœur qui cogne.

L'ours est là, qui la suit.

Souvent elle se retourne, elle a entendu quelque chose ; mais ce n'est qu'un merle qui s'envole dans les feuilles, elle n'avait jamais remarqué qu'ils faisaient autant de bruit, avant. Hadrien l'interroge du regard. Elle sourit. Elle est un peu pâle, il pense que ce sont les kilomètres ou la montée, la douleur de la jambe, encore. Elle dit : *Tout va bien.*

Il n'y a jamais eu d'ours dans ces bois – et pourtant il est là. Les yeux écarquillés, mouillés d'émotion, Lior reprend le chemin. Le monde est tout neuf. Elle n'arrive pas à expliquer. Longtemps, elle garde la sensation pour elle.

Cette certitude de renaître, cela a l'air si bête.

Cette présence invisible.

Est-ce qu'Hadrien va croire qu'elle est folle ?

Elle surveille la fragilité qui s'estompe au-dedans d'elle. Elle sent la transformation comme si un second cœur lui poussait dans la poitrine, l'élan qui la gagne et la déborde.

Naître, tout simplement.

Mais pas comme la première fois : aujourd'hui, elle est immortelle.

Et comment pourrait-elle partager ce sentiment trop fort et trop puissant, comment trouver les mots, aspirer assez d'air pour les cracher au-dehors, pour dire un minuscule fragment de ce qui la dévore et la rend joyeuse, anormalement joyeuse, qu'elle voudrait cacher pour ne pas inquiéter Hadrien.

Immortelle.

Car si elle ne l'était pas, l'ours l'aurait tuée.

Mais pas.

Qu'importe grâce à qui ou à quoi : elle est vivante. Elle croyait que cela ne suffirait pas – et c'est là, immense, insupportable tant la joie est grande, à lui serrer la gorge dans une sorte d'exultation incontrôlable. Lior ne se pose pas de questions. Elle bat, elle palpite, elle bouillonne. Devant les grands paysages ouverts, les larmes lui viennent – mais ce ne sont pas des larmes. Elle tend une main qu'Hadrien prend en silence.

Dans sa tête, Lior est avec l'ours.

Voilà ce qu'elle ne peut pas dire.

L'ours est là. Au-dedans d'elle, blotti quelque part avec sa force et sa rage.

Au début, elle pensait que le temps atténuerait cette étrange conviction ; mais le temps est passé et tout est resté en elle.

La force et la rage, oui.

La surprise aussi, quand elle se remémore ses années de chasse, l'exaltation que lui donnait la traque, l'instant où la balle part en faisant vibrer le corps jusqu'au sol, et soudain le dégoût.

Combien d'animaux a-t-elle tirés à elle seule ?

Elle ne veut pas compter. Cela lui donne la nausée.

Mais ce qu'elle n'oublie pas, c'est qu'elle n'a jamais laissé la vie sauve à un gibier.

Alors que l'ours…

Qu'il ait cru qu'elle était morte, la dédaignant pour une proie plus fraîche, elle sait depuis le premier instant que c'est faux. Cet ours-là ne s'est pas trompé. Il les a piégés trop souvent pour se laisser berner, et l'explication est autre, incompréhensible et incroyable. L'ours l'a épargnée. Il a fait d'elle ce miracle, cette sorte d'ange.

L'ours a été plus grand qu'elle ne l'a jamais été.

Quelle leçon, se dit-elle.

Quelle honte – et elle se prend souvent la tête entre les mains, médusée, ridicule, elle qui fut moins qu'un animal – moins quoi, elle n'arrive pas à l'exprimer. Moins humaine ? Elle reste déconcertée.

Alors, avec l'excès dont elle ne sait se défaire, Lior arrête de chasser.

Elle ne veut plus être la main de ces petites morts inutiles – et les mots lui viennent comme un jet de bile : au fond, la chasse, c'est dégueulasse.

La chasse, cela ne signifie rien. On détruit et c'est tout.

Lior regarde ses mains de tueuse.

Assassin.

Mais immortelle.

C'est comme regarder un film sur les abattoirs et sentir très précisément que l'on ne mangera plus jamais de viande ; Lior a vendu ses armes, jeté les photos. Avec méthode, avec acharnement, elle brûle ce qu'elle a adoré. Elle est ainsi, sans mesure et sans pitié. De ces années de chasse compulsive, il ne reste que la griffe de l'ours qu'elle tient dans sa main longtemps le soir, avant de la poser sur la table de nuit. Elle a perdu le goût des traques faciles – pas que les bêtes ne s'en sortent pas, car il arrive souvent qu'elles sèment chiens et chasseurs, mais Lior à présent porte un autre regard sur ces chasses où l'on ne met rien en péril, rien de soi, rien de sa vie, parce qu'il n'y a pas de danger et pas de nécessité. La viande, ils la jettent le plus souvent, ou ils l'abandonnent aux chiens, parce que personne n'en veut ; et s'ils ont couru, sué aussi, gueulé pour rappeler la meute, cherché les traces, à aucun moment ils n'ont été en détresse, n'ont fait face à des pièges ou des embuscades. Lorsqu'ils partent le matin, personne n'a l'idée que l'un d'eux pourrait ne pas revenir.

Mourir à la chasse : cela n'existe pas dans leurs pensées.

D'ailleurs, cela n'arrive pas.

Des traques édulcorées, où les forces sont par trop inégales, en nombre et en armes. Des petites chasses qui servent à se faire péter les poumons parce qu'on a le droit de brailler – mieux : il le faut, à tue-tête ou dans une corne, à hurler au monde que l'on existe, à l'hallali, sans risque et sans gloire. Des parties de course derrière des gibiers qui ne demandent qu'à vivre, guidées par le seul désir du sang, puisqu'il n'y a rien d'autre.

Lior sait qu'elle a été de ceux-là.

Qu'est-ce que l'ours a transformé en elle pour que l'excitation se teinte d'amertume, que la passion se change en répulsion ?

C'est cassé, c'est tout.

Mais ce qu'il y a à la place, au-delà de ce sentiment de laideur qui s'effacera peu à peu, est immense. Une joie incontrôlable, une lumière à l'intérieur, là où tout n'était qu'entrailles et ténèbres – et cette conviction farouche : l'ours est là. Il est là, rien ne peut arriver.

Alors, pour la première fois, Lior a su qu'elle était prête.

Pas su : senti. Et pas tout à fait prête, mais presque, avec au moins l'envie, celle qui lui a toujours fait défaut à cause de la peur.

Celle du passé, de la mémoire à jamais disparue. De ce que portait le Népal sans qu'elle le retrouve, mais qui était là, comme une petite masse au fond du ventre, un poids qu'on finit par oublier quand on se tient droit et qui se réveille chaque fois que l'on plie, une gêne, un embarras, une mouche collée à la sueur et dont on n'arrive pas à se défaire.

Et en même temps la peur était là, et elle était partie. Lior devine que jamais plus l'occasion ne sera aussi belle, jamais la brèche ne s'ouvrira davantage.

Incapable d'expliquer pourquoi, à nouveau.

Mais oui, c'est là, grâce à la force et à la rage, à la griffe de l'ours sur son cou, qui lui brûle la peau tant l'impatience est grande.

Avant, la peur était si grande que Lior ne pouvait pas imaginer qu'elle l'affronterait un jour. Et, pour être sûre, elle avait dit qu'elle n'y retournerait pas.

Mais depuis il y a eu l'ours.

Elle a survécu. Elle est là.

Toujours là.

Qu'elle ait suivi cette piste ténébreuse pendant des jours et des nuits, qu'elle n'ait pas renoncé malgré le froid, l'épuisement, la faim. Qu'elle ait fini par trouver l'ours, et que ce soit lui qui l'ait piégée. Tout cela, c'est important, oui mais. Pas tant que le reste.

En vérité, jamais elle n'avait eu aussi peur.

C'était d'ailleurs bien au-delà de la peur, là où il n'y a plus de mots. L'instant où les pensées s'effacent et où le cœur s'arrête. Une sorte de vide absolu, où l'on n'est plus tout à fait vivant et plus tout à fait un homme. Le moment où les gestes ne se font plus alors même qu'on les connaît depuis toujours, où les yeux voient sans qu'il se passe rien, parce que l'âme s'est mise en suspens. Un retrait de soi-même.

Cette peur-là, Lior ne savait pas qu'elle existait.

Ni que le cœur pouvait repartir, ensuite.

C'est à cela qu'elle a survécu.

C'est pour cela qu'elle sait qu'à présent elle est prête à affronter le pire de ses cauchemars. Car ce qu'il y a devant elle est d'une autre trempe. Ce qui lui reste à tenter, c'est l'ours qui l'a ouvert.

Puisqu'elle ne peut pas mourir, puisqu'on ne veut pas d'elle, pas encore, là-haut. Il y a bien une raison. On lui laisse le temps. On lui donne une chance. À présent, elle sait que les choses s'arrêtent si vite. Alors elle va le faire. Même à reculons, même si elle crève de trouille, au fond.

Retrouver le Népal.

Retrouver l'enfance.

Mais pour cela il faut passer par les tigres – comme il faut passer par la case prison dans certains jeux, quand les cartes sont mauvaises.

Oh l'épouvante.

Car c'est le mot. Lior la sent sur elle, partout, à fleur de peau. Pour renouer avec le passé, gratter, chercher les traces les plus anciennes que sa mémoire puisse espérer, comprendre, juste savoir : en travers de ce chemin, il y a les tigres. Est-ce pour cela qu'elle n'est retournée qu'une seule fois au Népal, trop tôt, trop faible – non, dira-t-elle, et pourtant elle sait qu'elle ment. La peur des tigres lui barre la route.

Pour d'autres, ç'aurait été une araignée – pour d'autres encore un serpent, ou une souris.

Mais non : un tigre.

Elle se souvient très exactement du jour où la peur a resurgi, oubliée depuis des années, recroquevillée au fond d'elle. Jusque-là, sa fascination, c'étaient les ours, déjà eux, qu'elle traquait du regard dans les parcs animaliers. Jusque-là, tout allait bien.

Les ours vivaient dans une cavité qui les empêchait de s'échapper, ils semblaient à la fois très proches et très lointains. À dix ans, Lior pensait que c'étaient de vrais rochers qui avaient poussé là – une sorte d'île entourée d'un fossé d'eau verte, des grottes et des plates-formes, et puis ces murs d'enceinte trop raides, sans aucune prise, mais ce n'était que du béton et tous les enfants s'y laissaient prendre. Ils voyaient les ours d'en haut, qui leur semblaient si petits tant qu'ils ne grondaient pas, car alors ils devenaient aussi grands que les murs, on aurait dit qu'ils étaient là à côté de vous tellement leur cri faisait trembler l'air.

Est-ce là que la passion de la chasse avait commencé ?

C'est en tout cas dans le même parc, mais dans un endroit très différent, que la terreur était revenue. Loin des ours. Loin de la fosse. Un immense enclos protégé par des barrières métalliques de plus de trois mètres de haut abritait la savane – c'était le nom affiché sur une pancarte écrite en noir et orange. Le territoire des fauves commençait là. On ne pouvait entrer qu'en voiture. Un employé du parc, enfermé dans une guitoune en tôle, appuyait sur un bouton et la grille coulissait de trois mètres ; elle se refermait aussitôt après. Une fois à l'intérieur, il fallait compter sur le sens des responsabilités de chacun, car on circulait en toute liberté. Il était bien inscrit, sur un très grand panneau, qu'il était interdit de descendre des véhicules et même d'ouvrir les portières ou les vitres ; mais il se racontait que, régulièrement, des fous s'approchaient des fauves pour les prendre en photo, abandonnant les voitures pour un meilleur cliché, trompés par l'apparente apathie des lions qui venaient de manger. Comme le lieu était sous surveillance vidéo, une patrouille déboulait aussitôt ; mais il suffisait de si peu de secondes pour qu'un fauve attaque. Il y avait eu des accidents, plusieurs, des blessures terribles, des morceaux de chair arrachés.

Blottie sur la banquette arrière et guettant de tous les côtés pour apercevoir les bêtes, Lior sentait battre son cœur. Elle n'entrouvrait même pas la vitre quand des singes en vadrouille, loin de leur espace aménagé, grattaient pour quémander un biscuit ou un fruit.

Et puis elle les avait vus. Magnifiques et blasés, offerts aux regards que leur captivité finissait par imposer, les tigres étaient couchés dans les herbes hautes. La voiture avait bifurqué pour mieux les observer. Ils ne bougeaient pas. Couchés. Encore couchés. Toujours couchés, malgré un petit coup de klaxon que le père de Lior s'était autorisé et qui n'avait fait sursauter qu'elle. Les fauves regardaient les visiteurs avec cette sorte de mépris qu'affichent si bien les félins, insensibles aux appels et aux encouragements, leur tournant le dos par moments. Un mâle s'était levé pour aller s'étendre quelques mètres plus loin, au calme ; ç'avait été une vision éblouissante, une masse souple et musculeuse à la fois, dont les rayures se mouvaient en roulant, donnant l'impression de se fondre les unes dans les autres avant de reprendre leur tracé noir comme des éclairs agglutinés. Lior cette fois avait baissé sa vitre, très peu, deux ou trois centimètres. La main sur la poignée pour la remonter très vite s'il le fallait. Par l'entrebâillement, elle appelait les tigres.

Elle les appelait de la même façon qu'elle hélait le chat à la maison, quand il faisait mine de s'en aller. Les tigres, eux, regardaient ailleurs.

Sauf le mâle qui s'était levé pour s'éloigner, et qui s'était tourné vers la voiture. Sans doute en avait-il eu assez de ces visiteurs qui insistaient beaucoup trop et trop longtemps, car il avait aplati ses oreilles sur son crâne, secoué la tête comme si des insectes l'agaçaient, et d'un coup il avait rugi.

Une seule fois. Un seul cri, mais le doute n'était pas permis, qui leur était adressé à eux, juste à eux. Gueule ouverte, yeux plissés, le feulement comme un roulement de tonnerre au fond de la gorge, quelque chose qui semblait impossible, pas même animal, un rauquement venu du fond de la terre et qui avait fait vibrer l'air, vibrer leurs entrailles à tous les trois, dans le silence saisi et apeuré de la voiture. Le tigre était là, il les regardait, il les humait. Il s'approchait. Et d'un coup, se dressant de toute sa hauteur, il avait posé les pattes avant sur le capot. Cela avait fait un bruit étrange, un bruit trompeur de métal froissé. Et puis il y avait ce ventre blanc et ces pattes énormes qui enserraient la voiture, comme la tenant dans les bras jusqu'à l'étouffer, et tous, sans aucun doute, avaient cru qu'elle allait imploser sous l'étreinte, au moins un morceau, assez pour laisser passer les griffes acérées, les dents si blanches que le regard ne pouvait s'en détacher. Malgré la tôle qui les protégeait, la mère de Lior avait mis une main devant ses yeux, donnant un coup de coude à son mari. *Démarre*, avait-elle supplié. Il y avait eu encore un temps immobile, un temps pour chasser l'idée que le fauve pouvait les empêcher de partir, monter entièrement sur le capot qui gémissait déjà, et ensuite que feraient-ils ? Puis le père de Lior avait tourné le volant et reculé d'un mètre ou deux. Le tigre était redescendu à terre d'un geste souple, ses pattes avaient quitté la voiture, n'avaient pas bougé lorsqu'ils avaient accéléré et qu'ils s'étaient tout bonnement enfuis.

La frousse dans leurs corps entiers, irrationnelle, idiote, comme dirait le père de Lior plus tard – mais elle était là, qui les rendait incapables de parler, de rire d'eux-mêmes, il leur avait fallu une minute ou deux, et la mère de Lior s'était enfin retournée en se forçant à sourire : *On a eu peur, hein ?*

Et aussitôt, la terreur.

— Lior ?

Le cri.

Lior !!

La mère se souviendrait avoir regardé par réflexe les portières arrière – fermées ; s'être mise à genoux sur le siège pour chercher sa fille disparue, une fraction de seconde avant de deviner la petite silhouette sous la banquette. *Lior !*

Qui n'était pas cachée à vrai dire : mais enfouie, fondue, effacée. Lior n'existait plus. La peur qui l'avait saisie lorsque le tigre avait sorti ce terrible feulement du fond de sa gorge, puis lorsqu'elle avait vu l'animal se dresser sur eux, la peur l'avait tétanisée, terrée, jetée au fond de la voiture. Ses parents n'avaient pas pu l'en sortir avant d'être rentrés chez eux. Après avoir quitté le parc, ils avaient essayé de la raisonner : ses gémissements d'effroi les avaient fait reculer. Elle ne pouvait pas expliquer, pas parler, elle ne pourrait jamais mettre de mots sur ce qui s'était passé ce jour-là. Le rauquement du tigre l'avait épouvantée. La seule chose qu'elle arriverait à dire, après, c'est l'impression d'avoir été happée par ce grondement sans fin, d'avoir été entraînée sous la terre, ou sous l'eau, et d'y cesser de respirer. Elle ferait des cauchemars pendant des semaines. Ce serait son dernier voyage au parc zoologique.

La peur, elle, était restée. Ses parents s'étaient inquiétés lorsque, quelques jours plus tard, Lior avait jeté à la poubelle une petite peluche de tigre, qui s'entassait parmi tant d'autres dans sa chambre. Et cela aurait pu passer inaperçu si Lior n'avait pas tenu la peluche du bout des doigts, à bout de bras, en trépignant d'angoisse et en pleurant parce que cela faisait des jours qu'elle essayait de trouver le courage de s'en débarrasser. N'osait pas la toucher, pas même la regarder. Elle avait rabattu le couvercle de la poubelle avec violence, avait fait demi-tour en courant.

Mais impossible de lui faire dire. Elle ne savait pas. D'ailleurs, elle ne voulait pas en parler – juste l'évoquer la mettait dans un état de frayeur incompréhensible. Sa mère avait fini par se convaincre qu'elle avait dû vivre, toute petite, dans un endroit où rôdaient des tigres, peut-être un village où avait eu lieu une attaque. La peur venait de là. Elle ne pouvait venir que de là. C'est ainsi que se construisent les légendes familiales, et que les questions restent.

Jamais plus Lior n'avait voulu revoir de tigres.

Même une photo la tétanisait. Elle ne voulait pas regarder, pas se souvenir, rien.

Comme lorsque, vingt ans plus tard, elle s'est dit que cette fois ça irait.

Elle pressent que tout est lié, le Népal, l'enfance, ce passé qui ne veut pas revenir – et les tigres.

Mais vingt ans plus tard rien n'émerge, comme avant, comme toujours.

Alors Lior essaie l'hypnose, les thérapies brèves, les mélanges de calmants et d'alcool. Dans des états dont sa conscience ne se souvient jamais tout à fait entièrement, elle peut enfin commencer à regarder un tigre. Il est flou, il est jaune, il pue le whisky qu'elle boit à petits coups pour anesthésier la panique. Mais c'est un tigre.

Un gros chat, dit Hadrien pour l'encourager.

Lior hait les chats.

Elle continue.

Elle le fait la journée – le soir, il y a trop de peur.

Un samedi matin, elle a la force d'écouter quatorze secondes d'un feulement de tigre sur Internet, sans couper la vidéo.

Pas que ça se soit bien passé, car elle a dû ancrer ses ongles dans ses bras jusqu'au sang. Mais elle a réussi. La sueur lui coule dans le dos, trempe sa chemise. Elle s'essuie le front, les doigts blanchis sur la griffe de l'ours qu'elle serre à s'en taillader la peau.

Le lendemain, elle prend les billets d'avion.

Nun

Quelque part dans le gigantesque espace qui sépare la ville de la jungle, Nun s'éveille. Comme chaque matin, son premier geste est pour la cahute : du plat de la main, il touche les murs, suit les contours des deux fenêtres, de la porte, hume les odeurs. Parfois il reconnaît les effluves des tigres – senteur puissante qui flotte encore dans l'air, aigreur des urines, des souffles qui cherchent. Les fauves sortent rarement le jour ; seule la nuit porte la marque de leur passage, des traces dans la terre poussiéreuse, des objets renversés. Contrairement à d'autres animaux, les tigres n'ont que faire de masquer leurs empreintes, de se rendre si discrets qu'au matin Nun pourrait hésiter, sont-ils venus ou non ? Ils ne craignent personne, et souvent les abords de la cabane sont piétinés de grosses pattes lourdes qui se moquent qu'on les repère. La timidité diurne des tigres les protège, car alors, c'est comme s'ils disparaissaient. Il est exceptionnel de pouvoir les observer, même si eux vous épient. Ils ne se voient pas, ils ne s'entendent pas : des fantômes. Dans le parc de Chitwan, les promeneurs sont toujours déçus de ne pas les apercevoir – et pourtant il est cent fois préférable de ne pas les croiser car seul un fusil permettrait de se défendre efficacement s'ils attaquaient. Mais, là-bas, les guides ont de simples bâtons en guise d'armes. La défense, c'est la fuite. Nun les méprise pour ces idées naïves, car à la course l'homme n'a aucune chance. Cependant ils ont raison sur un point : le meilleur moyen de survivre au tigre, c'est de ne pas le rencontrer.

C'est sur cela que comptent les guides. Les tigres se cachent. Attendent la nuit, quand leurs rayures superbes ne se reflètent plus sur rien. S'il n'y avait leur taille, on les prendrait pour des chats.

Nun se baisse, fait couler la terre entre ses doigts. Mara le lui avait dit, il s'en souvient. De son temps déjà, il y avait des tigres ici. Certaines nuits, elle les entendait glisser derrière la porte, excités par l'odeur d'un raton piégé qu'elle avait mis à cuire, par les fumets de viande acide. Mais ils faisaient partie du paysage. À Chitwan, la réserve naturelle qui touchait le village voisin, ils étaient protégés, se reproduisaient lentement, étendaient leur territoire aux marges du parc. Débordaient. Ceux qui, comme Nun et Mara, habitaient les espaces autour savaient que les fauves allaient toujours plus loin et qu'il fallait vivre avec cette possibilité-là, les deviner derrière les murs quand on se croyait à l'abri, attendre l'aube pour sortir, qu'importent les urgences. Au village, l'année précédente, une femme et deux enfants avaient été emmenés par les tigres alors qu'ils se promenaient le long des maisons. Chaque fois, les fauves étaient entrés dans la rue la plus excentrée et s'étaient mis à l'affût. Ensuite ils avaient traîné leurs proies jusque dans la forêt pour les dévorer. On avait retrouvé le cadavre de la femme à moitié mangé, caché sous des branchages pour servir de repas le lendemain. Du corps des enfants il ne restait presque rien, un tigre affamé pouvant avaler plus de quarante kilos de viande en un seul festin.

Malgré les cabanes en bois renforcées dans lesquelles Nun les parquait chaque soir, la présence des tigres affolait les quelques volailles et chèvres qu'il possédait. Il n'était pas rare qu'il se réveille en sursaut au milieu de la nuit, alerté par les bêlements et les caquètements. Il essayait de croire que les petits bâtiments résisteraient aux poussées des fauves, n'en était jamais tout à fait certain. Il ne sortait pas. Il connaissait assez les tigres pour savoir qu'il ne fallait pas agir dans l'urgence – si on voulait avoir une chance, il fallait être le prédateur et non la proie. Derrière les murs de la petite maison, il attendait que la panique redescende. Il aurait pu tirer un coup de fusil en l'air pour effrayer les fauves, mais les munitions étaient chères, il préférait les économiser. Il ruminait. Il se répétait comme un mantra qu'il se vengerait – un autre jour.

Par une sorte de superstition idiote, chaque matin, au moment de sortir, Nun poussait la porte en fermant les yeux. Il attendait le grincement, celui qui signifiait qu'elle s'était ouverte en grand. Il ne voulait pas voir tout de suite si sa basse-cour avait passé la nuit ou non. C'était d'autant plus stupide que, si un jour un prédateur en retard se trouvait là, Nun ne le verrait pas immédiatement ; mais lui aussi vivait avec cette conviction chevillée au corps que les fauves s'évanouissaient dans la nature quand l'aube pâlissait, et il préférait, oui, il préférait continuer à fermer les yeux parce que jusqu'ici cela lui avait porté chance. Jamais ses bêtes n'avaient été dévorées. Alors, quand la porte couinait, il regardait droit vers les petits bâtiments en face, droit sur le portail et les grosses planches de bois, et il soupirait de soulagement, rien n'était éventré, la journée pouvait commencer.

L'essentiel de son temps se résumait à trouver de la nourriture pour ses animaux et lui, entre les maigres cultures qu'il s'acharnait à entretenir et les herbes et tubercules qu'il trouvait dans la forêt. Il partait avec deux sacs de toile, chacun au bout d'une corde sciant ses épaules. La plupart du temps, c'était inutile car il rapportait peu de chose. Mais il ne voulait pas prendre le risque de tomber sur un tapis de baies ou de champignons et ne pas pouvoir les ramasser tous faute de récipients, comme c'était arrivé une fois, une seule, des années auparavant, il n'avait jamais oublié, il prenait deux sacs.

Nun connaissait chaque dénivelé, chaque aspérité du chemin qu'il parcourait au moins trois cents fois par an. Son parcours restait toujours le même – s'il trouvait une trace, s'il avait un pressentiment, il faisait un détour, suivait un minuscule sentier foulé par des bêtes et qui présumait peut-être d'une source de nourriture, s'attardait en humant l'air. Sans quoi il observait le même trajet chaque fois, rien ne lui échappait, le moindre changement le faisait sursauter.

Il cherchait de quoi manger, ramassait du bois, rangeait, conservait, entassait. La bicoque ne sentait pas l'abondance car la terre était chiche. Lorsque, deux ou trois fois par an, Nun était obligé de faire un voyage à Pokhara, la vision d'hommes et de femmes en surpoids, dans les quartiers aisés, le sidérait toujours. Ici, les os saillaient sur les côtes, les visages se dessinaient en creux.

Son seul confort, c'était l'eau. Du temps de Mara – aurait-il eu encore l'énergie, aujourd'hui ? –, parce qu'ils s'épuisaient à courir le chemin depuis la maison jusqu'au puits du village avec leurs seaux au bout des bras, il avait décidé de dévier le cours d'une source pour amener l'eau jusqu'à la maison. Les allers-retours dévoraient leurs journées, il fallait toujours de l'eau, encore et toujours, les chèvres buvaient trop, les poules chiaient dans leur abreuvoir qu'il fallait nettoyer, et il n'était pas rare que, le soir, Mara et lui crèvent de soif parce que les réserves étaient vides et qu'il n'était plus temps de retourner au puits. Mara se souvenait que, du temps de son mari, des sources se croisaient dans la montagne au-dessus d'eux. Par endroits, l'herbe poussait presque verte, des arbres se regroupaient. C'est là que Nun avait commencé à chercher. Il évida une tranchée de près de sept cents mètres de long ; cela lui prit deux années. Avec les caillasses qu'il piochait pour creuser un lit au cours d'eau, il pavait le fond de son ruisseau artificiel. Il garderait toute sa vie l'image du jour où il avait terminé son travail : il avait donné les derniers coups de pelle à l'endroit le plus haut, là où la source sortait, puisqu'il avait commencé à piocher par le bas – il n'aurait pas fallu qu'il soit gêné par l'eau descendant en même temps que lui et lui mouillant en permanence les bras et les jambes. D'un coup, la source était devenue une minuscule rivière. Elle s'était mise à dévaler la montagne au creux de sa tranchée et il l'avait suivie en courant, arrivant à la cahute essoufflé, les chevilles tordues, mais radieux.

Ensuite, chaque matin, il s'arrêtait quelques instants, émerveillé, pour regarder l'eau se déverser dans la réserve au pied de la cabane, il plongeait les seaux, remplissait les abreuvoirs des bêtes, c'était une sorte de magie. Les premiers jours, les premières semaines, il avait craint que le flux tarisse, comme s'il en prenait trop ; il lui arrivait encore d'empêcher Mara de laver un linge ou de nettoyer la maison. Et puis il s'était habitué. La source coulait avec régularité depuis des années. Parfois, l'été, le courant était moins fort, mais jamais il ne cessait.

Pour Nun, c'était aussi une revanche sur le jour où ils étaient arrivés et où ils avaient découvert cet endroit dévasté. Plus aucune maison ne se tenait alors sur ce terrain pelé. Il avait sept ans.

Il se souvient des sanglots de Mara : la panique qui l'avait fait quitter sa maison moins de deux années auparavant, traînant les deux enfants derrière elle, la panique qui la faisait revenir – avec un seul d'entre eux. Lui, tête baissée, la langue encore brûlante, le visage et la gorge comme un grand feu jamais éteint. En amont et en aval, rien que du malheur. Bien sûr que ça ne changerait pas ici.

Et, dans sa tête, la question le dévorait autant que les chairs de sa bouche : où est Nin ? La réponse de Mara, il n'en voulait pas, elle ne signifiait rien.

Partie, disait-elle.

Partie, Nin ? Où ça ? Toute seule ? Pourquoi ?

Partie.

Elle n'avait que ce mot-là, Mara, pour expliquer. Nun oscillait entre la douleur de sa langue et celle de l'absence de Nin, incapable de savoir laquelle était la plus vive, confondant les deux dans un effroyable chagrin qui ne s'arrêtait pas. Les premiers jours, au milieu des herbes et de la caillasse qui jouxtaient les restes de la cabane calcinée, il s'était tenu sans bouger, tétanisé par l'avenir qui s'ouvrait, épuisé aussi par le voyage auquel l'avait forcé Mara et qui le laissait sans forces, la tête battant tel un tambour. Hébété parce qu'il avait cru, quand Mara était venue le lever pour partir huit jours plus tôt, qu'ils allaient à la recherche de Nin. Ce n'était qu'à la nuit tombante qu'il s'était inquiété, ils ne rentraient pas chez eux, et il avait demandé à Mara : *Elle est où, la maison ?* Quand elle avait répondu qu'ils n'y retourneraient jamais, il s'était mis à pleurer.

Comment fera Nin pour nous retrouver ?

Nin ne reviendra pas, avait dit Mara.

Et Nun avait ouvert les yeux et sa bouche brûlée sans pouvoir les refermer, comme si le monde venait de s'écrouler devant lui et qu'il n'y ait plus de mots, ces mots qu'il ne devait plus jamais pouvoir prononcer, car la parole ne lui serait pas rendue complètement, il s'exprimerait dorénavant avec d'étranges chuintements à cause de sa langue mutilée, attirant l'incompréhension ou le dégoût, formant à grand-peine des sons que seule Mara décrypterait sans peine, un peu plus tard.

Alors ce jour-là, il avait secoué la tête en se prenant le visage entre les mains.

Nin reviendra.

Mais ni ce jour ni les suivants, et ce jusqu'à sa mort, Mara n'avait trahi son secret. Jamais elle n'avait dit ce qu'elle avait fait à Nin, ni où elle l'avait laissée. Et le soir, lorsque la fatigue ne la terrassait pas assez, elle barrait le chemin à ses pensées, bien fort bien haut, pour ne pas se demander si la petite avait survécu, si elle était restée dans un orphelinat ou si, comme Mara l'avait espéré, elle avait été adoptée par une famille qui l'avait sortie de la misère et de la violence.

Mara s'était tue, oui, toutes ces années. C'était la seule solution pour que Nun ne la haïsse pas complètement, qu'il invente sa propre histoire de Nin, un accident ou une disparition, à lui de voir, cela ne la regardait plus. Elle s'en était tenue à cet inexplicable départ – elle comptait sur la jeunesse de Nun et sur le temps pour effacer les repères, effacer la douleur et le manque, et jusqu'au prénom de Nin. Mais le premier soir de leur voyage, quand elle avait révélé à Nun qu'ils ne reviendraient pas à Pokhara, elle avait pris soin de lui attacher le poignet à l'aide d'une cordelette qu'elle avait passée autour de sa cheville à elle, pour qu'il ne s'enfuie pas.

Aujourd'hui, Nun ne sait pas quel âge il a. Il compte les saisons qu'il a vues passer ici, vingt au moins, peut-être davantage, il mélange les années de tempête et celles de sécheresse, celles où il ne s'est rien passé que de s'arracher pour survivre, celle où les coulées de boue ont inondé la cour et emporté quelques bêtes – volailles surtout, et deux jeunes chèvres tout juste nées –, celles encore rongées par le soleil et le vent. Il sait seulement que beaucoup de choses ont changé, et en même temps presque rien. La nécessité de clôturer son territoire pour empêcher d'hypothétiques randonneurs étrangers d'y entrer (cela n'est arrivé qu'une seule fois mais il y pense toujours avec un frisson), l'achat du vieux générateur d'occasion qui lui permet, quand il a assez d'essence, de brancher une radio qui grésille ou d'allumer la lumière le soir pour finir de réparer un outil – utiliser enfin une machine, perceuse ou meuleuse, réparer la cabane, les enclos. Il a acheté une motocyclette hors d'âge aussi, qu'il passe son temps à bricoler pour la faire démarrer et qu'il prend lorsqu'il part en courses au village, à trois kilomètres, l'abandonnant régulièrement en panne sur le chemin du retour mais la remettant toujours en route à coups de rafistolages éphémères.

Enfin, il est là depuis longtemps.

Seul depuis dix ans peut-être.

Mais les années n'ont pas d'importance.

Rien n'a d'importance.

La vie s'écoule et il en suit le lent mouvement sans un mot.

Hadrien

En vérité, le Népal n'est pas inconnu à Lior.

Elle y est déjà venue, avec ses parents, quand elle avait dix-sept ans. C'est pour cela qu'elle avait dit qu'elle n'y retournerait jamais. Elle sait de quoi elle parle. Elle l'a vu, ce pays qu'elle ne se rappelait pas avoir quitté toute petite, et qui ne lui a rien offert au retour. Elle y croyait tellement, avant d'arriver. Elle s'en faisait une fête. Des retrouvailles, on s'imagine toujours que cela va être formidable ; on se fait joli, on se fait des films, des rêves dans tous les sens. Et puis on se rend compte qu'on n'a rien à se dire, et quelque chose se froisse à l'intérieur, que rien n'arrivera à lisser à nouveau.

Lui, le Népal, il se moquait que Lior revienne.

Elle était là ?

Et alors ?

Pourtant, elle y avait mis tout son cœur. Elle avait envie de voir, de sentir – et aussi, soigneusement tue, l'envie dévorante de retrouver un souvenir, un lieu, une silhouette surtout, celle que le soir elle s'entraînait en tremblant à appeler *maman* elle aussi. Mais pendant cette semaine-là, rien n'avait frémi, rien n'avait surgi de sa mémoire enfouie, même après des jours à errer dans la ville et au bord du lac. Les visites à l'hôpital puis à l'orphelinat ne l'avaient pas aidée : elle avait été admise onze ans auparavant avec un doigt coupé, sans personne pour l'accompagner ni pour revenir la chercher. Enfant abandonnée parmi tant d'autres. Il n'y avait rien de plus que ce que ses parents lui avaient raconté depuis des années. Pas une photo, pas un nom. Pas de magie.

Pourtant, elle savait qu'il y avait quelqu'un.

Lior avait essayé, mettant toutes ses forces dans l'attention qu'elle portait aux moindres choses, les noms des rues, les quartiers, les odeurs. Les femmes – quel âge aurait-elle, se demandait Lior en silence, quarante ans peut-être, si elle n'était pas morte, elle ne se rappelait pas ses traits, seulement sa présence, sa mère, sa tante ? Un petit frère aussi. Parfois l'ombre d'une course, d'une dispute, d'un éclat de rire la surprenait. Elle pensait que c'était un rêve, mais cela se répétait, elle avait la conviction que c'étaient des bribes de son existence d'avant. À six ans, la mémoire a commencé.

Et puis, de sa vie, tout s'efface. Très vite, il ne reste que la blessure et l'hôpital, le souvenir diffus des cris, de la douleur.

Elle avait cherché, elle était sûre de croiser quelqu'un, sûre de reconnaître.

Les cris, la douleur. C'est tout.

Les larmes coulaient sur ses joues – aujourd'hui, ou le jour où elle avait été abandonnée un doigt en moins sur le seuil de l'hôpital ?

Quand elle était repartie avec ses parents qui tentaient de la consoler, elle avait ravalé sa honte, sa mémoire inutile. Oui, elle avait juré qu'elle n'y remettrait pas les pieds.

Ce Népal qu'elle déteste, qu'elle vomit.

Elle y est depuis deux jours.

Elle tient la main d'Hadrien sans relâche, comme si quelque chose pouvait la happer ou l'enlever. Elle tient la main d'Hadrien, elle ne la lâchera jamais.

Hadrien, lui, n'en finit pas d'arpenter Pokhara. Il se repaît de cette ville plus calme qu'il ne le pensait, qui n'a ni la trépidation ni la touffeur de l'Inde ou même de Katmandou, un espace insaisissable entre les montagnes de l'Himalaya et le lac Phewa au sud, entre huit cents mètres d'altitude et plus de sept mille, à peine trente kilomètres plus loin. Serré contre Lior, il déambule dans la ville, inlassablement. Du nord au sud. Des quartiers populaires à ceux du lac.

Le lac est la zone la plus touristique de Pokhara, avec ses rues propres et ses couleurs à s'en faire éclater les yeux, les barques bleues et jaunes et rouges et vertes sur l'eau, tels des lampions flottants, les rues bordées de petites boutiques et de milliers de choses à vendre, artisanat, nourriture, vêtements, qui ne servent à rien et que l'on a envie d'acheter par dizaines pour garder un peu de cette sensation si pleine et si enivrante.

Hadrien traîne Lior derrière lui dans les rues, au bord des monuments, sur les plus beaux sites. Il se moque d'être comme tout le monde, de faire comme les autres. L'ordinaire le repose. Cela passe le temps, cela change les idées ; et puis il n'en finit pas de noyer son regard sous les lumières et les couleurs, d'écouter les sons des voix et des chants, de respirer les parfums d'épices, d'encens, de poussière. Il erre sans but, s'emplissant d'un autre monde, observant et se laissant porter, découvrant, touchant, humant, songeur. Après, il reprendra l'avion en sens inverse, ravi et un peu fatigué, avec l'incroyable sensation de n'avoir pas souffert de la tension que la simple présence de Lior à ses côtés fait naître chaque instant qu'il lui tient la main.

Cela pourrait n'être que cela, au fond : une semaine de vacances.

Mais il sait que pour Lior tout est très différent.

À sa façon – une nouvelle façon –, elle chasse.

Elle cherche le passé. Elle cherche un signe, un visage, un déclic. À dix-sept ans, elle était trop jeune, pensait que cela viendrait tout seul. Elle ne dit pas que, quinze ans plus tard, sa mémoire a encore moins de chances de se souvenir. Non. Elle espère. Trouver des traces – et puis, un jour, aller à la rencontre des tigres dont elle se demande avec rage s'ils sont au début ou à la fin de son histoire.

Espérer, est-ce le mot ? Elle pense : *Il faut*. Elle ne laisse pas le choix au destin, cette fois.

Elle sourit en observant deux barques bleues sur le lac. Derrière le lac, il y a la forêt. Après la forêt, les montagnes. L'eau et la neige embrassées d'un seul regard. Mieux qu'une carte postale.

C'est là que j'ai grandi, se dit-elle.

Ne reconnaissant rien, elle essaie de ne pas s'agacer – à vrai dire, les seules choses qui fassent écho à sa mémoire sont celles qu'elle a vues quinze ans auparavant avec ses parents, cela brouille les pistes, lui fabrique de faux souvenirs, des réminiscences mensongères, elle confond tout. Parfois elle cesse de chercher. Simplement elle regarde.

Non, ce n'est pas vrai, ce n'est pas que cela. Elle n'abandonne pas. Ça, c'est ce qu'elle se dit. Ce qu'elle murmure à Hadrien en haussant les épaules, et personne n'est vraiment dupe, ni elle ni lui, retrouver quelque chose de son enfance, Lior en crève. Et même si elle ne scrute plus les rues et les gens comme il y a quinze ans, avec la conviction que rien ne peut échapper à sa volonté, la fébrilité reste au-dedans d'elle, cela fait des fourmillements, de la chaleur dans son ventre et dans ses bras. Cette fois, elle veut croire que les choses adviendront.

Oui, parce qu'il le faut.

Alors elle suit Hadrien, partagée entre l'impatience, la volonté de forcer la main au destin – et la fêlure. Elle bout à l'intérieur, l'oreille aux aguets comme si elle pouvait entendre venir ceux qui enfin lui diront : *Je connais ta mère* – ou ton frère, ou ta maison, ta rue, ta fenêtre. Mais elle ne peut se défaire de la terreur que cela n'arrive pas. Elle garde le silence, pour ne pas donner prise à l'échec. Par tous les pores de sa peau, elle croit se fondre dans une vie qui fut la sienne, se couler dans la ville, dans les gens qu'elle croise et qu'elle dévisage un peu trop ostensiblement, et l'exaltation lui fait ouvrir les bras. L'instant d'après, elle se replie sur elle-même, secouant la tête avec désespoir, c'est tellement impossible qu'elle ne retrouve rien, quelques sensations ici et là, mais peut-être les invente-t-elle aussi, elle ne sait plus, elle se prend la tête entre les mains. Elle vient chaque jour devant l'hôpital où elle a été abandonnée il y a longtemps, le doigt coupé, le monde réduit à la douleur et au sang. Elle attend. Migraine, fatigue. Rien ne vient. *On rentre ?*

Hadrien lui passe un bras autour des épaules.

Lui aussi, il croit aux signes. Peut-être qu'il ne faut pas qu'elle retrouve la mémoire. Peut-être qu'il ne faut pas que le Népal la reprenne.

Et tant pis pour les tigres, ils n'iront pas les voir.

Cela le trouble profondément, cette inquiétude qui monte en dedans de lui depuis qu'ils sont là, depuis que le visage de Lior oscille entre hargne et espoir sans qu'il puisse rien y faire et rien changer, ces colères qu'il devine, ces fureurs, ces angoisses, serrées au bas de ses entrailles à elle.

Qui ne demandent qu'une étincelle pour ressortir.

Hadrien pense à ces grands feux de forêt que personne ne peut maîtriser et qui brûlent durant des semaines, des forêts entières, des montagnes entières, des pays entiers. Cela part d'une escarbille. Une flammèche. Un petit rien du tout.

Après, cela dévore des dizaines, des milliers d'hectares.

Lior est de ces feux qui couvent et ne se voient pas, de ceux qui chauffent la terre pendant des jours sans que personne les devine, cachés par des feuilles et des herbes moisies ; seuls ceux qui marchent dessus pourraient s'étonner de ce que le sol est si tiède, et l'humus si moite. Seuls ceux qui s'aventurent pourraient apercevoir les légères volutes que l'on croit de brume, et qui annoncent l'immense incendie. Mais personne ne marche là. Personne ne s'aventure.

En général, c'est la nuit. Ou au petit matin. À cause d'un courant d'air, du vent qui tourne – ou tout simplement du sort. D'un coup, le feu prend. Un feu qui patientait depuis trop longtemps et qui s'élève aussitôt plusieurs mètres dans le ciel, plusieurs mètres sur la terre, déjà inaccessible. Alors Hadrien guette les nuits et les aubes, contemple Lior endormie et se dit qu'il n'est pas encore temps. À ces moments-là, elle a le visage paisible d'une enfant. Elle sourit dans son sommeil. Il n'y a plus de cauchemars.

Il n'y a pas de raison, se répète Hadrien en silence, pour se réconforter. Pas de raison de s'inquiéter, non. Mais l'angoisse, ce n'est pas toujours rationnel.

C'est parce qu'elle reprend pied, se rassure-t-il. Parce que, depuis l'accident de l'ours, j'ai perdu l'habitude de la voir avec cet élan, ce désir, et en même temps ce calme si nouveau. Elle change. Elle revient au monde.

Et cela ne le rassure pas.

Car c'est peut-être autre chose, et il ne peut s'empêcher de frissonner en la regardant, après, qui lève le nez au ciel, un sourire léger aux lèvres, sans rien attendre, sans rien demander. Il se gronde à voix basse : il devrait être heureux. Mais cette Lior-là – ce n'est pas Lior.

C'est pour cela qu'il a cent fois, mille fois raison d'avoir peur.

Le destin, ça tourne dans n'importe quel sens.

Le destin, cela vous endort comme si tout allait bien – pour mieux vous surprendre ensuite. Au fil des petits jours, Hadrien se laisse piéger par une torpeur délicieuse, sa vigilance apaisée par les paysages, les heures infinies, la voix de Lior auprès de lui. Bien sûr, il se méfie toujours.

Un peu moins fort. Un peu moins bien.

Il ne perd pas Lior des yeux. Mais il ne croit plus qu'elle pourrait disparaître ou qu'elle pourrait sombrer. Il ne perçoit plus l'acuité de son attente à elle, cette foutue mémoire qui lui fait défaut et qui la rend folle, parce qu'il faut que cela avance, il faut que cela se déclenche, pour continuer à vivre. Ceux qui connaissent leur enfance, ceux dont les parents racontent l'histoire depuis leur naissance, ne peuvent pas comprendre.

Hadrien oublie l'ours. Il oublie l'inconstance des choses.

Il se méfie, mais il ne sait plus de quoi.

Un instant, il se dit qu'ils vivent comme tout le monde.

Nun

Quand Mara et lui étaient revenus là, dans cette montagne sans âme qui vive, il leur avait fallu bien moins des huit ou neuf jours prévus, car ils avaient pris un bus pendant des heures, qui les avaient déposés à mi-chemin. Après, la route de Mara bifurquait. Ils avaient descendu leurs bagages, marché encore trois jours.

Et ils étaient arrivés.

Arrivés ? avait baragouiné Nun avec sa petite voix hachée.

Parce qu'il n'y avait rien. Le dernier village, cet après-midi-là, ils l'avaient dépassé depuis une bonne heure. Peut-être que Nun attendait, espérait une surprise, une maison, un bout de jardin, comme Mara lui avait raconté qu'il y avait eu avant. Mais ses craintes s'étaient avérées : la cabane avait été détruite à une rapidité stupéfiante. Les herbes, les racines, les lianes s'étaient emparées de la petite plate-forme où subsistaient des cailloux et quelques poteaux en bois sur lesquels étaient accrochés, deux ans plus tôt, les clôtures du potager et l'enclos vide des chèvres. Sans doute tout avait été incendié volontairement ; mais la force des arbres aurait eu elle-même un résultat identique, la bicoque serait de toute façon tombée, les rhizomes auraient poussé sur les décombres, la nature aurait effacé une à une les traces humaines – et c'est ce que voyait Nun avec ce regard blême, stupéfait, un lieu qui n'en était pas un, une maison disparue, des morceaux de tuyaux en plastique par où l'eau venait il y a longtemps, et qui ne servaient plus à rien.

Mara avait murmuré : *C'est là.*

Là, avait répété Nun à voix basse, se tournant aux quatre points cardinaux pour regarder autre chose que la cabane, puisqu'il n'y avait pas de cabane. Et cela avait été sa première rencontre avec les montagnes – car il ne se souvenait pas d'y avoir vécu deux ans auparavant, la ville avait effacé sa mémoire.

Un endroit dévasté où il avait fallu commencer par tout reconstruire.

En fouillant les ruines, en désossant les murs encore debout, ils avaient récupéré quelques tôles, des planches, des piquets de bois, du fil de fer. Et puis Mara était allée demander de l'aide au village. Certains se souvenaient d'elle, de la petite maison à flanc de montagne, des outres en peau de chèvre, de l'assassinat de son mari. Ils étaient venus. Elle avait passé toutes ses maigres économies dans les briques cimentées à la hâte, dans les arbres écorcés montés sur les murs pour y arrimer la toiture en acier rouillé, dans les roupies distribuées chaque soir en espérant que les hommes reviennent le lendemain. En attendant, Nun et elle dormaient à la belle étoile. Ils faisaient du feu : d'abord parce qu'ils avaient froid – ensuite à cause des tigres. Tout le monde savait à présent que ceux-ci descendaient de Chitwan, étendaient leur territoire de chasse jusqu'aux abords des villages. Nun rêvait de les croiser. Mara n'arrivait pas à dormir, guettant les feulements dans la nuit.

L'aube les prenait avec soulagement. Comme tout le monde ici, et bien que l'expérience ait déjà démontré le contraire, Mara était convaincue que les tigres se cachaient la journée. Elle faisait chauffer de l'eau dans laquelle elle infusait quelques feuilles qui donnaient du goût, partageait une pâte de blé qui ne ressemblait plus que de loin à du pain et qu'ils ramollissaient dans leur bol. Ils attendaient. C'était à qui entendrait le premier les travailleurs monter le chemin. Pour Nun, c'était un jeu ; pour Mara, une terreur – s'ils ne venaient pas : elle les payait si mal. Mais ils vinrent jusqu'au bout, même le dernier jour où elle n'avait plus rien à leur donner.

Ce sont ces journées si particulières, sans toit sur la tête, sans aucune idée de l'avenir, qui avaient commencé à changer Nun. De l'aube au soir, petit bonhomme que seul l'épuisement arrêtait en fin de journée, il prenait sa place dans la chaîne des travailleurs qui rebâtissaient la maison. Il ne servait à rien, qu'à faire rire les hommes qui le voyaient chanceler en poussant une brouette ou en soulevant un seau de pierres. Il apportait l'eau pour se désaltérer, passait les outils, les clous, balayait et nettoyait, courait partout. Lorsque les hommes partaient en lui ébouriffant les cheveux, il avait l'impression d'être des leurs. Il s'écroulait à même le sol, tourné vers l'ouest, là où la lumière déclinait le moins vite, le visage entre les mains. Mara préparait du thé, ils buvaient en silence, parlaient parfois de la cabane qui se montait vite, trois jours, puis quatre, et c'en était presque fini. Pour la première fois, Nun assistait à la création de quelque chose ; jusque-là, il avait toujours réparé, rafistolé, récupéré, tenu entre ses mains du vieux, du pourri, du refait. Cela éveillait en lui un nouveau monde. Le regard perdu sur le coucher du soleil, contemplant la nuit qui tombait avec une étrange brutalité, il pensait que, lui aussi, son tour viendrait.

Il ferait quelque chose ici.

En quelques semaines, il avait oublié Nin. Avait banni de sa tête le petit être féroce qui était sa sœur, disait-il, avait effacé les éclats de rire, les courses éperdues, les peurs paniques, les efforts surhumains pour trouver chaque jour de quoi survivre un peu moins mal.

Oublié ?

Fait semblant oui, pour Mara.

Il avait deviné l'angoisse chez elle, il avait perçu quelque chose de l'ordre du secret sans jamais savoir la vérité, et il avait accepté de mentir, accepté de feindre – Nin était partie, il ne fallait plus en parler. Mara était convaincue que le temps avait eu raison de la mémoire du petit garçon ; et lui, il sentait que l'oublier était la meilleure solution. Alors ils taisaient tous les deux l'éclatante absence de Nin, chacun croyant entendre son rire et faisant comme si elle n'avait jamais existé, car plus jamais, ni l'un ni l'autre, ils ne prononcèrent son nom à voix haute.

La nuit pourtant, quand la respiration de Mara se faisait régulière, Nun se mettait à bavarder dans un chuchotement à peine audible. Imaginant Nin à ses côtés, il ébauchait avec elle des plans pour le lendemain, racontant ses trouvailles minables, ses colères, ses espoirs. Nin n'avait plus d'existence : elle était devenue un rêve. Elle flottait près de Nun, il croyait entendre ses conseils, ses reproches, son petit rire joyeux malgré les difficultés. Dans l'obscurité, quand il trouvait le temps trop long, elle lui prenait la main.

Et lui toujours, il savait qu'ils se retrouveraient. Où et comment, c'était une question qu'il ne voulait pas poser, il n'y pensait pas, à sept ans, on ne demande aux choses que d'être. Retrouver Nin – c'est pour cela qu'il voulait grandir de toutes ses forces, même dans un corps d'une maigreur saisissante, pour cela que, les années venant, il apprenait un peu de tout avec une ardeur inusable, planter, cultiver, braconner petit à petit, dénicher le moindre champignon et la moindre baie, puis, plus tard encore, bricoler et réparer n'importe quoi, une table, un outil, un vélo, une chaussure, ramassant brins de ficelle, vieux ressorts et petits morceaux de bois quand ils allaient au village une fois par semaine, Mara et lui, parce que cela pouvait servir – parce que cela allait servir.

Parce qu'un jour Nin serait fière de lui : il savait tout faire.

Cependant il était loin, ce temps des retrouvailles, et le quotidien effaçait les rêves à coups de fatigue et de harassement, reléguant à plus tard les espoirs et même l'idée de l'espoir.

Allons, il fallait vivre. Et une fois la cabane rebâtie, cela avait recommencé à être un défi, bien différent de celui de la ville, car c'était à la terre qu'il fallait arracher de quoi subsister, il n'y avait rien à mendier et rien à voler, et il avait fallu beaucoup d'efforts à Nun pour comprendre qu'aucune décharge, aucun hôtel, aucun touriste ne lui permettrait de manger le soir ni de rapporter un morceau de tôle ou de métal dont on lui donnerait trois roupies le lendemain. Il avait découvert un monde vide : sans plastique, sans acier, sans carton – sans personne. Et un monde lent, car rien n'était immédiat, pas de pièces de monnaie passant de poche en poche, pas d'étalages avec des légumes à chiper, juste l'interminable attente des semaines et des mois et des saisons, pour que des plantes poussent, que les arbres donnent à nouveau des fruits, que les poules grandissent.

Et vraiment, cela l'avait profondément dérouté de vivre dans un endroit où on avait beau chercher, on ne trouvait rien. À Pokhara, pourvu que l'on soit prêt à parcourir des kilomètres les pieds dans les détritus ou sur les routes caillouteuses, il y avait toujours de quoi – rapporter, grignoter, revendre, accumuler pour le jour où, chaparder. Mais là. Quand sa langue l'avait fait moins souffrir, il avait arpenté les alentours pendant des jours entiers, tel un animal fouaillant le sol pour dénicher un ver ou un trésor. Chaque soir, il revenait bredouille, traînant une ou deux racines qui se mangeraient peut-être, une poignée de baies à moitié picorées, et son incrédulité, et son découragement.

Mara craignait de le perdre, lui avait fait prendre une petite cloche pour être repéré s'il s'égarait ; mais il revint toujours. Il mémorisait son chemin, ses détours, ses labyrinthes dans la forêt, avec une précision étonnante. Nin était encore dans sa tête à ce moment-là, cependant il avait compris qu'il ne la retrouverait pas dans cet endroit où rien ne se tenait. Alors il prenait son mal en patience. Quand il serait grand – d'ici là, il pensait à elle pour ne pas l'oublier, quand l'exténuement n'avait pas raison de ses espoirs, il n'en parlait jamais, pour ne pas effrayer Mara.

La jungle n'avait donc pas tout de suite envoûté Nun, bien au contraire. D'abord, le manque de bruit, le manque de monde, le manque de mouvement l'avaient terrifié. Et c'était une curieuse réaction à vrai dire : à Pokhara, Nin, Mara et lui souffraient de la promiscuité dont personne ne pouvait se défaire parce qu'ils étaient trop nombreux, parce que chaque porte ouvrait sur celle d'un autre et qu'il était impossible, à n'importe quelle heure du jour et de la nuit, de sortir de chez soi sans croiser des visages, plein de visages, partout, tout le temps. Avec les visages venaient les voix, et le bruit que font les bras qui bougent, les mains qui tiennent des objets et les objets qui se heurtent, un vacarme qui ne s'arrêtait pas non plus, les nuits n'étaient pas des nuits, toujours ces voix, celles des hommes, des femmes qui crient et des enfants qui pleurent, des chiens errants qui aboient. Nun se réveillait dix fois, se rendormait aussitôt. Cela faisait partie de l'existence. Parfois, la fatigue était telle qu'il sombrait trop loin même pour entendre la bagarre qui avait eu lieu trois maisons à côté, ou les hurlements des hommes rentrés ivres, ou ceux d'une femme violée, ou la pluie sur les toits de tôle.

Dans la jungle, rien de tel. Le silence le dérangeait. L'inquiétait.

Le silence réveillait Nun la nuit. Il écoutait ; seul le très léger bourdonnement à ses oreilles, résonance du fond de son corps, de son cœur qui pulsait, du sang qui battait, lui répondait. Il attendait jusqu'à ce qu'un cri d'animal déchire les ténèbres, persuadé alors que cela vivait autour de lui, que tout n'était pas mort – sa respiration reprenait avec lenteur.

Puis son regard avait commencé à changer. À quoi cela tenait, il ne le savait pas – peut-être à ce rythme nouveau qui faisait que l'on pouvait s'asseoir dans la journée et simplement regarder la montagne ou des insectes qui se hâtaient à travers le jardin, sentir le vent sur son visage ; ou à l'absence de bruit qui calmait le cœur et l'âme, transformant l'ennui en une curieuse sérénité jamais tout à fait complète, car rien n'était gagné, ni la survie ni la paix, mais un sentiment neuf, infiniment neuf, avait éclos au fond de lui.

Nun observait le monde, redevenait un enfant, chassant le petit adulte grandi trop vite qu'il avait été jusque-là. Étrange voyage dont il n'était pas conscient et qui modifiait son regard, l'adoucissait, le rendait accessible à l'émerveillement. Ce qu'il préférait était s'asseoir à la fin de la journée pour voir le coucher du soleil. Jusqu'au moment où la lumière disparaissait derrière la montagne au loin, il restait les yeux fermés, absorbant les dernières chaleurs comme si elles devaient ne plus jamais revenir. Mara souvent le rejoignait, lui tendait un bol de thé. Ils ne disaient rien – Nun évitait de parler, le son de ses mots mutilés, atrophiés, l'humiliait ; mais il aimait par-dessus tout quand Mara racontait des histoires, chose qu'elle n'avait jamais faite avant, à Pokhara, et que la montagne avait déliée en elle. Nun hochait la tête, acquiesçait dans des bruits de gorge, se laissant bercer par la voix basse, par les légendes et les rumeurs, par les préoccupations de chaque jour aussi. Parfois, ils dînaient là, tôt, avant que la nuit tombe, avant que les fauves ne sortent. Lorsque l'obscurité commençait à cacher la colline d'en face, Mara s'agitait, c'était l'heure, il fallait rentrer.

Il y eut ainsi quelques années où l'existence, malgré toute la dureté du monde, donna l'impression de se suspendre, peut-être le plus doucement et le plus tendrement qu'il lui fut possible, et sans qu'elle en devienne facile, elle leur offrit une sorte de répit rude, un apaisement si inattendu qu'ils oublièrent que cela pouvait être pire. Et ce n'était pas faute de le savoir : mais ils avaient préféré avoir mauvaise mémoire – ou croire qu'ils avaient payé leur dû à la vie, quand il n'y a jamais de part équitable, et que le destin n'en a jamais assez. Et quand le sort se réveillerait, l'existence de Nun basculerait à nouveau, cette fois de façon irrémédiable.

Hadrien

Alors comme tout le monde, un matin, ils décident d'aller à la pagode de la Paix à pied. Le chemin est escarpé au milieu de la végétation épaisse. Très vite, parce que cela monte fort, ils dépassent la brume couchée tel un long voile fin sur le lac Phewa, que la chaleur dissipera bientôt. Pour l'heure, des champs de nuages cachent les barques colorées, parfois surmontées d'une toile jaune ou orange pour se protéger du soleil ; les arbres ont des reflets violets. Dans le silence, le paysage semble figé. Il est trop tôt pour les insectes, trop tôt pour les oiseaux. Cela ne dure pas : à l'instant où le brouillard s'évapore, tout s'éveille d'un coup.

Dans la forêt exubérante, des crissements arrêtent Lior et Hadrien. D'abord ils s'immobilisent, se regardent d'un air amusé autant qu'étonné, essayant d'identifier une antenne, un avion, une machine, n'importe quoi pour expliquer ce cliquetis inconnu qui sature l'air et qui les fait douter – est-ce dans la montagne, est-ce dans leur tête ? Est-ce naturel, sont-ce des ondes ? Il leur faut plusieurs minutes pour comprendre que ce sont des cigales, des milliers de cigales, et Lior sort son téléphone pour enregistrer le bruit, car c'est réellement de cela qu'il s'agit, à s'en boucher les oreilles, ils ne s'en déferont pas jusqu'à l'arrivée. *On dirait des fausses*, s'étonne Hadrien, tant le chant des cigales écrase tous les autres sons, même celui de leur voix qu'ils haussent en écarquillant les yeux, incrédules. Gênés par le bruit des voitures dans la ville, par les klaxons, les cris, les exclamations, une sorte de bourdonnement incessant dans les quartiers bondés, par les cris des singes dans la jungle, oui. Mais par des cigales ? Cela et la beauté du paysage, de la vue sur Pokhara une fois rendus sur les hauteurs : c'est ce dont Hadrien se souviendra, avec en toile de fond le Machapuchare, cette montagne de près de sept mille mètres jamais escaladée jusqu'à son double sommet parce que sacrée, interdite aux alpinistes. Ils se repaissent de la vue des crêtes enneigées, fascinés par le contraste avec le soleil qui leur cuit les épaules. Mais bientôt ils repartent : le temple accueille des touristes bruyants qu'ils préfèrent fuir en redescendant par le chemin des rizières. Quelques camions qui passent les empoussièrent de terre trop sèche. Lior tient la main qu'Hadrien lui a tendue. Elle ne parle pas beaucoup. Quand il lui demande si ça va, elle lui sourit comme toujours.

Le lendemain, ils font le tour du lac Phewa. Quatre heures de marche pour passer d'un monde à un autre ; au début les bars accolés sur des dizaines et des dizaines de mètres telle une station balnéaire en pleine effervescence, l'étrange impression de ne plus être au Népal tant le quartier est investi par les touristes et son accès surveillé – la police patrouille, éloigne les petits vendeurs à la sauvette, les mendiants, les ambulants, les Népalais sont ailleurs.

Puis, lentement, la nature reprend le dessus. Des champs labourés où hommes et buffles s'affairent, de nouvelles rizières, la forêt, la montagne, le tout baigné de camaïeux de verts sidérants. Il fait chaud la journée, et tout transpire, les corps, les arbres, l'eau qui stagne. Au moment où le soleil se couche, le monde flotte dans un étrange bien-être, la tiédeur encore, à en fermer les yeux, cela dure quelques minutes, dix ou quinze. Après, l'air se rafraîchit d'un coup, peut-être est-ce d'être revenu le long du lac. Sur les bras, cela fait des frissons, à cause du presque vent, à cause de l'obscurité qui s'avance. Tout le monde se couvre peu à peu, vestes, gilets, foulards, les corps s'emmitouflent, tremblent à l'absence de douceur. Et pourtant il ne fait pas froid ; juste, il n'y a plus de soleil. Lior éternue, passe un pull orange acheté la veille, qu'elle n'aurait pas osé porter ailleurs.

Cela ressemble aux vacances, oui.

Pourquoi Hadrien n'y croit pas ?

À cause de la voix de Lior, peut-être.

— On y est pour… pour Chitwan ?

Il sourit intérieurement. Elle n'ose pas dire : *les tigres*. Mais c'est cela qu'ils ont demandé, des tigres. Une promenade pour les voir. Le parc de Chitwan est à six heures de mauvaise route, et sans doute n'est-ce pas ce qu'ils avaient espéré, car il s'agit aussi de la réserve animalière la plus touristique du Népal. Mais Bardia, au cœur du Teraï, est trop loin, trop cabossé, quinze heures d'autobus ou de Jeep. Trop sauvage peut-être, se dit pensivement Hadrien en observant les traits soudain nerveux de Lior. Et puis ils sont en saison creuse et les visiteurs ne sont pas si nombreux. Le plus difficile, ce sera de voir les tigres. Rien n'est moins sûr. Cachés, si souvent que personne ne garantit qu'on puisse les observer. Des fauves qui prennent par surprise – quand on croit qu'ils ne sont pas là, quand on ne les entend pas, quand on ne les attend plus : et les voilà au bord du chemin, masqués par les grandes herbes, les babines retroussées sur ce rictus terrifiant. Mais quand on les cherche, c'est comme s'ils disparaissaient.

— Tu es sûre de vouloir y aller ? demande Hadrien.

— Oui. On en a déjà parlé.

— À quoi ça va te servir, Lior ?

— Je ne sais pas. À secouer ma mémoire, j'espère.

Pour quoi faire, s'interroge Hadrien en silence. Car il ne comprend pas ce que Lior lui a expliqué, ce vide, cette parenthèse des six premières années dans sa vie, comme si cela n'avait jamais existé, cette vacuité insupportable. Elle a la conviction que retrouver la mémoire éclairerait tout le reste ; la certitude que ce laps de temps obscur, cet immense oubli, réparerait la suite. Et qu'importe si Hadrien dit que toutes les clés ne sont peut-être pas ici. Lior ne l'écoute déjà plus. Il ne peut rien contre les pensées magiques.

Lior tapote du doigt la table du café où ils sont assis.

— Juste les voir, répète-t-elle.

— Je sais.

Ses yeux plantés dans ceux de Lior, Hadrien fronce le nez et imite un grondement de fauve – bien pâlot à côté du vrai feulement des bêtes, mais cela marche quand même, Lior a un imperceptible mouvement de recul.

— T'es bête, dit-elle.

Et la peur se fraie un chemin une nouvelle fois, quelque chose se liquéfie, une panique presque insurmontable, une terreur qui monte – et aussi une odeur, comme si Lior connaissait celle du tigre, à la fois puissante et acide, odeur qu'elle a l'impression de sentir flotter dans l'air, et qui lui reste dans le nez pendant plusieurs minutes, dont elle ne peut se défaire. Elle tremble un peu. Un geste pour chasser la sueur, pour calmer le cœur. Le tigre persiste sur sa rétine et dans son esprit.

Lior est toujours restée loin des fauves, loin de la peur. Elle n'a jamais voulu les chasser, même à prix d'or, même illégalement, elle s'est tenue à distance, n'y a jamais pensé. Ailleurs, elle a fabriqué sa force infinie de chasseuse. Par une sorte d'instinct indicible, elle a délimité son territoire, celui des possibles, celui où elle serait la meilleure : celui des cerfs et des sangliers, des renards, parfois des singes, des antilopes, des buffles. Elle n'est jamais allée au-delà, alertée par une sensation désagréable, une petite voix qui lui soufflait qu'il ne fallait pas, car mieux valait rester là où elle dominait l'univers, et reculer lorsque la faille s'ouvrait devant elle. Ainsi Lior s'est-elle construite, dans l'illusion de la puissance, parce qu'elle savait où elle allait.

Là où elle allait, elle ne craignait rien, pensait-elle.

Et puis il y a eu l'ours, la finitude et la fragilité.

L'ours, et l'immortalité.

Si cette fois elle n'était pas capable de saisir sa chance ?

Elle se lève brusquement. Elle a l'impression très nette d'emmener Hadrien dans sa folie, dans son étrange quête dont elle pressent qu'elle pourrait être sans fin. Mais c'est plus fort qu'elle. Une sorte de poussée comme un arrachement, qui lui fait mal en même temps qu'elle exulte, un désir viscéral qui la dépasse et la déborde, immense et dangereux, les yeux agrandis par une étrange jubilation.

L'infinie tristesse aussi.

Lior ne comprend pas.

Il faut juste qu'elle y aille, dans ce foutu parc avec ces foutues bestioles.

Il va se passer quelque chose, elle en est certaine, elle qui ne se souvient plus du Népal ni de la petite maison dans la rue boueuse, et jusqu'aux noms de Mara et de Nun. Elle qui s'en rend malade, arpentant les forêts sans vraiment remarquer ni les grands arbres ni la teinte des feuilles, ni la lumière du soleil sur le vert des mousses, ni l'espace, ou le bleu du ciel qui vient porter la clarté jusque sous le couvert. Lior erre dans les rues et les parfums lui échappent, elle ne parle pas des couleurs ni des ambiances, parce qu'elle les voit à peine – ou que cela n'a pas d'importance – pas d'intérêt. Parfois elle passe à travers les gamins qui lui sourient, sa vision entière obnubilée par les indices impossibles qu'elle espère au point de les inventer – *cette femme, là-bas, qui m'a fait un signe*, murmure-t-elle – Hadrien rectifie, *elle appelle une amie, regarde, elle arrive* – Lior se rembrunit, se tait.

Les tigres sont sa dernière carte, elle ne peut pas rentrer en France et que rien ne se soit passé.

Elle croit que le déclic, ce sont eux.

Rien de plus faux.

Mais c'est aussi parce que le destin se joue de tout qu'au moment où Lior abandonne Pokhara, jetant ses ultimes espoirs dans la réserve animalière, elle la reconnaît.

Il est trois heures de l'après-midi, il fait trop chaud, ils ont décidé de rentrer à l'hôtel. Ils sont dans le quartier de Pardi, saturé de monde, de chiens, de vaches, de petites boutiques précaires. Et peut-être sera-ce à cause de la chaleur, car quelle autre explication y aurait-il ? La fatigue ? La lumière singulière, quand le soleil amène cette curieuse brume vaporeuse ? Les voix lassées par les températures anormalement élevées, qui font écho à… Dieu sait quoi.

Ou peut-être sera-ce ce camion de détritus qui les klaxonne soudain, et les oblige à s'écarter.

En y repensant, Lior se dira que c'était à cause du mélange, les odeurs de poubelle, le bruit du camion, les gens qui détalent.

Mais qu'importe la raison, au fond, puisque Lior la reconnaît, et l'écho se fait. Soudain, elle s'accroche au bras d'Hadrien.

Elle dit : *Là.*

La rue.

Ils sont déjà passés dix fois devant.

Oui mais.

Aujourd'hui, c'est différent.

Hadrien répète dans un soupir incrédule : *La rue?* Lior est dans un état d'excitation indicible. Poings serrés, gorge nouée, les pieds battant le sol à l'arrêt tel un cheval de course enfermé dans une boîte de départ et qui sent que les stalles vont s'ouvrir. Elle tend le bras vers Hadrien. *Viens!*

La lenteur de ses gestes détonne avec la fébrilité qu'elle ressent au-dedans d'elle. Elle arpente la rue. Elle va trouver. Elle ne sait même pas quoi, mais cela lui tombera dessus elle en est sûre, convaincue que sa mémoire frémit, prête à s'ouvrir. Un lieu, des gens. Est-il possible que les autres vivent toujours là ?

Les autres – mais qui ? Le souvenir bien trop flou d'une silhouette adulte, d'une seconde qui ne peut être qu'un enfant. Et s'ils sont là, comment reconnaître, vingt-sept ans après, des visages qu'on a oubliés depuis longtemps ?

Si c'est ici. Si ce sont eux. Lior a les mains qui tremblent, le souffle lui manque. Bon sang, pense-t-elle, je ne vais quand même pas m'évanouir.

Se faisant violence, elle continue à remonter la rue, scrute les façades sur sa gauche, parce qu'elle a décidé de regarder à gauche et seulement à gauche. Les fenêtres, les intérieurs sombres quand les portes sont entrouvertes, les airs étonnés. Elle s'arrête pour humer un feu, un plat qui se prépare, des vêtements étendus sur un fil.

Toujours le côté gauche.

Elle dit : *Je ferai le droit en revenant. Pour être sûre de ne rien manquer.*

Ou pour que cela n'arrive pas trop vite. Trop d'émotion, trop d'anxiété.

Qu'est-ce que tu as reconnu ? demande Hadrien. Qu'est-ce qu'il y a eu, tout à coup ?

Lior ne sait pas. Une impression, une sensation diffuse. Incapable d'expliquer.

Marche à tout petits pas, regarde, regarde.

Arrivée au bout de la rue, elle ne peut cacher sa déception.

De l'autre côté ?

Mais l'autre côté, c'est pareil. Sa mémoire s'est arrêtée d'un coup.

Je recommence.

Lior, tente Hadrien.

Une fois, juste une fois.

Puis deux. De plus en plus lentement, semble-t-il à Hadrien, de plus en plus près des fenêtres et des gens, comme si Lior voulait entrer dans chaque minuscule maison grise ou colorée, vérifier chaque pièce. Autour d'eux, on commence à les observer étrangement. Hadrien tire Lior par le bras.

Ça ne se fait pas.

Elle dit oui et elle recommence. Alors il insiste. Elle se débat brusquement.

— C'est là ! crie-t-elle. C'est là, devant moi, j'en suis sûre.

— Lior, tout le monde nous regarde.

— Laisse-moi ! Tu ne sais pas ce que ça fait…

Elle ne finit pas sa phrase. La rage, le désespoir lui dévorent la poitrine. Que peut-il y comprendre, Hadrien, avec sa famille normale, son enfance linéaire – l'absence de rupture, l'absence de déchirements dont on ne se souvient pas mais qui font des sensations inexprimables à l'intérieur. Et malgré tout l'amour, après, celui de ses parents et celui d'Hadrien, il y a toujours un manque. Le voilà, le mot, toujours le même : un vide.

Hadrien n'a pas de vide. Il ne connaît pas la béance, ni le sentiment d'être incomplet.

La douleur de ne pas savoir.

Qui elle était, avant. Et avec qui.

Si seulement il y avait des photos. Si seulement il y avait la mémoire.

Lior frappe l'épaule d'Hadrien, un geste rageur et contenu à la fois, ouvre les bras dans un geste d'accablement.

— Je suis sûre que c'est ici.

— Ici, reprend Hadrien avec douceur.

Elle montre une maison, puis une autre.

— Ici, ou là. Peut-être là-bas. En fait, je ne sais pas bien. Mais quelque part.

— Tu as dit tout à l'heure que tu reconnaissais quelque chose.

— Ça s'est estompé. C'est parti.

Et c'est parce qu'elle se prend la tête entre les mains qu'elle ne voit pas venir l'homme.

C'est parce que Hadrien tend une main pour la consoler qu'il ne le voit pas non plus.

Mais d'un coup ils entendent la voix.

Ils sursautent. Ouvrent les yeux sur lui. Il a une trentaine d'années, il est très mince, très brun. Une petite moustache qui lui donne un air désuet, une chemise bleue délavée. Il est en colère. Il les désigne, eux, puis la rue. Parle vite et fort.

Attendez, dit Hadrien en anglais.

En anglais aussi, Lior ajoute : *Je peux vous expliquer…*

Mais ils ne sont plus dans les quartiers touristiques et, ils s'en rendent compte très vite, personne ne les comprend. D'autres habitants se sont approchés, prenant Lior à partie. Pas besoin de mots pour deviner que ses allées et venues, ses regards trop curieux les ont importunés – et puis la vision de cette Népalaise qui n'en est plus une, trop sophistiquée, trop occidentalisée, les dérange.

Est-ce que quelqu'un parle anglais ? demande Hadrien en levant une main pour les garder à distance, ceux qui s'agglutinent, les hommes, les femmes, les enfants qui cavalent autour comme si c'était un jeu – en même temps qu'il ordonne à Lior : *Recule. Recule.*

S'il vous plaît, supplie Lior. *Please.*

Mais rien n'y fait, la colère ne se calme pas, des femmes la bousculent.

— S'il vous plaît, laissez-moi passer. Il faut que je continue…

Hadrien la pousse pour l'obliger à faire marche arrière, inquiet.

— Viens, il faut qu'on parte d'ici.

— Je ne voulais pas…

— Va leur expliquer, maintenant. Recule, Lior.

Alors, impressionnée par le ton des voix qui se durcit, elle s'exécute, penchée en avant et les bras croisés sur la poitrine. Elle espère qu'en face d'eux ils devineront ses excuses.

Je ne voulais pas.

Une minute plus tard, ils ont rebroussé chemin jusqu'à l'entrée de la ruelle. Les habitants sont si proches qu'ils sentent leur souffle lorsqu'ils crient pour les repousser, des invectives, des poings brandis.

Ils parlent ma langue et je ne les comprends pas, pense Lior, les larmes aux yeux.

Et puis d'un coup, comme si la fin de la rue sonnait la fin du territoire, le petit groupe s'immobilise. Mais Hadrien ne s'arrête pas, ne se retourne pas. Il marche vite, traverse les rues, enjambe les trottoirs, la main de Lior dans la sienne. Longtemps, des enfants les accompagnent, bavardant et piaillant – leur semblent menaçants pourtant, ombres du quartier qui les refoule et les recrache, même leurs rires, même leurs sourires, même quand Hadrien leur jette des pièces de monnaie pour les éloigner, et qu'ils reviennent en courant telles des petites mouches collantes.

Cela dure un quart d'heure, vingt minutes. Une éternité. Lior et Hadrien se retrouvent sur Lakeside Road avec l'impression d'avoir sauvé leur peau, s'écroulent à la terrasse d'un café. Lior a la tête basse.

Tout ça pour quoi ?

J'ai cru que…

La belle affaire.

Hadrien secoue la tête avec colère.

— Pourquoi tu as fait ça ?

Il repousse sa chaise, regarde ailleurs. Il a envie de lui dire que cela ne sert à rien. À rien de chercher, à rien de continuer à traverser cette ville de part en part à la manière dont un poignard perce un cœur, à la manière dont une balle perfore un corps. Lior ne trouvera rien. Elle a enfoui les choses depuis trop longtemps, bien cachées pour ne plus jamais les déterrer, des cadavres de choses dont il vaut mieux qu'elle ne se souvienne pas, sans aucun doute ; c'est pour cela qu'elle peut parcourir Pokhara du nord au sud et de l'est à l'ouest, et que rien ne reviendra. Elle a elle-même enseveli son enfance. Elle est une porte qui s'ignore, de métal et de hargne, une porte fermée, verrouillée, cadenassée.

Le Népal n'y fera rien.

Nun

Bien sûr, cela lui était tombé dessus d'un coup.

Bien sûr qu'il n'avait pas prévu.

Et si, aujourd'hui, avec le recul et avec le temps, il se disait que ce moment avait donné un sens à sa vie, cela s'accompagnerait toujours d'un serrement au cœur lorsqu'il y penserait et que reviendraient les images. Bien sûr aussi, les gens d'ici avaient dit que c'était le jour où il avait basculé, où il était devenu fou pour de bon – jusque-là, il y avait cette étrangeté en lui, mais qui n'avait pas eu l'espace, qui n'avait pas éclaté encore, peut-être parce que Mara la contenait – peut-être parce qu'il n'était pas temps. Mais voilà, c'était arrivé. Ç'avait été terrible, mais après Nun n'avait plus connu ces questions lancinantes qui lui vrillaient le crâne : il y avait un but en lui.

Un but inaccessible, pour tenir toute la vie.

Et tant pis si, à mesure que les années avaient passé, Nun était réellement devenu un peu dément et un peu absent du monde. Tant pis s'ils avaient raison, en bas dans le village, quand ils le traitaient d'illuminé et de dangereux. Nun vivait seul depuis trop longtemps pour se rendre compte. Il ne voyait plus que ses réflexes étaient excessifs, ses gestes dérangeants ; la compagnie des bêtes avait fait de lui une sorte d'animal humain, la solitude absolue avait fermé son cœur et abîmé sa tête. Personne ne venait jamais le voir. Sans doute avait-il effrayé un ou deux villageois qui s'obligeaient à prendre des nouvelles trois fois par an, avant. Lorsqu'il était surpris par un visiteur, Nun courait se réfugier dans la cabane et verrouillait derrière lui, ne répondant ni aux appels ni aux injures qui finissaient par fuser ; il avait cette façon particulière de se déplacer lors de ces alertes, penché en avant, cassé en deux comme s'il essayait de se dissimuler, comme s'il évitait les regards ou les fusils, et il filait à une allure vertigineuse, prenant parfois appui sur ses longs bras pour se rééquilibrer ou prendre un virage. De loin, on aurait dit un grand singe par sa silhouette, une araignée géante par sa manière de galoper à fond de train, un être qui n'était plus tout à fait humain et qui avait fait rebrousser chemin aux paysans les uns après les autres.

Nun n'allait au village que lorsqu'il avait besoin de quelque chose. Il y trouvait un peu d'essence pour le générateur ou la vieille moto, quelques cartouches de fusil, un outil qu'on lui prêtait parfois. Il emportait une poule ou du lait de chèvre en échange de ce qu'il demandait, car il n'avait pas d'argent ; souvent, on ne lui demandait rien, et il rentrait avec sa poule et son lait. Il riait tout seul de ce que les gens lui offrent tant de petites choses, n'imaginait pas un instant que c'était la peur qui les guidait. Dans sa tête, il en était resté à l'époque où Mara vivait encore, elle à qui on faisait parfois des cadeaux dérisoires et qui les acceptait avec gratitude.

La transformation qui avait eu lieu après, il ne l'avait pas vue. Elle s'était faite toute seule, presque sans lui, il l'avait simplement accueillie. Il n'était plus capable d'autre discernement.

Alors il remerciait, il ne savait plus trop qui ni pourquoi. Le visage offert au soleil, les yeux fermés sous la lumière et les bras ouverts tel un grand aigle posé à flanc de montagne, Nun laissait errer son esprit, s'emplissait des forces du paysage, des chuchotements des divinités pleines de couleurs, du visage de Mara qui s'effaçait peu à peu de sa mémoire, lui aussi, et il faisait des efforts pour se souvenir d'elle, ne pas la laisser partir entièrement comme il avait fait la première fois, il se rappelait, il se rappelait tout.

Mara ne s'était pas remise de son retour ici. Elle en était elle-même si surprise, si décontenancée, elle qui avait prié pour revenir, elle qui avait imaginé comment ce serait, après, quand Nin et Nun seraient grands et qu'elle pourrait les laisser à la ville, reprenant le chemin, la vie fruste, le petit potager à cultiver.

Mais voilà, cela ne s'était pas passé comme elle l'avait espéré. Et ce n'étaient pas tant les circonstances, car qu'importent au fond les raisons qui avaient fait que Nun et elle soient rendus à ce curieux point de départ. Pas la faute non plus de la maison dévastée : ils l'avaient rebâtie – ni du jardin affolé de mauvaises herbes qu'ils avaient arrachées, de la terre qu'ils avaient retournée, semant et plantant mieux sans doute que cela n'avait jamais été, et qui donnait assez pour les nourrir pauvrement. C'était autre chose. Un manque, mais impossible à décrire ; un défaut invisible. Une absence ?

Et comme les failles dans lesquelles les marcheurs tombent parfois sans que l'on retrouve leur corps, l'âme de Mara s'était enfuie peu à peu, se faufilant entre des interstices d'on ne sait quoi, dans des profondeurs insondables qui lui faisaient hocher la tête à petits coups. Nun l'épiait depuis le jardin où il travaillait : on aurait dit l'une de ces vieillardes auxquelles la chair échappe, tremblantes et hésitantes, dont les mains ne savent plus rien saisir et les regards plus rien fixer tant le monde frémit et vacille devant elles.

C'était venu insidieusement, petits à-coups d'une conscience qui se délitait, et nul doute que ce qui s'était passé à Pokhara avait été le début de cette étrange chute à peine visible. Mais Nun ne savait pas ce qu'il y avait eu, Mara n'en parlait pas, cela n'existait pas. Simplement, quelque chose grignotait Mara de l'intérieur, elle ne le sentait pas ou si peu, parfois un regard étonné parce que cela ressemblait à un insecte entré dans ses chairs et qui bourdonnait comme pour sortir, arpentait son corps, le dérangeait. Est-ce qu'elle deviendrait comme sa mère? Est-ce qu'elle aussi, les bestioles lui avaient donné la maladie? Elle y pensait lorsque des éclairs de lucidité la ramenaient dans son crâne et qu'elle se souvenait d'une ou deux aberrations qu'elle avait commises la veille – ou était-ce le matin même?

Puis elle se remettait au travail. Alors l'insecte s'attaqua à la tête, et il y eut les absences, Mara qui soudain se relevait dans le jardin, observait autour d'elle et, l'espace de quelques instants, ne reconnaissait rien. Le même malaise qu'avait eu Nun au tout début, quand il se réveillait le matin en ne sachant plus où il était, il cherchait les repères de la minuscule maison de Pokhara, mettait une ou deux secondes à se rappeler, à remettre les choses en ordre. Cela s'était estompé avec le temps. Pour Mara, ce fut le commencement d'une lente aggravation. Il s'était peut-être passé dix ans déjà, et la maladie, si c'en était une, avait fait son chemin, bien sournoise bien cachée, depuis longtemps. Ainsi son apparition avait-elle été rapide, la dégradation sidérante. Mara ne comprenait plus, sauf par éclats de conscience pendant lesquels Nun croyait la retrouver. Mais le monde lui échappait; elle n'arrivait plus à faire les liens, ni entre l'outil dans sa main, sa présence au potager et les plants alignés devant elle, ni entre les seaux posés au coin de la maison et la source qui vomissait de l'eau jaune dans le réservoir. Nun devait lui réexpliquer chaque fois. Elle regardait au loin, hochant la tête pendant qu'il lui remémorait un geste, un trajet, un but.

D'ailleurs, Mara n'observait plus – ni la jungle ni les montagnes, ni le ciel ni les rapaces. Elle se contentait de vivre, mais si petitement, si tronquée que parfois Nun l'oubliait. À la nuit tombée, il venait la chercher au jardin, l'amenait dans la maison qui ne ressemblait pas à celle d'avant parce qu'elle était un peu plus grande et un peu plus solide. Devant le feu, elle semblait s'animer, s'affairait à cuisiner, de la même façon qu'elle bêchait mécaniquement le potager. Le réflexe du labeur était resté intact en elle, même si le sens lui en était le plus souvent étranger, et Nun récitait la liste des tâches modestes dont il remplissait les journées de Mara pour l'occuper, la concentrer – ramasser les cailloux qui ressortaient sans cesse de la terre cultivée, ranger le bois mort glané dans la forêt, nettoyer la terrasse en surplomb de la vallée, trier les outils dans la minuscule remise, et tant d'autres choses qu'il inventait au gré des heures et des saisons.

Car lorsqu'elle n'avait rien à faire, Mara s'évaporait. Le regard d'abord, perdu dans le vague, mais surtout elle, son corps, sa silhouette, qui s'évanouissait derrière les arbres, elle marchait, elle partait. Elle ne savait pas où, ni pourquoi : seulement que ses jambes y allaient. Elle n'avait rien d'autre à faire. Quand il s'en apercevait, Nun parcourait les bois pour la retrouver – elle ne répondait pas à ses appels angoissés.

Mara n'était pas vieille, elle avait quarante ans, un peu plus, un peu moins. Mais la vie l'avait usée trop tôt, et Nun dut admettre qu'il fallait faire comme si – c'était une vieille femme de cent ans dans un corps moitié plus jeune.

Il travaillait, lui, avec rage, arrachant à la terre de quoi survivre d'année en année, conservant chaque légume, chaque racine, chaque tubercule avec l'attention qu'il aurait porté au dernier plant du monde. Quand il le pouvait, il allait se louer au village – il était devenu sec mais fort, parfois il s'attelait avec d'autres à des charrettes brisées qu'un buffle n'arrivait plus à tirer. Pokhara ne lui laissait qu'un lointain souvenir, il ne regrettait rien, la dureté était la même mais il avait gagné les espaces et le grand air, il ne toussait plus, ses mains ne sentaient plus les odeurs de décharge et de déchets – les crevasses sur ses doigts et sur ses pieds s'infectaient moins souvent.

Il aimait courir la forêt. Au début, Mara avait détesté cette habitude qu'il avait prise de s'échapper des heures durant dans les bois et dans la jungle ; lorsqu'il avait grandi, elle s'était contentée de froncer les sourcils chaque fois qu'il se carapatait. Nun aspirait l'atmosphère silencieuse de la forêt. Cela effaçait les préoccupations de la journée, la présence pesante de Mara, la petitesse de la maison et du jardin. Une sorte de trêve dans le quotidien, et peu à peu il avait essayé de se sauver le soir, moins loin à cause des prédateurs, mais un peu loin quand même – pour voir les étoiles. Ces nuits-là, il tournait le dos à la forêt, s'aventurant sur le plateau de la petite montagne, sur la roche et les herbes drues, là où les arbres avaient disparu. Autour de la bicoque, ils étaient trop nombreux. Leur feuillage cachait le ciel. À ces sorties nocturnes, Mara ne s'habitua jamais.

Et parce que rien ne s'arrangeait dans sa tête à elle, lorsque Nun sortait la nuit, il l'enfermait dans la maison, sans quoi elle n'était pas là à son retour. Elle oubliait ce qu'il lui avait dit de ses escapades, qu'il reviendrait bientôt – il en profitait pour relever deux ou trois collets –, elle partait le chercher, inquiète, s'éloignait sans se retourner, sans penser à revenir. Elle s'enfonçait dans la forêt noire ; bientôt, sa lente silhouette se confondait avec les troncs des jeunes arbres, sa chevelure avec les lianes. À trente mètres, elle n'était plus repérable. Elle appelait Nun – du moins le croyait-elle, car elle l'appelait dedans son crâne, ne proférait pas un mot, pas un son, persuadée que ses cris traversaient les bois. De son pas feutré, elle surprenait des animaux sortis boire ou chasser, les regardait sans les voir, passait son chemin, toujours plus loin, elle avait oublié pourquoi elle était là, au milieu de la forêt. Une fois, rentré à l'aurore parce qu'il s'était endormi au creux d'un rocher, Nun avait couru la montagne jusqu'à midi avant de la trouver – tous les deux tremblants de ne pas s'être croisés avant, et elle psalmodiait une plainte infinie, c'était dangereux ici, tellement dangereux, il fallait partir, Nun voyait bien qu'elle n'avait plus toute sa tête à ces moments-là.

Et pourtant, d'une certaine façon, à certains instants, Mara échappait à la démence. Peut-être y avait-il une confusion entre les époques et, Nun ne le comprendrait que plus tard, entre les pièges. Mais Mara ne se trompait pas quand elle disait que c'était dangereux : une menace planait, non sur la montagne et non sur eux, mais sur elle. Avec cette sensibilité qu'elle avait toujours eue, elle l'avait prévu. Mais qui aurait pu la prendre au sérieux alors qu'elle divaguait depuis des années, c'était comme le berger qui crie au loup, à la fin, plus personne n'y croit.

Cependant Nun aussi aurait sa part dans l'accident. C'est pour cela qu'il ne se déferait jamais d'une certaine peine malgré le tournant que prendrait sa vie, après.

Parce que s'il n'avait pas été en retard.

Surtout, s'il n'avait pas oublié de verrouiller la porte.

Et à vrai dire, quand il était rentré de sa virée au moment où le jour se levait, et qu'il avait vu la maison vide, il n'avait pas eu peur. Il s'était plutôt pris le visage entre les mains avec un soupir, c'était sa faute oui, mais il avait l'habitude, il allait parcourir les bois et trouver Mara à cinq cents mètres ou à deux kilomètres, il la prendrait par le bras pour la ramener, elle lui raconterait des histoires sur le chemin. Ce serait seulement un peu plus de fatigue, un peu plus de temps avant de s'étendre et de dormir.

Bien sûr qu'il la retrouverait – et bien sûr il l'avait trouvée.

Mais pas comme d'habitude.
Ce qu'il avait ramassé, c'était un morceau de Mara.

*

De ce jour, comme si elle n'avait attendu que ce moment pour éclater, la haine des tigres l'emplirait, le déborderait sans relâche. Nun avait eu une telle frayeur, une telle épouvante en découvrant le corps mutilé dont il n'avait pas douté une seconde que c'était celui de Mara – plus tard, quand il rouvrirait les yeux, agenouillé à côté d'elle, il reconnaîtrait ses vêtements, ses cheveux malgré les béances du visage qui avait dû prendre un coup de patte. Il avait eu si mal, à croire que lui aussi avait été blessé par le fauve, sa respiration s'était arrêtée, son cœur s'était empierré, et la violence s'était emparée de lui, absolue, parce qu'il était seul dorénavant, et qu'une unique raison l'habitait : se venger.

Au fond, c'était lui qu'il cherchait à consoler, plus que Mara qui était morte – lui dont la vie s'ouvrait une nouvelle fois sur les incertitudes et les peurs. Il avait fallu qu'il ramène le corps sur son dos, enveloppé dans un linge qu'il était allé chercher, qu'il érige le bûcher, qu'il l'allume enfin, pour se souvenir qu'il était adulte à présent, que personne ne l'emmènerait en le traînant derrière lui, personne ne le vendrait, ne l'échangerait, ne le battrait, toutes sortes de pensées qui lui venaient en désordre, bref, une autre existence commençait, dont il pouvait faire ce que bon lui semblait, à cela près qu'il n'avait rien.

Et c'était arrivé très vite, sans réfléchir, parce que c'était là en lui, si évident. Nun l'avait crié dans sa douleur, ce que quelques villageois qui étaient venus lui porter à manger et brûler de l'encens pour Mara avaient répété, il l'avait hurlé en prenant le ciel à témoin : il tuerait tous les tigres de toutes les montagnes du

Népal. Rien ne l'arrêterait, son regard avait viré au rouge, la rage l'avait rendu fou.

C'était la dernière fois que des gens du village étaient venus là-haut.

Après, Nun n'avait pas menti : il était devenu fou.

Hadrien

Alors, le surlendemain, et contre l'avis d'Hadrien, il ne reste que les tigres pour sauver Lior. Pendant les six heures d'autobus qui les emmènent, elle ne parle pas, happée par ses pensées si contradictoires. Hadrien a l'impression de sentir les vibrations folles du corps de Lior jusque dans sa poitrine. Il l'observe de biais par moments, elle, sa peur contenue, l'attente d'une révélation, d'un secret dévoilé, d'un nouveau miracle. Son regard incandescent qu'il n'ose pas croiser.

Il se souvient d'une petite sculpture très particulière que son père lui avait offerte quand il était enfant. Un hibou en métal creux presque noir, avec des aigrettes trop grandes et des pattes trop longues, deux trous découpés dans la tôle à la place des yeux. Hadrien avait collé à l'intérieur de ces cavités un papier rouge, et glissé une minuscule lampe volée à l'installation de trains électriques qui occupait tout le sous-sol de la maison. Reliée à un transformateur, l'ampoule éclairait juste assez pour donner au regard de la sculpture une lueur rouge terrifiante à travers le papier. Longtemps, il avait essayé de s'endormir à côté du hibou allumé, veilleuse feutrée et vaguement menaçante, il faisait des cauchemars, finissait par l'éteindre, préférant l'angoisse de l'obscurité à celle des yeux de feu qu'il craignait à moitié vivants. Il ne les a jamais oubliés.

Voilà, c'est cela, pense Hadrien. Le même exactement : l'éclat rouge dans les yeux de Lior et dans ceux du hibou. S'il doit s'en amuser ou s'il devrait s'en alarmer, il n'y pense pas. Il acquiesce en silence – seul à savoir à quoi. Lior, elle, se méprend, visage transfiguré, toute la tension dans son corps. Elle murmure :

— Ça va aller.

Le silence à nouveau. Dans le bus, malgré les secousses de la route, Lior s'est endormie. Elle a passé une mauvaise nuit – l'impatience sans doute. La longueur du trajet a eu raison d'elle, les conversations des quelques autres passagers, en cette saison creuse, ont fini par la bercer. Hadrien écoute sa respiration lente et paisible, ne la réveille pas. Pourtant, il aimerait lui montrer les paysages qu'ils traversent, les ombres animales qui se cachent à peine sur leur passage, la poussière jaune et grise et rouge de la route. Tour à tour, ils laissent derrière eux la jungle, les prairies d'herbes hautes, des lacs où buvaient des antilopes lorsqu'ils sont passés ; la jungle à nouveau, avec ses arbres immenses, et, tout au fond, les montagnes. Partout, des brossées de verts, une végétation exubérante, saturée d'humidité et de chaleur – si les plantes montaient jusqu'au ciel, cela n'étonnerait personne.

Un bras autour des épaules de Lior, Hadrien se remplit des lumières et des couleurs qui éclatent au gré du soleil. De toute façon, tendue par l'attente, Lior remarquerait à peine la beauté de la nature qui les entoure. Elle observerait, pour faire plaisir à Hadrien, mais s'il lui tournait la tête vers lui pour croiser son regard, il s'apercevrait qu'elle ne voit rien. Elle aurait ce voile indistinct devant les pupilles, cette impossibilité de se réjouir d'une fleur admirable, du bleu-gris acier des lacs ; elle serait au-delà. Déjà dans la jungle, humant l'air, cherchant les odeurs animales, les pistes, les bruits étouffés. Oui, c'est ce qu'il croit.

Une nouvelle fois, Hadrien a tort, mais il ne le sait pas. Ce n'est pas l'excitation qui a réveillé Lior la nuit précédente ; ce n'est pas pour récupérer qu'elle dort dans le bus.

Car elle ne dort pas.

Elle fait semblant.

Ce qu'Hadrien prend pour de la fébrilité, et qui donne à la respiration de Lior ces petites saccades, qui lui moite la paume des mains et le haut du front, c'est cette foutue saleté de merde de peur, car il n'y a pas d'autres mots, dont elle n'arrive pas à se défaire, et qui lui coupe le souffle avant même d'être arrivée, qui lui fait ces tressaillements et ces sueurs et ces battements dans le corps, avec l'insidieuse pensée qu'elle essaie d'effacer depuis la veille : *N'y va pas.*

Mais elle ne peut pas faire marche arrière, tout est déjà enclenché – c'est elle qui a demandé, elle qui a dit oui à cette longue promenade, malgré la sensation étrange, en même temps de vouloir tout arrêter et de pressentir qu'elle doit aller au bout.

Au bout du tigre.

Elle ne veut pas qu'Hadrien sache dans quel état elle est déjà.

C'est pour cela qu'elle fait semblant de dormir.

Pour que les choses adviennent.

Après la fraîcheur relative des montagnes de Pokhara, la jungle de Sauraha, le village construit aux portes du parc de Chitwan, les saisit de sa moiteur et de l'air encore tiède de la fin d'après-midi. Le trajet les a étourdis, les secousses incessantes, le bruit du moteur hors d'âge par les fenêtres ouvertes à cause de la chaleur, les tourbillons de poussière, et pourtant il y a une gaieté dans le regard de Lior lorsqu'elle descend, faisant quelques pas de travers comme à cause du roulis, jetant son sac sur son épaule. Au Shiva's Dream, l'hôtel qui les accueille, cependant, elle s'est rembrunie. Leur hôte a eu un immense sourire quand ils lui ont posé la question – lui qui pensait les rassurer : non, il n'y a à peu près aucun risque de voir les tigres. Ce sont les bêtes qui se cachent le mieux et pas un touriste sur cent n'a pu les observer. Du coup, pas d'accident, jamais. Mais des éléphants, des crocodiles, des ours, des rhinocéros, des cerfs, des cochons sauvages, des pythons et des centaines d'oiseaux, ça, ils le verront. Lior refrène un mouvement d'humeur, elle s'en moque, de ces autres-là, elle n'est pas là pour eux. Le patron de l'hôtel continue dans son anglais approximatif, explique, étale les prospectus : il fera l'intermédiaire pour réserver la formule qu'ils choisiront.

Le bain des éléphants ? Départ à dix heures le lendemain.

Le safari en Jeep ? Au choix, l'après-midi ou la journée entière.

La promenade en pirogue ? Départ à quinze heures.

— Merde, dit Lior à voix basse en regardant Hadrien. Merde, merde.

Elle a ses yeux immenses des jours de chagrin.

— Qu'est-ce qu'on fait ?

Hadrien écarte les publicités du bout des doigts.

— On est vraiment venus pour voir les tigres, répète-t-il à voix basse.

L'hôtelier ouvre les bras en signe d'impuissance. Hadrien insiste.

— Il doit y avoir un moyen.

— Non, non.

— Il y a forcément des tigres.

— Oui, mais c'est difficile de les voir.

— On peut payer plus cher. Peut-être d'autres guides ?

— Je ne crois pas.

— S'il vous plaît. Est-ce que vous pouvez y penser ?

— Non, non. Oui. Mais je ne suis pas sûr.

— Ils sont où, les tigres ?

— Ils sont la nuit près des lacs, pour boire. Mais, la nuit, le parc est fermé.

Hadrien ignore comment on peut dire cela, qu'un parc de neuf cents kilomètres carrés soit fermé ; il rectifie dans sa tête, l'entrée est fermée, mais il n'y a pas de clôtures, pas de barrières nulle part.

Juste le danger.

Bien sûr qu'ils n'iront pas.

Trop de risques.

Les gavials et les serpents, invisibles dans l'obscurité. La sortie des fauves, car les tigres ne sont pas les seuls à boire le soir. Tous, ils y vont. Un territoire d'eau et de marécages, d'herbes aussi trompeuses que les boues et les sables, abritant mille pièges, mille animaux silencieux. Devant le regard de Lior, Hadrien secoue la tête en fronçant les sourcils. Et comme elle tique, il le dit tout haut.

Non.

Ils n'iront pas seuls. Soit ils trouvent un guide, soit ils abandonnent. Ils se contenteront d'essayer de voir les fauves la journée. Mais Hadrien ne laissera pas Lior poser un pied dans la jungle la nuit. Il a un geste d'agacement vers elle.

Déjà les tigres, en plus dans les ténèbres de la forêt. Est-ce qu'elle est assez dingue pour y penser sérieusement ?

— On va trouver, dit-il pour la consoler.

— Tu crois ?

— Sûr. Ici, tout se trouve.

Alors Lior se calme, pose son front contre les grandes vitres du hall d'entrée pour mieux voir la jungle qui commence au bout du jardin. Hadrien la rejoint, s'appuie contre elle. Elle a une confiance inouïe en lui : il aura une solution, dût-il l'inventer de toutes pièces. L'excitation lui fait briller les yeux, une pression qu'elle n'a plus connue depuis longtemps, la prémonition de quelque chose de puissant aussi, peur et joie mêlées. Elle n'aime pas ce temps d'attente inutile, n'aime pas cette impression de supplier. La silhouette émaciée du patron de l'hôtel au bord des maisons lui semble hostile. Et pourtant elle y croit.

Grâce à lui, Hadrien, dont elle sent la chaleur contre son corps.

Elle sait qu'il trouvera, qu'il ira toquer aux portes s'il le faut, les unes après les autres, pour elle, pour un sourire sur son visage. Alors elle lui prend la main, lève enfin les yeux. Sur lui.

Il est beau, Hadrien, plus encore qu'avant. Depuis l'accident avec l'ours, il a pris une gravité nouvelle, une ombre sur son visage mat, sur son regard brun ; il ne veut plus que Lior s'enfuie à l'aube d'un campement dévasté, plus courir derrière elle pendant des jours en pensant chaque matin qu'elle va mourir sans lui. Il a perçu cette extrême volatilité chez elle, comme un courant d'air que l'on voudrait prendre entre les mains pour le saisir ; vain espoir, quand il ne reste qu'un parfum ou le souvenir d'une étincelle au fond des yeux, quand l'autre n'est plus là, que l'horizon reste désespérément vide. Hadrien enveloppe Lior avec la légèreté d'un nuage, la précède, la suit, l'entoure. Et pourtant rien ne la retiendra si elle part chercher son histoire – c'est pour cela qu'il trouvera les hommes, et qu'il trouvera les tigres.

À cette pensée, à ce mot, Lior chancelle.

Tigre.

L'image de la bête somptueuse et terrifiante à la fois l'envahit. Elle a les mains qui tremblent, la gorge qui palpite. Elle a les yeux qui brillent. Elle se déteste.

Qu'on lui donne une chance. Qu'on lui ouvre une porte. Lior est certaine que, s'ils peuvent entrer de nuit dans le parc, ils entendront les feulements, les pas dans la montagne. Ils devineront les silhouettes puissantes dont les rayures brillent sous la lune, éclats trop visibles qu'une nature étrange s'acharne à dessiner sur les corps des bêtes ; la preuve, sans doute, que les tigres ne craignent personne, indifférents à l'idée d'être repérés, ou qu'il fut un temps où la flore ressemblait davantage à ces zébrures irrégulières, les fondant dans ses herbes épaisses, dans ses lianes, dans ses tiges tordues.

Pourtant, depuis des dizaines d'années, les tigres ont appris que l'homme est encore plus dangereux qu'eux, et qu'il faut se cacher. Ils ont compris la force des armes, et la nécessité d'être invisible – pour échapper, mais aussi pour tuer : les tigres attaquent rarement de face, ils préfèrent contourner, surprendre, planter leur gueule ouverte à l'arrière de la tête, là où ils ne croisent aucun regard, là où personne ne les voit venir.

Lior a le cœur qui bat trop fort, trop vite. Cela ne cessera pas avant que les choses se dénouent. Son rythme se cale sur celui des bêtes, de la jungle, de la nuit. Elle reconnaît la fébrilité mais surtout, qu'elle espérait éteinte, cette panique qui revient. Et la question avec – si elle sera assez forte.

Pas pour attendre, la moitié de la nuit s'il le faut, pas pour atteindre les lacs qui sont à près de deux heures de marche dans un univers dont elle ignore tout.

Mais pour s'empêcher de trembler et de hurler quand les premiers grondements monteront de derrière la nuit. Le feulement du tigre, son imagination le construit, faisant vibrer l'air et résonner les rauquements jusqu'au fond de son ventre. Le bruit le plus effrayant qui soit : quand on l'entend, c'est déjà trop tard. Le fauve est là.

Assez forte pour ne pas s'enfuir ou tomber à genoux – Lior sent sa gorge déjà sèche, son cœur qui bat trop vite. Alors elle reprend son souffle, s'obligeant à respirer avec lenteur. Elle sent bien qu'à l'intérieur c'est très différent : le bouillonnement, le feu, le magma. La nervosité ne la quitte pas, qui fait trembler ses mains. Elle n'a plus faim, plus soif, ni chaud ni froid – étrangère aux autres, à l'autour. Hadrien ne lui parle plus. Il s'est reculé et contemple lui aussi la jungle par-delà les grandes baies de l'hôtel.

Dans la nuit qui suit, les bruits de la forêt les tiennent longtemps éveillés. Plusieurs fois, Lior se lève et va à la fenêtre, épiant le paysage sous la lune. Elle essaie de voir. Seuls des rais de lumière blanche se laissent capturer – et puis l'immense masse noire de la jungle qui s'étire, qui cache les bêtes endormies, celles qui prennent vie lorsque les ténèbres ont tout englouti. Il y a quelque chose de fascinant dans cette obscurité absolue, un voile que les yeux même froncés, même étrécis, ne peuvent sonder, et l'impression que l'univers s'arrête à ce point précis – au-delà, c'est le trou noir, le vide, le chaos. Au-delà, c'est l'inconnu et le mystère, un peu comme ces contes que l'on lit quand on est enfant et qui se passent toujours au fond de la forêt, là où grouillent les ogres, les démons et les bêtes. Car rien de bon ne peut advenir de ces endroits-là.

Dans les contes, se dit Hadrien depuis sa somnolence, les personnages n'ont de cesse d'échapper aux monstres qui peuplent la nuit et les bois. Lior, elle, leur court derrière. Elle entre dans les collines obscures, écarte les lianes et les ronces, écoute les bruits vers lesquels elle se précipite en silence – grognements, râles, déchirements.

Pourquoi, nom de Dieu, pense Hadrien.

Pour voir.

Pour éprouver l'effroi.

Pour essayer encore une fois de croire que, lorsqu'on les a tués, les monstres ne renaissent pas, nulle part, ni dans la forêt ni dans la tête.

Il voudrait l'aider, lui crier que ce n'est pas comme cela qu'on s'en débarrasse.

Au lieu de quoi le sommeil le prend enfin, et il ne lutte pas. Il abandonne Lior à ses hallucinations ; qu'elle s'en débrouille. Elle veut grandir – alors, qu'elle le fasse. Personne n'a jamais grandi pendant qu'on lui tenait la main. Lui, il reste là tel un filet de sécurité, il la rattrapera si elle tombe. Mais qu'elle saute toute seule.

En attendant, il veut juste dormir.

Comme s'il pressentait qu'il aura besoin de toutes ses forces, après.

À vrai dire, il ne pressent rien : il sombre. Il devine bien, au moment où sa conscience chavire, les incertitudes du lendemain, les agitations, les inquiétudes, mais à cet instant-là cela ne le touche pas.

Juste dormir.

Nun

Il y avait les prédispositions, bien sûr. Il y avait cette drôle de chose dans la tête de Nun, cette violence qui s'était épanouie à Pokhara mais que Mara avait repérée dès la nuit où elle les avait trouvés, lui puis Nin, dans la forêt. Une force peut-être, et une fragilité cependant. Une fragilité au bout du compte – la force reviendrait après. Pour l'heure, c'était elle qui avait fait trébucher Nun, et elle n'avait pas eu beaucoup à s'appliquer, car il avait toujours été sur le fil. Trop téméraire, trop provocant, une sorte de chien fou que seule Mara parvenait à calmer.

Or Mara n'était plus là.

Alors oui, son esprit qui ne tenait déjà pas très droit avait flanché, fait des spirales et des tourbillons, et cette fois il s'était coupé du monde pour de bon. Il n'avait besoin de personne pour crever à piocher la terre et récolter quelques plantes ou légumes, personne pour s'occuper de la maison qu'il tenait depuis des années, personne pour rapporter les seaux d'eau pris à la source miraculeuse derrière la bicoque. Rester seul ne le dérangeait pas. À vrai dire, la question n'existait pas : hormis l'absence de Mara, rien n'avait changé.

Chaque jour, il le passait à arpenter la jungle à la recherche de bois ou de petit gibier, à sarcler son jardin, à réparer la maison.

Comme avant.

Il continuait à parler à Mara. En arrivant ici, elle s'était étonnée de voir qu'il s'était pris de passion pour la culture. Il tournait le sol des heures chaque jour, les semences lui palpitaient dans les mains. Mara applaudissait de voir ses plants si bien grandir et s'étoffer, et donner mieux qu'avant. Elle voulait savoir comment il faisait : il ne savait pas. Le matin, il nourrissait les bestioles, puis il déambulait au milieu des légumes et des tubercules, désherbait, éclaircissait, attachait, arrosait avant que la morsure du soleil ne risque de brûler les feuilles. Nun était un homme de la terre, pas de l'eau comme ceux qui vivaient des poissons du lac de Phewa, pas de la montagne comme ceux qui guidaient vers l'Annapurna. Il regardait ses mains noires et grises, soufflait sur la poussière. Mara souriait.

Dorénavant, elle ne souriait plus, mais Nun répétait les mêmes gestes, répondait aux questions qu'elle lui avait inlassablement posées devant les plants grandissants. Seulement il n'y avait plus de poésie. Il fallait que ça pousse pour survivre, il fallait quelque chose à se mettre sous la dent, à conserver pour la mauvaise saison. Il fallait que ça aille, et que ça aille vite. Parce que Nun avait besoin de temps.

Il avait ce but, et véritablement, cela seul avait changé.

Il s'était mis à épier les tigres.

Comme les fauves qui apprennent, durant leurs jeunes années, à devenir de fabuleux chasseurs, Nun avait appris à les pister, à les trouver, à les observer des heures durant. Au début, il avait fait du bruit et les tigres s'étaient cachés. Puis, peu à peu, il avait repéré leurs passages et leurs points d'eau, leurs habitudes, compris comment se mettre sous le vent, comment dérouler ses pieds sur le sol pour ne laisser aucune trace, ne briser aucune brindille. Avec leurs deux cents kilos, les tigres en étaient capables ; il le serait aussi.

Au bout de plusieurs mois, au prix d'une patience inouïe, mais aussi parce qu'il avait sans aucun doute un talent pour cela, un don, commençaient à dire ceux qui l'avaient vu dans les bois, Nun savait épier les tigres autant qu'ils l'épiaient. Ils s'étaient croisés vingt fois dans la jungle. Lorsqu'ils s'étaient trouvés face à face, à quelques dizaines de mètres de distance, Nun n'avait pas baissé le regard, ne leur avait pas tourné le dos. Ils se tenaient en respect. Mais Nun savait surtout qu'il n'irait jamais plus loin s'il n'avait pas de fusil.

Mais un bon fusil.

Inaccessible : trop cher.

Il n'y avait pas dix roupies dans la maison de Nun.

Il s'était longtemps demandé comment en trouver un, et où. Au village, il n'y avait que quelques vieux tromblons, on fonctionnait encore à l'arme blanche. Bien sûr, il pouvait descendre à Pokhara. Et après ?

Au marché noir, on trouvait tout.

Pour seize mille roupies, il aurait un fusil superposé calibre 12, pas neuf, mais suffisant.

Nun était prêt à se louer pour des travaux durs, à donner un an de sa vie, et même un peu plus, pour acheter l'arme qu'il lui fallait. Il venait de passer plus de dix mois à devenir un tigre ; les sacrifices ne l'arrêtaient pas, et le temps, malgré son impatience – eh bien, le temps, il en avait.

Mais ce n'était pas un an de salaire qu'on lui demandait : c'était plus de vingt.

Vingt ans, une éternité.

Alors il avait volé le fusil, et il était passé à deux doigts d'y laisser sa peau, parce que les trafiquants surveillaient les gens comme lui lorsqu'ils demandaient à essayer l'arme. Nun ne pouvait pas compter sur sa bonne mine ni sur ses bonnes manières pour les tromper. Cela crevait les yeux qu'il était miséreux. Mais parfois, les vendeurs le savaient, des clients aisés envoyaient des larbins pour ces transactions dans lesquelles ils ne voulaient pas s'afficher. Il y avait ce doute, et ils avaient tendu le fusil à Nun sur le terrain vague, à la frontière entre la ville et la forêt, pour le regarder épauler. Nun avait posé sa joue contre le chien, il avait senti le froid du métal. Et d'un coup, il s'était retourné vers les deux trafiquants et il avait tiré, deux fois, une chacun, dans les jambes (pensait-il).

Après, il avait arraché le sac dans lequel se trouvaient les boîtes de balles, jeté son fusil en bandoulière, et il s'était mis à courir vers la ville. Il avait entendu plusieurs détonations derrière lui, il avait senti son épaule éraflée, la douleur aiguë, et il s'était dit à ce moment-là qu'il aurait dû abattre les hommes. S'il avait habité les quartiers pauvres de Pokhara, il le savait, on l'aurait retrouvé tôt ou tard, c'en aurait été fini de lui. Sa seule chance, c'était qu'il partait à près de deux cents kilomètres de là, et dès qu'il avait été hors de vue des trafiquants il avait infléchi sa course et filé vers la jungle. Il s'apprêtait à galoper toute la nuit et à rejoindre la route pour attraper un autobus à l'aube, à un arrêt éloigné, tandis que, il en était certain, on le chercherait toujours dans la ville. Personne ne le connaissait. Personne ne se souvenait de ce gamin qui avait eu la langue brûlée plus de quinze ans auparavant, et qui avait donné cet étrange adulte parlant avec des chuintements dans la voix. Une fois dans la forêt, il avait su qu'il était sauvé.

Il avait regagné sa bicoque et néanmoins soigneusement caché l'arme. Pendant encore plusieurs semaines, il allait l'oublier. Il allait faire comme si elle n'était pas là, pour que la fébrilité passe, qui n'était jamais une bonne alliée. Nun devait retrouver le calme et la solitude que la ville avait bouleversés, effacer les questions, les hésitations. Pendant les quarante-huit heures qui s'étaient écoulées là-bas, hormis les mendiants et quelques malades, il n'avait vu que des gens en groupe. Lui, tout seul. Pas de femme, pas de mère, pas de fils. Pas d'amis.

Tant pis. C'étaient les mots qui venaient conclure ses pensées désorientées, ceux qu'il s'obligeait à prononcer dans un grondement. Il faudrait se contenter de cela, comme un roi qui régnerait sur un palais vide.

Ainsi Nun avait-il commencé à chasser, avec cet immense sentiment de solitude, avec un sens presque inné des fauves, et avec un fusil dont la première balle était capable d'arrêter n'importe quelle bête.

Il avait vingt-trois ans.

Dans sa tête, il cherchait le tigre qui avait dévoré Mara. Il était persuadé qu'il le reconnaîtrait ; il lui ferait une fin longue et douloureuse. Il espérait que le tigre laisserait derrière lui des femelles et des petits, pour que lui, Nun, ne soit pas le seul orphelin.

Car la blessure n'était pas refermée. Parfois on perd quelqu'un qu'on aime et la vie continue. On trouve d'autres joies, d'autres amours. Après Nin et Mara, Nun n'avait plus eu personne.

La faute aux tigres.

Alors oui, il avait commencé à les tuer.

Il savait leurs chemins, il savait leurs cachettes. Il savait comment les approcher, et comment les piéger. Tout le temps où les tigres avaient cru que Nun était inoffensif – qu'il s'en tiendrait à les guetter et les surprendre, et rien de plus –, par une sorte d'accord tacite, ils s'étaient tolérés, même la nuit, même dans la jungle qui n'était pas le territoire de Nun. Peut-être la protection dont bénéficiaient les fauves grâce à la réserve animalière les avait rendus plus mous, plus naïfs. Pourtant, on les braconnait parfois ; mais c'était si dangereux qu'entre deux traques les tigres oubliaient.

Ou ils se croyaient plus forts.

Ils ne s'étaient pas assez méfiés de Nun.

À présent, ils avaient compris – mais Nun avait un instinct prodigieux pour les trouver, lui qui, sur son flanc de colline, était devenu presque un animal, comme eux, un carnassier, un prédateur.

À présent, il y avait trente-sept trophées dans la cabane.

Trente-sept, c'était bien peu pour la soif de Nun ; mais c'était immense. Il avait rangé dans un coffre en bois trente-sept bouts de queue de tigre, qu'il prélevait chaque fois sur les fauves morts, des petits morceaux de dix ou quinze centimètres de long qui lui caressaient le visage tandis qu'il rentrait d'une foulée rapide, après, quand il avait tiré le cadavre jusqu'à un endroit où d'autres chasseurs de viande, de dangereux crocodiles des marais le plus souvent, avaient déjà senti le sang et attendaient. Trente-sept, c'était énorme, véritablement énorme, parce qu'il ne devait pas rester plus de cent cinquante tigres à Chitwan.

Mais trente-sept, c'était peu, parce que Nun chassait depuis dix ans, et qu'additionné dans n'importe quel sens cela ne faisait pas quatre tigres par an. Et ce n'était pas faute de volonté ; beaucoup de choses pouvaient contrarier la chasse, depuis les patrouilles imprévues de gardes forestiers jusqu'à l'absence des tigres, en passant par le manque de munitions lorsque Nun n'avait pas réussi à s'en procurer, ou la chance qui permettait aux fauves de s'échapper. Ainsi, pour une raison ou pour une autre, deux fois sur trois, Nun les manquait. Et c'était toujours une longue préparation, une lourde organisation qui échouaient. Certains jours, Nun éprouvait une sorte de grande fatigue résignée. D'autres jours, cela décuplait sa colère.

Il chassait à l'affût. Il utilisait la même technique que les tigres. Au départ, il avait beaucoup erré dans la jungle pour les trouver, il avait senti le danger pour celui qui se déplace et qui ne peut pas tout contrôler, chaque centimètre de jungle au nord, au sud, à l'est et à l'ouest, chaque surprise derrière chaque arbre et chaque enchevêtrement de lianes. Quelque chose n'allait pas, et il avait réfléchi pendant des semaines. Il pouvait faire mieux que les bêtes.

L'idée était arrivée alors qu'il appelait ses poules en leur lançant des débris végétaux, et qu'il les avait vues courir vers lui en se jetant sur la nourriture : mettre un appât pour attirer les tigres.

La semaine suivante, il avait essayé avec une poule, qui n'avait rien donné. Il s'était résolu à sacrifier une chèvre, qu'il avait attachée dans les bois et laissée bêler au milieu de la forêt. Alors les tigres étaient venus.

Nun n'avait pas assez de chèvres – pas suffisamment pour tous les tigres du Népal, car il n'avait pas de bouc non plus, ses chèvres ne se reproduisaient pas. Il avait réfléchi encore, essayé de se souvenir de ce qui se disait, ce qui se pratiquait, chasseurs ou braconniers. Par-dessus tout, il y avait son instinct à lui.

Il avait trouvé. Il lui fallait des appâts sauvages, ceux qu'il n'aurait pas besoin de payer, ceux qui ne manqueraient à personne, ni à lui dans son maigre troupeau, ni aux autres s'il les leur avait volés. Des appâts qu'il allait capturer, s'aventurant loin de son territoire pour que l'on ne devine pas comment il s'y prenait, là où, si d'aventure il croisait quelqu'un, on ne savait pas qui il était. Il avait tout mis en place avec lenteur, méthodiquement.

Il chassait de mieux en mieux, avait enfin saisi sa touche à lui, si particulière, une efficacité impressionnante.

Les villageois, tout autour, savaient cependant.

Nun s'en moquait. Ils avaient si peur de lui, de sa folie à fleur de peau, de ses éclats de rage : personne ne viendrait, personne ne parlerait. Et puis au fond ils étaient contents que les tigres disparaissent. Les accidents au bord de la forêt, les femmes et les enfants enlevés par des fauves affamés, tout cela arrivait moins souvent. Ils étaient même venus le voir une ou deux fois, lorsqu'un tigre s'était approché des maisons, pour lui demander de le piéger.

Nun n'avait pas répondu.

Il n'avait jamais dit qu'il chassait, jamais avoué.

Pas lui.

Personne ne l'entendrait l'admettre.

Le nez baissé dans ses cultures, il ne les avait pas regardés. Les villageois étaient repartis en l'insultant et Nun avait laissé passer plusieurs semaines sans bouger de chez lui. L'impatience lui donnait des visions, l'immobilité de l'affût, l'odeur et la voix des appâts écorchés, les silhouettes coulées dans l'obscurité, qui s'approchaient sans bruit.

Lui, sous le vent.

Boum, faisait le fusil.

Depuis dix ans.

Trente-sept tigres.

Bientôt trente-huit.

Hadrien

Le jour s'est levé dans une lumière jaune et Hadrien a tressailli. Il s'est rappelé d'un coup. La sensation de malaise s'est installée aussitôt, qu'il a essayé de chasser d'un geste, frottant son visage entre ses mains. Mais c'était trop tard, elle était là. Quand il a rouvert les yeux, tout était pareil, et il a eu envie de vomir.

Il a entendu le murmure de Lior – *Ça va ?* – et il a hoché la tête en se concentrant sur le parfum du thé. Mal de crâne, déjà. Est-ce qu'il a de l'aspirine ?

Merde, se dit-il en silence.

Surtout, ne rien laisser paraître. Il est seul à savoir.

Que la dernière lumière jaune qu'il ait vue, c'était deux jours avant l'ours. Et ce flottement dans l'air : comme si la même chose se mettait en place.

Il s'oblige à respirer calmement.

Il n'y a pas d'ours au Népal.

Respire, un, deux.

Bien sûr qu'il y en a.

Prémonition ?

Heureusement qu'il n'y croit pas – ou alors, aujourd'hui, il a décidé de ne pas y croire. Il y a quand même ce pincement au fond de lui, beaucoup trop fort, et qui lui donne cette foutue migraine.

Lui aussi, il a mal dormi. Mais cela ne suffit pas à expliquer. Ni l'hostilité au fond de lui quand le patron de l'hôtel vient les saluer, sauf que.

L'hôtelier ne dit pas seulement bonjour.

Il a un sourire jusqu'aux oreilles : *Je vous ai trouvé ce que vous vouliez.*

Ensemble, Lior et Hadrien ont le même mouvement étonné, les yeux agrandis par la surprise. Chez Lior, cela claque comme de la joie.

— C'est vrai ?

— Oui. Vous avez rendez-vous à quatre heures et demie ce soir. Ils vous emmèneront jusqu'aux lacs.

— Dans le parc ? interroge Hadrien.

— Au bord. Juste dehors, à la frontière.

— C'est autorisé, alors ?

— Pas tout à fait. Peut-être que le lac rentre un peu dans le parc, je ne sais pas. Est-ce que c'est oui ?

— Oui, répond Lior aussitôt.

L'hôtelier regarde Hadrien. Il attend son accord. Lior se pince les lèvres, elle comprend qu'on ne traite pas ces affaires-là avec les femmes. Elle enrage mais elle se tait. Hadrien, lui, répète le mot pour être sûr. *Tiger.* Le patron a un vigoureux hochement de tête. *Oui, oui. Tiger.*

Après, Lior lui saute au cou ; elle voudrait tant chasser l'air soucieux qui lui fait un pli au front.

— C'est la dernière fois, chuchote-t-elle.

La dernière fois qu'elle court après des animaux. La dernière fois qu'elle oblige Hadrien à la suivre dans ses drôles d'excursions, et celle-ci est peut-être la plus insolite, une escapade interdite, juste pour voir. Regarder. Entendre. Ce soir, il n'y aura pas de fusil. Lior sait que la quête touche à son terme. Qu'importe, au fond, ce qui se passera au bord des lacs : ce sera fait. Quelque chose se boucle en elle, et elle devine que l'essentiel est là, reconstruire un pan saccagé au-dedans d'elle, cela ne signifie pas de grands accomplissements – au bout du compte, il n'y a pas besoin d'un éclat de mémoire, d'une déchirure soudaine dans sa conscience. Elle peut cicatriser sans savoir de quoi, puisqu'elle a la conviction qu'elle est en train de guérir de son enfance. Elle est à une coudée. Une nuit.

Allez, implore-t-elle pour qu'Hadrien lui sourie.

Un tigre, rien qu'un seul.

Après, ce sera fini.

Comme une seconde vie.

La dernière, répète Lior. Et en même temps qu'elle le murmure à l'oreille d'Hadrien, celui-ci sent l'angoisse lui serrer le cœur. Ce que dit Lior ne le rassure pas, pas du tout. Parce qu'il y a mille façons que ce soit la dernière fois.

Et l'une d'elles, c'est d'y rester.

*

Est-ce pour cela qu'il reste muet pendant l'heure et demie de marche qui les emmène dans la jungle, à la fin de l'après-midi ? Il essaie de prendre des repères au milieu des lianes et des arbres immenses, renonce bientôt. Tous ces enchevêtrements. Si les guides décidaient de les abandonner là, il serait incapable de retrouver son chemin, et cela aussi lui rappelle l'ours, les forêts émeraude des terres volcaniques, les arbres en labyrinthe. Cela n'a l'air de rien – mais Hadrien sent venir une légère appréhension.

Comme il l'a dit à Lior, *Ce sont des tigres, tout de même*. Autrement plus inquiétants que des ogres ou des farfadets embusqués.

Cette fois, c'est pour de vrai. Il y a de véritables tueurs dans la jungle, avec quatre pattes et des dents aussi affûtées que des lames de couteau. Des canines qui peuvent transpercer la gorge d'un homme d'un seul effort. Et cette fois aussi, pour la première fois, Lior ne sera pas la chasseuse.

Depuis que les deux guides leur ont donné les consignes de cette extravagante randonnée nocturne, depuis qu'ils ont expliqué comment le tigre vivait la nuit, Hadrien sent la sueur dans son dos et à ses tempes. Avant, il n'avait pas pris conscience, le tigre restait une photo, une silhouette de zoo. Mais ce n'est pas une simple promenade de nuit pour laquelle ils sont partis ; c'est une dangereuse virée, où l'attaque est bel et bien une possibilité.

Pour se défendre, Lior et lui ont des bâtons.

Des bâtons !

Il a failli rebrousser chemin.

Seul le guide le plus âgé porte un fusil. Ils n'en ont pas d'autre. Quand Hadrien a entendu qu'il fallait grimper à un arbre le plus vite possible en cas de rencontre avec les fauves, il a cru à une plaisanterie. Mais le guide avait le visage sérieux : c'est la seule chance, a-t-il insisté, car les tigres ne grimpent presque jamais aux arbres.

Presque jamais.

Hadrien a pris le bras de Lior dans un souffle. *Je veux qu'on me jure qu'ils ne grimpent jamais du tout.*

Ils ne savent pas ce qu'il faut faire s'ils voient venir un tigre, car les guides n'ont pas répondu à cette question. Juste, ils ont dodeliné de la tête et articulé quelques mots qui ont pétrifié Lior : on ne voit pas venir le tigre.

Depuis son plus jeune âge, il s'entraîne à chasser pour survivre. Cela implique deux choses ; devenir silencieux et devenir invisible. Pendant des années, il s'exerce à marcher sans un bruit sur les feuilles et les branches de la jungle, n'avançant d'un pas que lorsqu'il est sûr. On dirait un ralenti, une force gigantesque contenue dans une foulée minuscule.

Puis un arrêt sur image, car le tigre est capable de s'immobiliser de longues minutes s'il pense que sa proie l'a repéré.

Alors vraiment, avec sa robe rousse striée de zébrures, il est impossible de le deviner au milieu des arbres, des feuilles, des écorces, d'autant qu'il n'attaque jamais de front. Caché derrière les arbres, il attend.

Que vous veniez à lui.

Que vous passiez.

Alors, par l'arrière, il s'élance. Il plante ses griffes colossales dans les flancs et dans les croupes. Il mord la nuque pour achever de tuer. Ensuite, il vous traîne à l'écart, souvent au bord de l'eau, pour pouvoir boire tout son saoul pendant le festin.

Tel est l'animal qu'ils vont épier ce soir : le prédateur le plus dangereux du monde.

Lior est tétanisée.

Mais elle fait silence, elle aussi, car c'est le premier ordre des guides. Le tigre ne doit pas savoir qu'ils sont là. Ce soir, ils seront à l'affût avant lui. Pas un bruit donc, pas un murmure quand ils ont marché dans le jour baissant pour gagner la cache. Pas parler. Pas tousser, pas se racler la gorge comme beaucoup le font lorsqu'ils sont tendus. Rien. Tout a été dit avant, autour de la petite table à l'arrière de l'hôtel. On leur a tendu des pastilles à mâcher pour se détendre. À présent, et malgré le jour qui décline, il ne reste que les gestes.

Pas bouger, non plus.

Les guides savent que c'est difficile.

Depuis son poste, Hadrien sent Lior tout contre lui – le frôlement de leurs vêtements quand il tourne la tête.

Une statue de sel.

Le dernier bruit qu'il ait entendu : celui de la carabine armée par le guide. Depuis, ils font silence. Mais la jungle continue à vivre de cris, de hululements, de courses furtives. Tous les quatre, ils auront gagné leur pari quand les bêtes auront recommencé à se déplacer, à boire, à chasser – comme si Lior, Hadrien et les guides n'étaient pas là.

Et, de fait, ils ne sont pas là.

Fondus dans une confusion de branches, de grands arbres immobiles, ils pourraient être eux-mêmes la forêt. Des arbustes tout juste nés, trop jeunes et trop fragiles, recroquevillés sous d'immenses silhouettes qui les protègent. Hadrien espérait des miradors – en vain, car ce genre d'excursion, il l'a compris à présent, est absolument interdit.

Il espérait quand même.

Au lieu de quoi ils sont dissimulés dans ce fouillis d'arbres, à terre, sans arme. Les yeux fixés sur les rives du lac et la forêt qui vient presque les toucher, ne sachant pas d'où viendront les tigres, s'ils viennent – et Hadrien se surprend à prier pour que ce soir-là ils soient ailleurs.

Et s'ils arrivaient par l'arrière – arrête de penser, Hadrien.

Ils viennent là où il y a à boire ou à manger.

Est-ce que nous ne sommes pas quelque chose à manger, pour eux ?

Il ne faut pas bouger, pas respirer. Étouffer ce cœur qui bat trop fort. Les hommes aussi peuvent se rendre invisibles. Pas pour chasser, mais pour survivre.

Alors, quand soudain cela remue là-bas, à la frontière entre le bois et le lac, Hadrien, cela lui fait comme un coup de tonnerre au fond du ventre.

Nun

Le soleil décline sur la jungle. Assis à l'extérieur de la maison, Nun attend qu'il disparaisse derrière la première montagne, la plus basse. Ce sera le signal. Après, tout s'enclenchera. Une paix étrange a succédé à la fièvre de la matinée, celle qui accompagne chaque fois les préparatifs de la chasse. Il se sent calme, comme apaisé.

Il revoit ces moments où Mara et lui se reposaient enfin, quand le jardin était fait, la maison rangée, la nourriture trouvée, ces instants de grâce que la fatigue autorise. S'il n'y avait pas l'épuisement, cela ressemblerait à de simples petits temps ordinaires, misérables, et pourtant c'était autre chose. Le corps en liesse n'avait plus rien à faire, l'esprit voguait par-dessus les arbres, tout se détendait, se perdait, exultait de s'arrêter. Ce qu'il ressent est très similaire.

Très vite cependant, Nun se souvient. Son visage se ferme, il s'allonge les bras en croix. Ce qui lui vrille le ventre à ce moment-là, c'est l'absence, c'est le manque. De Mara, mais plus largement de douceur, de répit. C'est l'injustice, celle qu'il n'a jamais comprise : pourquoi cela leur est arrivé à eux. Pourquoi les tigres ont tué Mara et pas une autre. Bien sûr, il sait que les fauves tuent beaucoup de gens chaque année. Dans l'Inde toute proche, on parle de six cents morts par an. Peut-être est-ce vrai. Peut-être cela sert-il seulement à effrayer les gens, ou le gouvernement, ou à créer des légendes. Mais cela en fait du monde. Mara n'était que l'une de ces six cents personnes. Pas même une exception. Cela ne console rien, ne répare rien.

Nun a besoin de ces pensées pour attiser sa colère. Il faut qu'elle flamboie avant que le soleil passe la première montagne. Alors il aura la rage de se lever, de prendre le fusil soigneusement graissé et chargé, de traîner derrière lui l'appât qui sent bien que quelque chose est en train de se jouer.

Il part.

Pas d'émotion, pas d'état d'âme. Seule l'impatience grandit.

Il va au bord des lacs, près du passage des tigres. À l'endroit exact où les arbres commencent, il attache l'appât, sort son couteau. D'un geste vif : une longue coupure à l'épaule. Il entend le cri, cela ne lui fait rien. Cela ne lui a jamais rien fait. L'appât est là pour ça, l'odeur du sang, le bruit – tout ce qui attire le tigre.

Il s'éloigne.

Il se met à couvert.

Il n'y a plus qu'à attendre.

L'appât s'est mis à se débattre, à essayer d'échapper à la corde serrée. Comme tous les autres. Nun ne peut pas leur reprocher de tenter de s'enfuir, il ferait de même. Et puis cela crée du mouvement, du souffle court et rauque des bêtes qui fatiguent, et la jungle bouge avec l'appât, l'enveloppe, porte ses plaintes jusqu'aux lacs, jusqu'aux plaines, jusqu'aux caches les plus reculées. C'est ainsi que le tigre arrive : parce que l'appât concentre tout le bruit de la forêt. Parce que, en croyant saisir sa dernière chance, il signe son arrêt de mort.

Parfois un silence illusoire se fait autour de Nun, quand l'appât s'écroule, épuisé par ses sauts et sa vaine lutte, cherchant au fond de ses entrailles les ressources pour se relever, retrouver son souffle, se tendre à nouveau dans un combat perdu d'avance. Il y a alors un faux vide dans la jungle, quelques secondes à peine, le temps que le reste des vivants, insectes, rongeurs et petits mammifères, rapaces, qui avaient déserté la place, refassent entendre leurs battements d'ailes, leurs cris et leurs hululements, le bruit de leur course dans la forêt épaisse.

Et puis l'appât déplie son corps une fois de plus, quittant le sol pour reprendre sa verticalité, énergie furibonde et misérable, que seule la mort fera taire – Nun approuve d'un hochement de tête silencieux, il faut que ça couine, il faut que ça transpire la peur.

S'il ne se retenait pas, il applaudirait les pauvres efforts là-bas, comme ceux de ces insectes pris au piège dans des toiles d'araignée et qui s'emprisonnent toujours davantage quand ils essaient de se libérer. La faiblesse a quelque chose de fascinant. On ne peut pas s'empêcher de la contempler, jusqu'au bout, jusqu'à ce que quelque chose de définitif s'accomplisse – alors on soupire de soulagement parce que cela arrive aux autres, et de mépris parce qu'ils n'ont pas su y faire.

Et puis soudain un mouvement, sur la gauche.

Nun s'est immobilisé.

Sourcils froncés.

Il repère la silhouette qui s'avance. Petit tigre. Nun mesure instinctivement la finesse de la silhouette, un fauve famélique au ventre rentré. Les mains serrées sur la crosse du fusil, il jure en silence.

L'animal est loin de l'appât. Sans doute ne l'a-t-il ni vu ni même entendu, car il traîne derrière lui un morceau de bête – une épaule d'antilope sans doute, qu'il a dû voler à d'autres. Arrivé près d'un bosquet, il s'arrête. Avec application, il dévore la carcasse.

Malgré lui, Nun ressent une curieuse excitation : une faim

immense. Il aimerait se joindre au tigre, plonger le visage dans les quartiers de viande rouge et tiède, planter ses dents ; tirer lui aussi sur la peau, prendre le corps à pleine bouche sans avoir conscience de ce qu'il fait, lacérer, broyer entre ses mâchoires qui jubilent, retrouvant de vieux réflexes enfouis, quand il fallait manger ce que l'on trouve, et trouver que c'est bon.

D'un coup, le fauve se redresse, hume l'air.

Ça y est, se dit Nun. Il l'a senti.

Il suit des yeux les tressaillements du fauve.

Quelque chose le dérange.

Oh il ne veut pas, mais il comprend.

Il espère que non. Il attend un peu, que le tigre se rapproche, qu'il soit sûr. Il est piégé lui aussi, coulé derrière ses arbres. Il ne peut pas se montrer, sans quoi la chasse est fichue.

Pourtant, il le faudrait, il le faudrait vraiment.

Nun ouvre la bouche, muet de colère. De toutes ses forces, il pense : *Va-t'en !*

Comme s'il l'avait entendu, le fauve regarde dans sa direction.

Nun s'en étrangle : il avait raison. Trop petit, trop maigre.

C'est un léopard.

Un léopard qui va dévorer son appât.

Tous ces efforts pour rien. Cela arrive parfois. Alors Nun essaie quand même : brisant net une brindille sous ses pieds, il fait sursauter le fauve. Dans la fraction de seconde qui suit, il s'écarte de l'arbre, sa silhouette clairement découpée à l'orée du bois. Quitte ou double. Le léopard l'a en plein dans son champ de vision. Soit il s'enfuit, soit il attaque.

S'il attaque, Nun le tue. Ensuite, il lui restera à récupérer l'appât et à courir la forêt pour rentrer chez lui avant l'arrivée des gardes, tremblant de fureur d'avoir manqué sa chasse.

Si le léopard s'enfuit, il reste une chance : celle que les tigres ne soient pas encore là, et qu'ils n'aient pas perçu l'agitation anormale.

Toutes ces pensées, Nun les a eues d'instinct au moment où il s'est affiché bien visible devant le petit fauve taché. Son fusil armé est positionné droit sur l'animal.

Ils se regardent.

Impossible de savoir si le léopard s'est immobilisé de saisissement ou s'il se prépare.

S'il se prépare, c'est à l'attaque.

Nun a le doigt sur la détente.

Et soudain, sans qu'il ait eu le temps de réagir, le fauve bondit dans la nuit et s'enfuit. Cela fait à peine de bruit, à peine un glissement furtif, un peu d'air qui se déplace – et puis c'est fini. La nuit s'est refermée sur eux.

Avec une lenteur qui le rend invisible, aussi impassible que si rien ne s'était passé, Nun se replace derrière les arbres. Les sens aux aguets, il sonde les bords du lac, la lisière des bois. Derrière lui aussi, si les tigres en avaient profité pour se mettre à l'affût à leur tour.

Pas de bruit.

Tout est comme avant, se dit-il.

Alors il décide d'attendre.

Il a ses chances, il veut y croire. Les tigres viendront.

Et, comme toujours, tout se déclenche au même moment.

Hadrien

Muette, Lior tente de raisonner ses mains qui tremblent si fort qu'elle est obligée de les bloquer dans ses poches. L'attente a fait monter une tension effrayante. Son cœur bat comme un fou ; elle est persuadée que les autres doivent l'entendre, qu'ils vont lui demander de se taire – et comment fera-t-elle s'il faut arrêter ces palpitations profondes, trop rapides, qu'elle essaie de calmer en serrant une main dessus ? Mais ils ne voient pas, ils n'écoutent pas. Autour d'eux, la jungle vit, palpite, transpire tous ces bruits nocturnes. Le cœur de Lior est la dernière chose qui les intéresse.

Alors elle voit également, sur le côté du lac, ce mouvement, cette silhouette qui s'agite. Et c'est cela qu'elle entend, qu'ils entendent tous. Un peu de bruit de l'autre côté de la clairière, une plainte, un cri étouffé, impossible de savoir. Lior interroge Hadrien du regard. Dans ses yeux à elle, le début de la terreur.

Il y a quelque chose d'anormal là-bas.

Lior essaie de ne pas écouter. Elle sent qu'elle crève de trouille, de cette peur irrationnelle qu'amène la proximité du tigre, réelle ou rêvée, la nuit trop noire dessous les arbres.

Ou quelque chose d'autre.

Pas parler, pas bouger.

N'écoute pas, répète Lior pour elle-même, les yeux fermés quelques instants.

De la même façon que, lorsqu'on a été piqué par un insecte, on a l'impression d'avoir été piqué cent fois et que les démangeaisons s'étendent sur le corps entier, les sons de la jungle s'amplifient, se dispersent, l'encerclent. Lior les entend partout autour d'elle, ne peut s'empêcher de tressaillir, certaine que le tigre va surgir là où on ne l'attend pas. Peut-être le long des arbres derrière lesquels elle est cachée. Peut-être au droit de ses jambes. Elle essuie lentement la sueur à ses tempes.

Hadrien surveille le lac comme un phare surplombant l'océan. Par moments, il observe la façon dont Lior épie l'obscurité, pour l'imiter, immobile, nerveux cependant. Il se demande si, comme lui, elle a des engourdissements, des frissons, des picotements. Des moustiques qui viennent irriter son visage et ses mains. Trop froid, trop chaud.

Trop long.

Étrange.

Et ce qui n'était qu'un sentiment diffus prend racine au fond de lui, fort, implacable : quelque chose ne va pas.

Près du lac, se rapprochant d'eux et des arbres, il sursaute en voyant une silhouette impossible à identifier dans l'obscurité – à moins qu'elles ne soient plusieurs, embrouillées, mélangées. Mais quoi, il ne saurait le dire. Juste que ça s'immobilise.

Un peu plus loin, cela bouge toujours. La jungle est trop habitée, trop vivante pour une nuit.

Et si c'était un piège, s'affole Hadrien.

Il pose une main sur le bras de Lior.

Pas bouger.

Mais là-bas, oui. Ça remue, ça gesticule, il perçoit les bruits feutrés. Il croise le regard de Lior et lit la même peur silencieuse que dans le sien, c'est sûr.

Et soudain, les guides sont à côté d'eux. Si près qu'Hadrien a un mouvement de recul. Le plus âgé dit quelques mots d'une voix inaudible ; son visage est méconnaissable, traits tirés par l'appréhension.

— Qu'est-ce qu'il y a ? chuchote Lior avec une boule qui lui monte dans la gorge.

Le guide répète. Cette fois ils comprennent.

Il faut partir. Tout de suite.

D'accord, mais.

— Qu'est-ce qui se passe ? demande Hadrien.

Les guides secouent la tête, lui saisissent le bras pour l'emmener. Malgré la peur qui vient, il résiste.

— Pourquoi ?

— Ce n'est pas le bon endroit.

— Il y a quelque chose là-bas.

— Oui, il y a.

— C'est à cause de ça ?

— Il faut partir.

— Qu'est-ce que c'est ?

— Il faut s'en aller, vite.

L'un des guides le tire vers l'avant. Hadrien se dégage de l'étreinte, recule d'un pas. Il a besoin de comprendre pour ne pas céder à la panique qu'il devine dans les yeux de leurs accompagnateurs – et d'un coup il devine qu'eux savent ce qui bouge au bord du lac.

— Dites-nous ce que c'est. On ne partira pas avant.

Il voit les tressaillements sur leurs visages, leurs mains qui se nouent, le piétinement de leurs pieds.

— On est tombés sur une chasse.

— Une chasse ? En pleine nuit, ici ?

— Oui. Il faut partir maintenant.

— Quelle chasse ?

— Il chasse.

— Qui chasse ?

— Lui. Il est dangereux. S'il vous plaît, partons.

— Mais c'est quoi cette histoire ? Qui est dangereux ? Il est tout seul ?

— Une chasse au tigre, là-bas.

— Mais…

— C'est interdit, intervient Lior avec les yeux agrandis par l'angoisse.

— Il est dangereux.

— C'est lui qu'on voit, à la lisière de la forêt ?

— Non. Ça, c'est l'appât.

— L'appât…

— Pour le tigre. Cela marche mieux.

— Nom de Dieu, laisse échapper Hadrien en regardant à nouveau vers le lac.

À présent qu'il le sait. Bien sûr que c'est une bête qui se débat. Attachée à un arbre, elle essaie de se libérer dans des mouvements tordus par l'énergie du désespoir. Fasciné et horrifié, il prend la main de Lior. Elle aussi a les yeux rivés à la scène qu'elle arrive enfin à percevoir, les halètements sur lesquels elle peut mettre des mots.

Panique, lutte, mise à mort.

Elle croyait que cela n'existait plus, la chasse à l'appât, sauf dans des jeux cruels où l'on lâche un lièvre au milieu d'une meute de chiens, le tout fermé dans un immense enclos, pas une chasse non, un passe-temps de désœuvrés et de fous, après les combats de coqs et les combats de chiens, un spectacle hallucinant où le plus faible n'a aucune chance, rien que les cris, les encouragements, les éclats de rire au moment où les peaux se déchirent.

L'appât va hurler, se dit Lior en tremblant.

Lorsque le tigre s'approchera. Portera le premier coup presque timide, pour voir, juste pour blesser.

Non, non, il ne faut pas imaginer.

Elle ne veut pas entendre le cri.

— C'est quoi ces gens ? s'étrangle Hadrien – mais les guides ne répondent pas.

Lior sent ses jambes flancher.

Partir, vite.

Mais non. Quelque chose d'immense la retient de force.

Lior hésite, fébrile. Il n'y a pas de bon choix. À côté d'elle, Hadrien pose une main sur son épaule. Il sent autre chose que la sidération et le dégoût, une tension qui rayonne jusqu'à le cogner lui, posté à ses côtés, il perçoit les frissons, l'angoisse, les ondes presque palpables. Quand il la touche, cela fait comme une décharge électrique, elle sursaute, le regarde.

Oui, chuchote-t-elle, mais l'ours, l'ours…

L'ours ?

Hadrien, à son oreille à elle : *Lior, est-ce que ça va ?*

Il a dit son nom pour la ramener, croisant son regard égaré, et c'est elle qui tressaille, demande : L'ours ?

C'est toi qui l'as dit.

L'ours ?

Lior, quelque chose ne va pas.

Hadrien lui serre le bras. Lui prend le visage entre ses mains, presse un peu trop fort pour la faire réagir, l'obligeant à lever les yeux sur lui. Un voile. Il s'inquiète :

Qu'est-ce qui se passe ?

Tu entends ?

Hadrien écoute.

La respiration de Lior, saccadée, rauque. Plus loin, les bruits de l'appât pour se dégager, et cela ressemble à une voix humaine, il s'en rend compte à présent, il se dit que c'est un singe qui est attaché là, si dérangeant, se rappelle les cris des bêtes au moment de mourir, à la fin des chasses, chaque fois il a pensé que cela pouvait être la voix d'un homme. D'une femme. D'un enfant. Il secoue la tête pour se défaire de l'idée.

— Entendre quoi ?

À côté de lui, Lior s'agite. Elle a juré, elle, qu'elle ne se ferait plus berner, qu'elle ne se fierait plus aux apparences. Mais elle ne comprend pas elle-même de quoi elle parle. Dans son crâne, cela cogne, cela fonctionne tout seul comme un cheval emballé auquel on aurait enlevé le mors. Elle lève une main fantomatique dans la lumière de la lune.

Elle cherche.

Comme un chien de sang : cherche, cherche.

Les pensées, les images ont déferlé d'un coup dedans sa tête, la figeant contre Hadrien, le visage agité de tics qu'elle ne parvient pas à maîtriser. Une partie d'elle voudrait alerter Hadrien, répondre enfin à sa question : non, ça ne va pas. Mais, submergée par des centaines d'informations que son cerveau lui envoie, elle ne peut pas, la bouche ouverte sur des murmures qui ne viennent pas, les yeux écarquillés pour échapper aux éclairs de conscience qui lui font des brûlures à l'intérieur. Cela va trop vite, cela va trop fort. Les battements de son cœur la secouent, elle voit ses mains pulser au rythme des palpitations, entend l'écho dans sa poitrine. Une fulgurance : est-ce qu'elle est en train de mourir ?

Non, non.

Et pourtant cela vient de l'intérieur, une force énorme qui essaie de se dégager, Lior a la sensation douloureuse d'un corps trop petit pour elle, d'une enveloppe qui l'étouffe. Respire. Réfléchis. *Réfléchis.*

Le tigre.

L'appât.

Ce qui fait peur, c'est le tigre ou l'appât ?

Attention, il y a un piège.

Lior se met à rire tout bas. *On dirait une folle*, s'alarme Hadrien. Il fait un geste pour la secouer, l'implorer de se taire. Les guides ont reculé plusieurs pas derrière eux et il a le sentiment paniqué qu'ils vont s'enfuir, les abandonnant à leur entêtement, à leur obstination suicidaire – alors lui aussi, cette fois, murmure : *Viens, il faut partir.*

Mais Lior se redresse, le repoussant d'un mouvement brusque. Elle s'avance de façon quasi imperceptible, pour avoir une meilleure vue, plus loin, plus nette. Les doigts d'Hadrien pour la retenir n'y font rien.

Lior sent le bouillonnement de son sang, la certitude que cela va sortir d'elle et tout brûler, tout renverser, tout engloutir. Sa conscience descend jusqu'aux tréfonds de son âme. Sans qu'elle sache pourquoi, en elle les mots se forment : cela revient. Dans son ventre, des spasmes. Elle pense qu'elle va vomir. Rendre ce qu'il y a de trop à l'intérieur, expulser la terreur qui la dévore de minute en minute.

Elle sait ce qui se passe.

Non, elle ne sait pas.

Mais elle sent. Comme un cauchemar dans lequel il suffit de tendre le bras pour se sauver – mais le bras ne se tend pas. Un tout petit pas, un minuscule geste, et elle saura.

Quoi ?

Cela lui fait trop peur, elle recule. De sa mémoire montent des images, des bribes de scènes, des cris qui la tétanisent.

Elle connaît cet endroit.

Non, elle ne le connaît pas.

Des éclairs devant ses paupières, son cerveau qui sature. Mille visions cognent dans sa tête, se heurtent, explosent, se relèvent et recommencent. Elle voudrait crier que cela fait mal – se retient de justesse. Elle a fléchi sur ses jambes.

Cela revient.

Hadrien tend un bras pour la soutenir, la rattrapant dans un étrange ballet muet et contenu, entre la peur de trahir leur présence et celle de lâcher Lior qui le repousse encore.

Au même instant, dans la clairière, la silhouette massive, furtive, terrifiante du fauve s'encadre sous un rayon de lune.

S'il n'y avait eu cet échange entre eux, ces gestes, ces douleurs tues, Lior et Hadrien l'auraient entendu venir. Pas le tigre : mais le silence. Car la jungle s'est tue. D'un coup. Plus un bruit, plus un cri, plus un couinement. Même l'appât, là-bas, est immobile et muet. Hadrien reconnaît ce silence : c'est celui de la peur. Alors il ouvre grand les yeux, grand la bouche. *Ils ont peur*, répète son cerveau figé. *Ils ont tous peur.*

Et pourtant ce n'est qu'un glissement à peine perceptible, une coulée sur l'herbe, sur la terre, l'air qui s'écarte si peu sur son passage. S'ils n'attendaient pas, s'ils n'étaient pas figés dans cette impatience, sans doute les hommes ne l'auraient-ils pas vu. Pas même deviné.

Pas un son, pas un souffle. Hadrien ignore même comment il a su que le tigre arrivait. Quelque chose dans la nuit, dans l'atmosphère soudain troublée. Il n'ose plus bouger. On dirait un fantôme qui s'avance, des pas décomposés, une méfiance qui prend des airs de souplesse, il pourrait ne rien y avoir, cela pourrait n'être qu'une illusion. Mais cela résonne aux entrailles d'Hadrien comme un craquement dans le ciel.

Il est là.

Hadrien, lui, bouche ouverte soudain, la respiration coupée. Les yeux étrécis pour regarder le fauve qu'il ne discerne pas à cause des ténèbres, et la peur qui va avec, être vu sans voir, il essaie désespérément d'entendre un bruit, une haleine, une feuille écrasée, pour situer le tigre.

Soudain, la lueur de la lune le révèle.

S'approchant de l'appât en longeant les buissons, presque invisible, il a cette démarche fuyante des chats qui ne veulent pas qu'on les touche.

Et lui Hadrien, les yeux exorbités, pétrifié par la vision affolante. Aucun doute possible : c'est bien un tigre, d'une taille qui lui semble monstrueuse, les rayures dessinées dans l'éclat blanc de la nuit. D'un geste brutal, il prend Lior par le bras.

Elle ne le regarde pas.

Elle regarde le tigre.

Il n'y a même plus de pensée.

Elle dit : *Là*.

Au-dedans d'elle, les perceptions et les hallucinations se précipitent. Dans son esprit survolté, quelque chose se fissure, d'une violence inouïe, enfouie depuis des années, quelque chose de l'ordre de la mémoire.

Et soudain l'appât hulule dans la nuit.

Cela ne ressemble à rien, rien de connu, un cri de terreur pure. Quelque chose qui déchire le silence et qui ouvrirait les ventres s'ils étaient plus proches, dont ils sentent les vibrations comme des gifles atroces, des lacérations de l'âme.

L'appât!

À cette fraction de seconde exactement, Lior saisit la griffe de l'ours sur sa poitrine, souffle coupé.

Elle se souvient.

À l'instant où le tigre s'approche avec des feulements qui font résonner la terre, cherchant l'angle d'attaque, le côté, l'arrière – là où l'appât ne peut pas le voir, même si le fauve a compris que sa proie était prisonnière et qu'il n'y aurait pas de fuite.

Alors tout explose dans la tête de Lior. Surgissant de la cache avant qu'Hadrien ait pu faire un mouvement, avec son bâton inutile à la main, elle hurle.

Un cri qui leur glace à tous le cœur et la chair, d'une stridence insupportable, un cri d'enfant sous la puissance des montagnes, ni humain ni animal, la détresse d'un être à moitié mort et à moitié vivant, qui ne veut pas déjà mourir, Hadrien sent la panique le hérisser, les cheveux dressés sur sa nuque.

Au même moment, dans un temps infiniment court, le guide qui tient le fusil tire en l'air, le tigre bondit, Lior s'élance.

Elle court, vers les arbres et le lac, vers l'appât, le fauve. Tant pis. Tant pis pour tout. Son hurlement encore, depuis le fond de ses entrailles, les larmes qui dévalent sur son visage.

Non !! Attendez, attendez !!

Et peut-être parce que la scène les paralyse tous, parce qu'ils ne savent plus quel serait le bon geste et le bon réflexe, Hadrien et les guides bondissent derrière elle. Peut-être aussi parce qu'ils ont vu que le tigre avait fait volte-face pour s'enfuir, traversant la clairière en quelques foulées prodigieuses. Disparu, comme envolé. Un mouvement à la fois géant et subtil. Hadrien tourne sur lui-même, balayant l'espace d'un regard affolé – s'il revenait.

Mais il ne reviendra pas.

Par précaution, par peur surtout, le guide tire une nouvelle fois dans le ciel. Il sait que le chasseur est toujours là quelque part, lui. La chasse est fichue et il a dû reculer dans les ténèbres, faire demi-tour pour s'enfuir, comme le fauve.

Fête gâchée, interrompue, piétinée.

Il faudra s'expliquer là-dessus, car il les trouvera. Il faudra dire qu'ils ont essayé de partir, essayé de convaincre leurs clients. Dire pour la fille.

Elle à genoux là-bas, près de l'appât, les yeux écarquillés par la sidération. Eux, les guides, qui crient qu'il faut partir, que les coups de fusil ont sûrement alerté des gardes-chasse.

Et puis tout le monde se tait, stupéfait. Tous, ils se regardent. L'appât a cessé de geindre et les observe également. Peu à peu, la nuit retombe sur eux, un souffle d'air sèche la sueur sur leurs visages. Ils ne bougent pas. Ce qu'il y aurait à dire ?

Quand les mots ne suffisent pas, il vaut mieux se taire. Laisser faire les secondes qui s'égrènent sans qu'ils aient conscience de rien, sauf justement de ce temps étrange qui n'en finit pas de se décomposer, qui les ramène un à un au milieu de la clairière, tous les cinq, des survivants, des magiciens. Oui c'est à cela que pense Lior immobile : pour être encore là à cet instant, eux cinq, il fallait un peu de magie. Après, ses pensées s'arrêtent. Il y a trop de choses. Elle ferme les yeux jusqu'à ce que la vie reprenne. Son corps tremble tant qu'elle claque des dents dans la tiédeur de l'air. Dans sa main, arrachée à son cou, la griffe de l'ours glisse lentement et tombe par terre.

Dans le ciel, qu'ils ne voient pas, un rapace crie en passant. Lui aussi, il chasse. Tous, ils lèvent la tête, en vain à cause de la nuit. Ils ne peuvent qu'entendre les cris qui décroissent, les froissements d'ailes. Et puis plus rien. Alors, sortant un couteau de sa poche, Lior se remet debout, avance d'un pas et tranche la corde qui retient l'appât au tronc gigantesque de l'arbre.

Une toute petite fille.

Dans le 4 × 4 qui les ramène à Sauraha puis, après de longues négociations parce que l'état de Lior l'inquiète, à Pokhara au beau milieu de la nuit, Hadrien essaie d'oublier le regard des guides sur eux, là-haut au bord du lac. Nul besoin de mots pour saisir ce qu'il y avait d'effroi et de colère chez les deux Népalais quand tout s'est à nouveau tu dans la jungle – et ces visages qui trahissaient leurs pensées en observant Lior à la dérobée : folle, minable, tarée.

Cela fait quatre heures qu'ils roulent, et Lior tremble tant qu'Hadrien est obligé de passer ses bras autour de son corps pour l'immobiliser. Il n'ose pas imaginer ce qu'elle ferait sinon : hurler, frapper, ouvrir la porte, se jeter. Se fracasser sur les pierres.

D'elle, il ne perçoit que ce souffle épouvantable, saccadé, déréglé – juste cela, il a peine à le contenir, vibrant lui aussi des frissons de Lior, resserrant son étreinte de peur de la perdre. À voix basse, il murmure des mots qui ne servent à rien, pour l'occuper, pour la retenir.

Personne ne sait ce qui s'est passé là-bas. Personne, pas même Hadrien, n'a compris pourquoi Lior s'était élancée ainsi, au mépris de toutes les règles de sécurité, de tous les ordres et de toutes les consignes, pourquoi ce mugissement est monté du dedans d'elle, la jetant à découvert, face au tigre et face à l'appât – et face au chasseur invisible que les guides craignaient visiblement autant que le fauve.

Folle, minable, tarée.

Dans la nuit immobile et silencieuse, après le déferlement des cris, des corps et des terreurs, la petite fille libérée par Lior s'est enfuie. Profitant de leur saisissement, là-bas dans la clairière, de leurs cœurs pas encore calmés, elle a fait demi-tour et décampé avec une vivacité stupéfiante ; l'obscurité l'a engloutie.

L'un des deux guides a esquissé un geste pour la rattraper. Dans la fraction de seconde qui a suivi, Lior a levé une main pour lui barrer le passage. Avec une voix d'outre-tombe qui les a fait frémir, elle a dit : Non.

L'homme s'est arrêté, mains ouvertes. Fusil en bandoulière, puisque c'est lui qui l'avait. *D'accord*, a-t-il grondé. *De toute façon, elle va mourir dans la jungle.*

Lior a acquiescé : bientôt morte, sans doute, mais libre.

Le guide a haussé les épaules.

Est-ce que vous croyez que c'est mieux ?

Une hésitation.

Oui.

En réalité, vous n'en savez rien.

Oui, a répété Lior sans qu'ils comprennent vraiment à quoi répondait ce oui.

Cela fait des heures que, dans la clairière, Lior a fini par s'agenouiller à nouveau, penchée jusqu'au sol. Depuis, elle est restée ainsi, une forme recroquevillée que des sanglots étouffés secouent plus fort que les soubresauts du pick-up sur la route. Hadrien a été obligé de la porter jusqu'à la voiture – elle ne voulait pas se déplier, pas se relever, figée par une tétanie incompréhensible, les nerfs et les os refermés sur eux-mêmes comme si on les avait brisés dans cette étrange posture.

Des heures, la moitié d'une nuit, à tenir Lior contre lui.

Le chauffeur qui a accepté de les conduire à Pokhara la regarde sans cesse dans le rétroviseur. Hadrien n'y prête pas attention. Il a payé la course d'avance. Il sent seulement le malaise et les questions auxquelles il ne répondra pas, il coupe court aux quelques mots que le conducteur essaie d'échanger avec lui. Un trajet aussi long à une heure aussi anormale, bien sûr, cela interroge. Accident, urgence – avant d'accepter de les faire monter dans son vieux pick-up, le chauffeur les a observés de la même façon que l'on fait le tour d'une bête que l'on hésite à acheter, pour être certain qu'il n'y a pas d'entourloupe, pas de blessure maquillée, pas de vice caché.

Hadrien se moque du regard du conducteur. Il a sans doute la même hâte que lui : arriver et se débarrasser de lui. À présent, il veut juste rentrer, trouver un médecin, des calmants, quelque chose pour que cela s'arrête. Qu'importe si les guides ont dit au patron de l'hôtel, qui l'a répété au chauffeur, que Lior était une pauvre dingue qui a couru au milieu des fusils et des tigres – tout ça pour quoi ?

Sauver un appât. Sauver une petite fille qui devait servir à ça – et alors, si c'était la règle ? Oui les guides ont murmuré ces mots-là : *Puisqu'elle était là pour ça.* Ça ne vaut pas plus qu'une chèvre ou un mouton, une gamine. Il ne fallait pas intervenir. Il fallait la laisser. Ici, ce sont des choses qui se font, et maintenant il va y avoir des problèmes. De gros problèmes.

Puisqu'elle était là pour ça.

Lior se frappe la poitrine à petits coups empêchés.

Hadrien donnerait cher pour que les mots se taisent dedans sa bouche, ces mots minuscules qu'elle gémit en boucle et qu'il essaie de ne pas entendre, *Nin, Nin, Nin.*

C'est là qu'il a compris
Elle aussi, alors.
C'est de là qu'elle vient.

Il se remémore cette cicatrice sur son épaule, un long trait comme un dessin blanc. La même que sur l'épaule de la petite fille. Le signe des appâts humains, ceux que l'on écorche avant de les mettre en pâture pour un ours, un léopard, un tigre – pour que l'odeur du sang attire les fauves, et pour des monceaux de dollars. De toute façon, des enfants, il y en a trop dans les rues. On ne remarque même pas quand ils manquent à l'appel d'une famille un soir, d'une bande de gosses un matin ; pour tous, c'est un soulagement, une bouche de moins à nourrir, un concurrent de moins à mendier.

Enroulé autour de Lior, Hadrien, les yeux écarquillés, imagine son passé, sa petite enfance, ce qu'elle a vécu au tout début, dont sa mémoire ne veut pas se souvenir – il conçoit soudain la force des murs élevés par sa conscience autour de cette période dramatique pour la faire disparaître, pour faire croire que ces jours-là n'ont pas existé. Il aura fallu cette dernière expédition, le chavirement de son esprit, pour que la lumière se fasse.

Lior est la petite fille qui a survécu à la nuit, puis à celle d'après et à toutes les autres. Celle qui a survécu aux tigres et aux hommes.

Elle ne pouvait pas être seule. Quelqu'un a dû l'aider, pense Hadrien.

Une femme.

Un homme l'aurait ramenée à son bourreau, il en est certain.

Il y a quelque part dans ce pays une femme qui a sauvé Lior, du temps qu'elle s'appelait Nin. En silence, la tête brouillée par l'émotion, Hadrien se demande où elle est aujourd'hui.

Et si elle aussi a survécu – aux mêmes prédateurs : les tigres et les hommes.

*

À l'aube, Nun se lève.

Mauvaise humeur. Mais il sait où il va. Il a reconnu les guides – il les connaît tous. Eux ne savent pas combien de fois il les a suivis du regard dans la nuit, lorsqu'il était à l'affût, combien de fois il a enregistré leurs visages ombrés pour ne jamais les oublier, eu leurs dos dans sa ligne de mire. La veille, quand la fille a crié dans la nuit, faisant tout fuir, il est resté près d'eux, invisible, tapi dans la nuit. Le temps de se souvenir de leurs traits, qui ils étaient, où ils vivaient. Comment les trouver.

Ce qu'il sait également, c'est que les guides s'attendent à le voir arriver. Ils ne se défausseront pas – d'abord parce que ce sont des hommes rudes eux aussi, ensuite parce qu'ils préféreront en finir, ne pas se cacher pendant des jours, puisque de toute façon Nun les débusquera. S'expliquer, et entendre ce qu'ils ont à offrir en échange de la chasse interrompue, de l'appât échappé.

Nun est presque étonné de ne pas avoir trouvé la petite fille ce matin dans la cour. Il lui est déjà arrivé de perdre un appât, un jour qu'il avait pu abattre le tigre avant qu'il ne dévore l'enfant ; lorsqu'il avait détaché la corde, absorbé sans doute par la proximité du fauve crevé, le gamin avait filé comme l'éclair. Perdu dans la nuit. Mais au matin suivant il était là. Quand Nun avait ouvert la porte de la maison, quand il avait ouvert les yeux au moment où les gonds avaient grincé, il avait sursauté en le voyant. Est-ce parce qu'il n'avait nulle part autre où aller ? Parce qu'une sorte de réflexe animal l'avait ramené là où il était nourri depuis quelques jours ? Nun n'avait pas compris. Il avait longuement hésité, et puis il s'était approché du gosse. Lorsqu'il l'avait pris par le bras pour le ramener dans l'étable où il l'enfermerait à nouveau, celui-ci n'avait pas bronché. Un soir du mois d'après, il l'avait une nouvelle fois attaché à un arbre, près du même lac mais de l'autre côté. Nun s'était demandé si le gamin avait une telle chance qu'il survivrait à plusieurs chasses. Il s'était dit qu'il serait son porte-bonheur.

Mais ce soir-là Nun n'avait pas été assez rapide, ou le tigre trop, et c'en avait été fait de l'appât. Il avait fallu aller chercher un autre enfant des rues dans un village distant – Nun ne rechignait pas, de loin en loin, à pousser jusqu'aux abords de Pokhara, alors il ramenait deux gamins, un d'avance, il suffisait de leur promettre un lit et à manger, de les attirer avec une piécette ou des momos, ce ramassis de mômes dont la disparition n'inquiétait ni parents ni famille, puisque le plus souvent, abandonnés, ils étaient livrés à eux-mêmes et vivaient en bandes, coupés du monde des adultes.

Mais la petite fille n'est pas revenue, elle. Nun suppose qu'elle n'a pas survécu à la nuit. Cela lui a coûté des efforts, des jours de nourriture, et il est en colère – c'est pour cela qu'il court jusqu'à la minuscule ferme aux toits en paille de riz où vit le plus âgé des guides, et qu'il l'attend au-dehors, avant que le jour soit complètement levé, avant que le travail commence. Et sans doute le guide l'attendait-il, car il sort aussitôt, referme précautionneusement la porte derrière lui, sur sa femme, sur ses enfants, sur tout ce que Nun pourrait détruire d'un coup de folie.

Nun ne salue pas, ne s'excuse pas. Il dit :

— Où sont-ils ?

L'homme non plus n'incline pas la tête, ne prononce pas de formule de politesse. Il ne cherche ni à éluder ni à gagner du temps. Il a été si effrayé par le comportement de la fille, la veille, qu'il lui en veut vaguement. Surtout, il n'a pas l'intention d'avoir des problèmes avec ce fou de Nun à cause d'une touriste démente, et il donne l'information tout de suite.

— À Sauraha. Hôtel Shiva's Dream.

Nun repart sur sa vieille moto, mâchoires serrées.

Sauraha.

Si près.

Si facile.

Il n'a pas réfléchi à ce qu'il ferait une fois là-bas.

S'ils sont seuls, il demandera de l'argent en dédommagement.

S'il y a du monde, son honneur est en jeu, il les tuera. À l'arme blanche – les balles, c'est pour les tigres.

Ils sont partis, dit très vite le patron de l'hôtel quand il arrive.

On part, promet Hadrien. On part demain.

Demain, tu vois ?

Vissée à la fenêtre de la chambre, Lior se tourne vers lui. Regard rouge, épuisé. Un petit sourire. Hadrien se sent coupable.

D'avoir doublé les doses prescrites par le médecin, peut-être. Mais il connaît Lior. Il se souvient, au début de leur rencontre, des premières nuits passées ensemble.

Premières nuits d'effroi.

Les cauchemars de Lior : parfois, elle le réveillait avec des cris de terreur. Il ne savait pas comment faire, lui parler, la secouer ou autre chose, on ne lui avait jamais appris, ces nuits-là, cela n'existait nulle part.

Et elle qui ne se rappelait rien.

Cela s'était atténué avec le temps ; mais n'avait pas disparu. Hadrien y pensait en éteignant la lumière, comme pour se préparer, ne pas oublier que c'était possible. Juste à cela, il frissonnait. Il y avait dans les cris de Lior quelque chose d'affolé et d'enfantin à la fois, elle n'arrivait pas à lui expliquer, le lendemain, cette peur qui n'était pas adulte.

La peur de la petite fille.

Ils en ont parlé en rentrant à l'aube, étendus sur le lit, exténués, incapables de dormir.

Lior ne se souvient pas du reste. Sa mémoire a ouvert une brèche aussitôt refermée. Elle n'a pas d'images, pas de visages, pas de noms à donner.

Elle dit toujours : Nous étions plusieurs.

Et il y avait une ville.

Quoi d'autre ? demande Hadrien.

Je ne sais pas.

Une femme ?

Oui, ça, oui, et un petit frère. Je te l'ai déjà dit. Mais de la vie d'avant il n'y a rien d'autre. Je ne sais pas comment je suis arrivée à l'arbre et au tigre.

Ils se sont tus, ils ont fini par somnoler quelques heures. Dans l'après-midi, ils se sont lavés, habillés, avec des gestes d'automates. Ils ont mangé un peu. Lior est debout face à la fenêtre, celle par laquelle on voit la jungle et, tout au bout, la courbure des montagnes.

Hadrien se surprend à compter le temps qui reste.

Plus que douze heures. *Encore douze heures.*

Après, à l'aube suivante, ils seront à l'aéroport.

Il pense à ce moment comme à une délivrance, l'instant qui les verra à l'abri, sains et saufs, lorsque le retour en arrière ne sera plus possible. Que craint-il, le regard rivé au dos de Lior, à présent qu'ils sont revenus de cette excursion avortée ?

Qu'elle essaie de retrouver la petite fille ?

Que le chasseur dont ils ont gâché la traque les retrouve ? Il se souvient du visage blême des guides quand ils ont compris que leur virée était sur le territoire de cet homme-là. Ils n'ont rien dit de lui – juste qu'il était dangereux.

Ou que le passé vienne arracher Lior, tout simplement, pour faire advenir le violent pressentiment qui a pris Hadrien depuis qu'ils sont là, bien plus fort, bien plus viscéral que lors des jours de l'ours, et pourtant il croyait que rien ne serait plus terrifiant.

Oh oui, il se trompait.

*

Nun a poussé un cri de rage. Son esprit a réajusté les limites du temps nécessaire. De Sauraha ce matin, il est passé à Pokhara, six ou sept heures de bus, la poussière, les cahots.

La rage.

L'hôtelier est tout petit derrière son comptoir. Comme tout le monde ici, il sait qui est Nun. Il ne l'avait jamais vu – mais avec sa silhouette émaciée, son regard dur, et surtout cette voix comme celle d'une bête, grave et chuintante, il a tout de suite fait le lien, mis un nom sur l'homme dérangeant. Il voudrait que Nun parte le plus vite possible, car les quelques clients présents en cette saison déjà creuse s'écartent et se retournent ; mais le chasseur n'a pas fini.

— Où à Pokhara ?

— Je ne sais pas. Je n'ai pas fait attention.

— C'est toi qui as trouvé le chauffeur ?

— Oui mais…

— Où ?

L'hôtelier se creuse la tête, essuie un peu de sueur qui lui glisse le long de la tempe. En même temps qu'il cherche désespérément à se souvenir, il ne peut s'empêcher d'observer Nun, frissonnant devant l'allure animale de l'homme qui a posé ses poings sur le plateau en bois. Un instant, il hésite à répondre n'importe quoi, juste pour s'en débarrasser. Mais il sait que Nun reviendra. Il sait qu'il habite quelque part entre la jungle et la montagne, pas très loin, et que personne ici ne s'est jamais moqué de lui.

Non, mentir, il ne peut pas.

Alors il cherche encore, fort.

Il dit : *Je vais l'appeler.*

Nun ne le regarde pas, ne tourne pas la tête vers lui. Il attend. Il n'a pas l'air ennuyé ; il a l'air fou de colère. *Ça va péter*, pense l'hôtelier en composant le numéro de portable du chauffeur sans perdre Nun des yeux, *c'est une bombe, là-dedans.*

Il raccroche d'un geste brusque : pas de réseau. Putain de pays. Putain de technologie qui ne fonctionne jamais.

Un calcul rapide : le chauffeur est parti avec Lior et Hadrien vers vingt heures trente ; ils ont dû arriver à Pokhara sur le coup de deux heures du matin, peut-être trois heures. S'il est reparti aussitôt, le conducteur sera là avant neuf heures du matin. Mais comme il s'est forcément arrêté manger, dix heures. Et cela, s'il n'a pas dormi sur la route – cependant le patron de l'hôtel n'y croit pas, car malgré la fatigue, le danger de stationner en bordure des chaussées abîmées dissuade tout le monde de faire des pauses. C'est le meilleur moyen d'être percuté par un chauffard sur les routes trop étroites, ou dévalisé par des bandes.

Dix heures, se répète-t-il pour s'encourager tout en regardant la pendule qui en indique huit. Mais c'est inutile : il comprend que l'homme en face de lui, avec ce visage-là, ne patientera pas jusqu'à dix heures.

— Je réessaie dans une minute.

L'appel passe. Les sonneries s'égrènent, l'hôtelier voudrait gueuler à présent, *Allez, allez ! Réponds !*

Ça répond.

Le chauffeur n'a le temps de rien dire. Il entend le cri comme une engueulade : *Où tu les as posés ??*

Il dit quelques mots et puis ça raccroche. Les yeux exorbités par la tension, le souffle court, le patron crache le nom de l'hôtel. Et comme Nun ne bouge pas, les yeux rivés sur lui dans une fixité inquiétante, il ajoute :

— C'est à Lakeside.

Immense effort de mémoire.

— Pas très loin du centre de parapente.

Il n'est même pas certain que Nun sache ce qu'est un parapente. Et ce foutu silence qui le tétanise, qui lui flanque des frissons jusqu'au bout des bras – est-ce qu'il ne va pas s'en aller, ce chien, est-ce qu'il veut tout casser et tout brûler, comme si c'était sa faute à lui, l'hôtelier, s'il a trouvé un chauffeur à des clients pressés, s'il a bien fait son boulot.

Il n'y aurait pas cette peur s'il ne savait pas de quoi Nun est capable. Mais il les a entendues, les histoires.

Qu'il s'en aille, prie-t-il en silence.

Dehors, des silhouettes attendent.

Un bruit de moteur.

Est-ce que ce fou ne l'entend pas ?

Le patron de l'hôtel hésite, s'étrangle, se lance en se disant qu'il ferait peut-être mieux de se taire – mais peut-être pas.

— Le bus part, murmure-t-il.

Alors seulement, Nun se met à courir.

*

C'est difficile de faire semblant, difficile de faire comme si rien ne s'était passé, rien ne les avait touchés. Pokhara macère dans leurs esprits fatigués, dans cette étrange lassitude qui rend leurs pas lourds tandis qu'ils errent une dernière fois le long du lac Phewa. C'est là qu'ils ont eu envie de venir tous les deux, Lior et Hadrien, à la nuit tombante, lorsque les lumières s'allument sur les rives, lampions de couleur qui font une fête de lanternes juxtaposées en une immense allée bercée par le clapotis de l'eau – celui des barques dans lesquelles on s'installe, des perches qui poussent les petites embarcations, des mains que l'on laisse traîner à la surface pour les rafraîchir. Le monde les rassure, commerçants souriants, enfants qui courent, musiciens, chanteurs, montreurs de tours – touristes joyeux qu'ils évitaient et qu'ils ne trouvent pas assez nombreux soudain, dont la gaieté les détend peu à peu.

Une fois, Lior a commencé une phrase, *Hadrien, tu sais…*

Phrase arrêtée telle une vague sans force, ou parce que Lior a regardé accoster les barques bleues et vertes, et les vacanciers bruyants enjambant le ponton pour revenir à terre, enfin, une phrase dont les mots se sont perdus, peut-être dans l'air, mais aussi dans sa gorge et dans son cerveau encore choqué, Hadrien lui a pris la main.

On aura tout le temps d'en parler.

Ils déambulent, achètent des momos au sucre, une pauvre consolation après cette étrange nuit dont ils sentent encore les frémissements dans leur corps. *Tu crois que c'est bon ?* demande Hadrien en plissant le nez aux odeurs d'huile, attrapant du bout des doigts les petits raviolis sucrés encore brûlants. Lior hausse les épaules avec un sourire. *J'avais envie de goûter. Ça a l'air horrible mais ça me fait envie.*

Il y a des bruits de cloches plus loin, là où la nuit commence, où les lumières s'éteignent à la pointe du lac, des bruits de cloches ou de gong, Hadrien pense à de la musique tibétaine, des sons de voix portés par l'air tels des murmures sacrés. Lior prend Hadrien par la main.

On va voir ?

Ils marchent avec lenteur, peut-être parce que c'est le premier soir qu'ils prennent le temps, qu'ils respirent, sans tension et sans attente, premier et dernier soir, tous ces jours perdus, pense Hadrien.

Peut-être aussi parce que quelque chose d'imperceptible les retient d'aller au bout du lac, quelque chose de l'ordre de la prudence, du danger sur lequel on ne met pas de mots mais dont on dira, après, qu'on l'avait senti.

Pour l'instant, ils ne perçoivent rien.

Là-bas, la musique, l'obscurité, la fin de l'eau.

La jungle.

Nun est arrivé à Pokhara après des heures de bus, à moitié halluciné, hirsute. Il est allé droit à l'hôtel. Impossible d'entrer, bien sûr. Il a attendu dehors. Longtemps.

Au bout d'un moment, un employé est sorti et lui a demandé de partir.

Non, a dit Nun.

Il a expliqué avec lenteur, pour cacher sa voix mutilée, qu'il cherchait quelqu'un. Il a décrit le couple autant qu'il pouvait s'en souvenir après les images furtives de l'obscurité dans la jungle. L'employé a secoué la tête et, faisant mine de l'écarter, a chuchoté : *Ils sont sortis*.

Nun ne le croit pas.

Juste un moyen de se débarrasser de lui – alors, caché dans la rue voisine pour que le portier n'appelle pas la police, il attend encore.

S'ils sont sortis, ils vont finir par rentrer.

Il ne se demande pas comment les reconnaître.

Il les reconnaîtra.

Les pensées sautent dans sa tête, cognent contre les parois, soudain il se dit qu'il est là et que tout recommence comme le matin même, exactement pareil : que fera-t-il ? Le sang lui bouillonne dedans. À cet instant, s'il les croisait, il les égorgerait à mains nues.

Ou il trancherait sous la gorge, juste en dessous, là où la peau est si douce, avec le couteau trop affûté caché sous les pans de sa longue chemise. Il regarderait la vie s'écouler par cette blessure en forme de sourire.

Il dirait : *C'est pour le tigre.*

L'homme d'abord. Ensuite la fille.

Mais d'abord il faut les trouver.

Pour l'honneur.

Pour que les guides ne racontent pas que sa chasse tronquée est restée impunie. Nun sait qu'il ne faut pas ouvrir la brèche ; seule la raison du plus fort compte, il doit la maintenir, et avec elle le message féroce que personne ne peut se moquer de lui. Il a fait le trajet pour demander des comptes – et sans doute l'heure des comptes est-elle passée, il ne reste que la fureur et le sang.

Embusqué au coin de l'hôtel depuis des heures, Nun est aussi immobile que lorsqu'il se met à l'affût. Ses yeux se sont faits à l'obscurité de la nuit mais les lampes, les réverbères, les halos le gênent, auxquels il n'est plus habitué ; cela lui laisse des petits soleils éblouissants sur la rétine, qui l'aveuglent quelques secondes quand il les regarde, happé par la lumière comme le sont les insectes, ne pouvant s'empêcher d'y revenir. Il déteste cette ville. Elle a des relents de misère et d'abandon. Un lieu où il est arrivé et parti de force, un endroit qui n'a pas voulu de lui, pas voulu lui faire une vie meilleure. Se remémorant leur maison sombre, à Mara, Nin et lui, les odeurs de riz grillé et d'épices lui reviennent, de l'huile qu'il fallait sans cesse remettre sur les rouages de la machine à coudre, de la terre humide. Pas de bons souvenirs. Seul l'éclair du bavardage joyeux de Nin, telle une source vive, lui arrache un demi-sourire – un son si cristallin, si pur, que sa mémoire sans aucun doute l'a reconstruit, car pas un enfant ne porte cette magie dans ses mots et dans sa voix, cela vient d'ailleurs, d'un rêve, d'un miracle. Nun se rembrunit : après, il y a eu les vadrouilles avec les garçons de sa bande, les coups, les peurs, le jour de la langue brûlée enfin. Leur fuite, Mara et lui, quand rien ne les obligeait vraiment, se dit-il soudain. Mais alors, il n'y aurait pas eu la jungle, la petite maison, tout à recommencer. Ni le corps mutilé de Mara – et puis les tigres. Il ne sait plus ce qui est bien et ce qui est mal. Seule une grande confusion fait danser les images dedans sa tête.

Dans la rue, des silhouettes traînent et bavardent. Aucune ne se dirige vers l'hôtel.

D'un coup, Nun les suit. Il ignore pourquoi il quitte son poste, hormis les jambes qui le démangent depuis trop longtemps, il ignore comment espérer trouver le couple de promeneurs dans le désordre du bord du lac. Il fait parfois la même chose quand un affût ne donne rien, quand il reste des heures au même endroit et que, malgré l'eau, malgré l'habitude et malgré l'appât, les tigres ne viennent pas. Alors c'est l'endroit qui ne va pas. Bouger rompt le sort, le mauvais œil d'un soir. Ailleurs, une nouvelle chance existe. Nun croit d'une façon absolue en son instinct : s'il sent qu'il doit aller plus loin, il va. Quelque chose l'attend.

À la manière des fauves qui hument l'air, il renifle les odeurs du lac, les odeurs de nourriture, les parfums humains qui l'entourent. Il se tient volontairement à l'écart, il ne veut pas qu'on le regarde.

Besoin de calme.

Besoin de descendre au plus profond de ses tripes pour retrouver les réflexes, l'habileté, le génie peut-être du chasseur ; la part animale qui le submerge tandis que ses gestes se délient, son pas s'assouplit.

Nun est dans la jungle, dans les ténèbres, dans le silence. Les lèvres retroussées sur un étrange rictus, les yeux balayant l'espace tel un sonar, il marche. Il perçoit les vibrations des autres. Les repousse. Ce qu'il cherche est au-delà.

Avec tout le mépris et la fascination mêlés que ce mot suscite en lui, il répète pour lui-même : *L'homme d'abord, la fille après.*

Et puis : *Où ?*

Marche.

Parfois, il faut du temps.

Les voix, toujours autour de lui, les rires, les mouvements. Les odeurs.

Celle, inattendue, du sucre.

Nun se fige. Un chien en arrêt. Un souvenir. Il revient en arrière, quelques pas à peine. Lui aussi, il achète des momos.

Mais lui, il sait pourquoi.

Les momos, c'est ce qu'il mangeait avec Nin lorsqu'ils volaient quelques roupies sur l'argent qu'ils donnaient à Mara. Ils couraient voir le marchand ambulant, restaient longtemps avant de demander, à se repaître des parfums de graisse et de sucre, ils en salivaient en riant, battaient des mains, piétinaient d'impatience. Lorsque enfin ils cédaient à la gourmandise et à leurs ventres qui suppliaient, ils avaient des yeux grands comme le monde. Souvent le marchand les servait bien, rajoutait un momo de plus. Nin et Nun essayaient de ne pas manger trop vite ; en fait, ils dévoraient. C'était toujours trop court, le papier était toujours vide trop vite. Ils passaient les doigts pour lécher l'huile, les dernières miettes déjà ramassées dix fois, ils se regardaient. Invariablement, Nin disait : *Tu en as mangé plus que moi.* De rares fois, ils se disputaient.

Nun froisse le papier gras, le jette. Engourdi par le passé, par les lueurs et par le monde, il ne veut plus contempler la ville, comme si trop de mauvais souvenirs s'y terraient, comme si on pouvait encore l'attraper pour lui brûler la langue. Il s'éloigne à pas lents, décontenancé. Il n'a nulle part où aller, nulle part où dormir. Au pied d'un arbre dans un jardin, peut-être.

Dormir, il n'est pas là pour ça.

Mais la fatigue, soudain.

Non, non. Il faut rester en colère.

Cela fait près de quarante heures qu'il est éveillé, depuis le matin qu'il a préparé la chasse. Par ses yeux grands ouverts, il ne voit plus rien. Il est comme ces bêtes qui tiennent par les nerfs : increvables – jusqu'à ce qu'elles s'écroulent sans prévenir.

Nun sent le lent effondrement à l'intérieur de lui.

Plus de force, plus de pensées cohérentes.

S'asseoir.

La faiblesse lui fait des fissures.

S'obligeant à se relever, il donne un coup de pied dans un caillou, le projetant loin devant lui, comme si cela pouvait le ramener.

Peut-être demain, alors ?

Mais si demain c'était trop tard – Nun sait que son corps est en train de le trahir. Il n'y a plus de volonté et plus de solution. Il est trompé une fois de plus, par lui-même, piégé par son propre esprit, il voudrait hurler parce qu'il est impuissant, vulnérable, brisé, et que cela a toujours été ainsi.

Mille fois dans sa vie, il s'est fait duper, mille fois oui, lui semble-t-il, de toute éternité, comme si c'était normal, ou trop facile. En cela il garde quelque chose de l'enfant miséreux du bidonville : si c'est écrit sur son visage, si c'est inscrit dans sa destinée, il ne sait pas. Mais ce qu'il n'oublie pas, ce sont toutes les tromperies de son existence, à commencer par la couture de Mara et l'homme qui payait moitié moins pour l'ouvrage. Et tous les trois, ils en avaient conscience : l'ouvrage était parfait. L'homme n'en démordait pas, Mara pleurait, et lui, le petit Nun aux yeux écarquillés, il tremblait tant l'injustice le débordait, il frissonnait et il ne faisait rien. À ce moment-là, il avait peur, car cela aussi il l'avait dans le sang – ou Mara le lui avait inculqué et il ne s'en souvenait pas.

Toutes ces années passées à devenir fort, à conjurer le sort, à croire que l'avenir peut s'infléchir et que l'on peut dominer le monde. Toutes ces années à trébucher et tomber sans faiblir, puisqu'il s'est relevé chaque fois. Mais mettre un genou à terre chacune de ces mille fois, cela fait des cicatrices. Cela laisse des traces. Parce qu'on n'oublie pas : on accumule.

Mille cicatrices. Et avant elles : mille blessures.

Nun se frotte le visage. *Arrête.*

Il doit s'obliger à être heureux. Si la vie avait suivi son cours, il ramasserait toujours du plastique et du verre dans les décharges, les mains et les poumons dévorés par les microbes. Aujourd'hui, il a une maison au début de la montagne, douze poules, trois chèvres et trente-sept bouts de queue de tigre dans un coffre.

Improbable. Inespéré. Une réussite.

Vraiment mieux ?

Oh, il faut quitter cette ville et les mauvaises pensées qui la pourrissent, il les sent rentrer dans sa gorge, passer dans son sang, l'empoisonner peu à peu. Nun chancelle, lève la tête au bruit d'un avion qui passe dans la nuit. On voit les lumières par en dessous.

Des gens qui s'en vont.

Nun aussi doit s'en aller.

Il continue à marcher devant lui, titubant comme un homme ivre.

*

En même temps, Lior et Hadrien ont dit : *Regarde.*

Lior pour l'avion dont le bruit filait dans le ciel noir, avec les lumières clignotantes qui font comme des étoiles filantes; Hadrien pour l'homme qui venait vers eux, à cause de son étrange démarche. Il a pris la main de Lior : *Viens.* Ils ont bifurqué et Hadrien a continué à raconter l'histoire qu'il avait commencée. C'était si drôle, ce qu'il disait. Cela faisait tellement de bien.

*

Un éclat de rire.

Mais pas n'importe lequel.

Son éclat de rire à elle, joyeux, enfantin, avec les mêmes vibrations qu'il y a vingt-cinq ans.

Nun s'est figé, tétanisé. Pétrifié. Tout le reste du monde s'est évanoui.

Il a regardé d'où cela venait.

Juste à côté.

Mais ce n'est pas possible.

Et pourtant, hypnotisé, estomaqué, il va voir.

*

Lior penche la tête de côté quand il s'approche. Elle ne rit plus. Hadrien se tient un pas devant elle. *Tu crois qu'il vient vers nous?* demande-t-elle. Hadrien secoue la tête. Il n'y a pas de raison.

— Il a l'air bizarre, ajoute Lior.

— Oui, il vient, dit Hadrien en fronçant les sourcils.

— Hello, dit Nun dans son mauvais anglais.

Avec sa langue abîmée, cela donne un *'llo* grave, guttural.

Hadrien répond avec un faux sourire : *Hello.* Il ne s'arrête pas, emmenant Lior dans son sillage.

Elle, elle a tourné la tête pour le regarder.

C'est à cause de l'éclat de rire, n'est-ce pas. Nun n'a d'yeux que pour elle. Elle est étrangère et en même temps elle ne l'est pas, elle a la peau d'ici, les yeux d'ici. Elle lui ressemble, à Nun, à eux tous. Et soudain il est sûr. Peut-être cette étrange journée obscurcit-elle ses pensées et sa vision, mais la certitude cependant.

Alors il s'exclame, foudroyé : *Nin!*

La fille pousse un cri. Une main devant sa bouche. *Hadrien, qu'est-ce qu'il a dit?*

Nin, Nin! répète Nun en se tenant la poitrine pour que son cœur n'éclate pas.

Elle a le même regard que lui sur elle : médusé. Abasourdi. Le souffle coupé, elle se retient à l'homme à côté d'elle.

Hadrien, il me connaît? Il me connaît, c'est ça?

Alors Nun plaque ses mains sur sa propre chemise. Il dit : *Nun.*

La fille le regarde, ne comprend pas. Il la montre du doigt, elle – puis lui. Nin. Nun.

Et le troisième mot soudain : Mara.

Mara?

Il rit. Mara, la maison sale de Pokhara, la machine à coudre.

Nun?

Il lui tend la main. Elle hésite encore, elle a des yeux qui lui dévorent le visage; mais elle avance vers lui.

Alors Hadrien s'interpose. *Non!*

Comme un coup de tonnerre.

Ils sursautent tous les deux, Lior et Nun. Elle, elle a un geste d'apaisement :

— Hadrien, il me connaît. Il connaît le nom de ma mère, ou de celle qui m'a élevée. Il sait qui je suis. Mara – et elle répète à part elle, comme émerveillée : *Mara, Mara. C'est cela.*

Une plainte qui la déborde : *Où ? Où est Mara ?* Mais Hadrien la retient.

— Non, Lior. On ne comprend pas ce qu'il dit. C'est peut-être n'importe quoi.

— Il ne peut pas inventer.

— Qu'est-ce que tu racontes ? Il a l'air d'un fou.

— Il connaît mon nom.

— Tu as mal compris.

— Hadrien… Nun, ça me dit quelque chose…

— Lior, il faut qu'on s'en aille.

— S'il te plaît.

— Quelque chose ne va pas. Viens, mais viens !

Il l'attrape par le bras sans ménagement, l'entraîne. Elle, tournée vers l'arrière, les yeux rivés à ceux de Nun.

Alors Nun crie.

Pas un cri : un hurlement.

Pas partir, Nin. Pas une nouvelle fois.

À côté d'eux, la musique s'arrête. Très vite, les gens viennent voir. Ils les entourent. Nun, avec sa voix tronquée, n'en finit pas d'expliquer, Lior et Hadrien ne comprennent pas les mots, on dirait une bête. Juste les spectateurs se resserrent.

À les toucher.

Hadrien ?

Lior, il faut qu'on parte.

Mais personne ne peut rompre le cercle. Des bras, des mains les palpent, s'avançant et les forçant, tout à coup ils sont cinquante autour d'eux, les faisant glisser lentement au bout du lac, là où la lumière s'estompe, là où les étrangers ne vont plus. Lior s'affole. *Hadrien ?*

Lui, la foule le détache d'elle inexorablement. Soudain, il a cette certitude : ils vont emmener Lior. Ils vont la prendre. Il enroule ses doigts autour des siens pour ne pas la perdre – en vain. Bientôt Lior est arrachée à ses mains, on repousse son corps tendu vers elle. Il la voit s'éloigner lentement, un pas vers lui, deux en arrière, avec la même terreur que la mer qui vous emporte fait refluer la plage, et Hadrien a beau se dégager, avec ses bras qui empoignent les épaules et les chemises pour la rejoindre, Lior recule – ou est-ce lui ? Il aperçoit son visage entre dix autres, mêlé, caché, resurgissant par à-coups, au rythme de ses tentatives inutiles pour surnager, ne pas se laisser traîner vers le bas, vers l'arrière, là où elle disparaîtra, ils le sentent tous les deux, cela transparaît jusque dans les cris de Lior qui sont de plus en plus aigus, de plus en plus urgents, il ne faut pas céder, pas s'écrouler. Hadrien a la sensation d'être pris dans une immense dispute où chacun hurle, chacun bat des mains, effaçant la présence des autres, appelant le chaos sur eux. Il devine encore le regard perdu de Lior, une fois, deux fois, il met les poings à présent, la fureur et l'angoisse, il crie à son tour, pour trouver de la force. Il se noie dans cinquante ou cent chairs et cinquante ou cent voix, un labyrinthe humain qui l'étouffe, qui empêche ses cris, le bousculant et le poussant, les coups reviennent soudain.

Lior, Lior.

Elle a été happée par la foule, attirée derrière un rideau d'hommes. Hadrien ne la voit plus. Jonas avalé par la baleine, la gueule béante des enfers. Dans un sursaut de rage, il joue des coudes, frappe, cogne autant que le manque de place le lui permet, hurlant son nom pour garder quelque chose d'elle, un lien, un contact, qu'elle ne s'évanouisse pas dans la jungle, ou dans l'eau du lac, sa voix rauque devient une supplique en même temps qu'une terrible menace – *Lior.*

Au même moment, un coup à la tête le terrasse.

Il a le temps de se rendre compte qu'il ne voit plus rien, tout est noir devant ses yeux. Le temps de sentir fléchir ses genoux, ses mains sur son visage, sur le sang qui coule, un étrange vertige. Pourtant il lutte, il sait qu'il ne faut pas tomber, pas fermer les yeux. Un instant, le cri épouvanté de Lior lui fait un sursaut.

Hadrien, Hadrien !

Et il en pleurerait de l'entendre, il imagine son corps à lui reprendre souffle, se dresser de toute sa hauteur, et frapper, frapper jusqu'à tous les tuer, avec leurs mains qui le rendent fou et leurs hululements qui lui déchirent les tympans, il imagine et il sait que ce n'est pas vrai, il est en train de lâcher, en train de basculer, et cette fois il les ferme, ses yeux, à cause du sang qui les aveugle, et il sent ses forces le quitter en même temps que sa conscience, en même temps que la blessure a raison de lui, c'est très lent, presque doux, il n'a plus mal.

Il s'effondre.

*

Quand il reprend ses esprits, soutenu par des promeneurs que le chahut a attirés, Lior a disparu.

Ils ont tous disparu – mais il ne dit que son nom à elle, avec la douleur qui lui brise la tête tandis qu'il essaie de la trouver en regardant à travers le sang.

Lior, Lior.

Nin.

ÉPILOGUE

Lior n'est jamais réapparue.

Hadrien est resté six semaines à Pokhara. Police, guides, chiens, enfants mendiants, commerçants, il a tout tenté.

Interroger, chercher, supplier, fouiller, payer, arpenter pendant des jours la ville et ses environs, un cercle de vingt ou trente kilomètres, davantage même, quand on lui a donné une piste, un indice, un minuscule espoir toujours déçu.

Chercher une trace, en vain, car tout s'évanouit ici, tout s'estompe sans laisser de marques, le passé n'existe pas, Lior avait raison.

Et ce pays est le plus vaste du monde, sans doute, où une femme disparaît sans que l'on retrouve rien d'elle, sans que l'on sache si elle vit quelque part, ou si elle est morte.

Si elle était consentante, ou si elle est prisonnière.

Il ne reste à Hadrien que les derniers cris de Lior disant son nom à lui, et la griffe de l'ours qu'il a ramassée la nuit de la chasse au tigre, qu'il porte dorénavant autour du cou, comme une amulette, comme la certitude que Lior vit encore.

C'était il y a quatre ans.

Deux fois par an, Hadrien retourne au Népal. Avec une équipe qu'il connaît bien à présent, il cherche dans la ville, aux alentours, élargissant les cercles, accédant à des villages étriqués qui n'existent sur aucune carte.

Il sait qu'un jour Lior reviendra.

Il sait que le hasard les fera se croiser. Le plus grand pays du monde n'est pas si grand.

Il suffit d'être là et d'attendre.

Mais que cette attente est douloureuse, et douloureux aussi l'espoir qu'il faut ranimer chaque fois qu'un chemin ne donne rien. La vie d'Hadrien tient à un fil, à cet unique mot : Lior.

Il ne lâchera pas.

Il ne l'abandonnera pas.

Sur les avis de recherche abîmés qui subsistent chez quelques commerçants de Pokhara, dans certains hôtels et dans les postes de police, Lior a ce regard de feu qu'Hadrien ne veut pas oublier.

L'affiche dit qu'elle mesure un mètre soixante-cinq, allure sportive, traits fins, qu'elle a les cheveux et les yeux noirs. Sur la photo, elle a une coupe courte – mais il est presque certain que ses cheveux sont longs aujourd'hui. Elle porte un pantalon de lin beige et un pull orange ; sans nul doute, elle ne les a plus.

Si vous partez au Népal, il se peut que vous la voyiez.

Il se peut que vous la croisiez au hasard d'une visite, d'une randonnée, d'une ruelle ou d'une porte mal fermée.

Cela tient à si peu de chose.

Son nom est Lior Esterel. Elle a disparu le 11 juin 2014.

Si vous la voyez, n'essayez pas de lui parler. N'essayez pas de vous approcher. Prévenez la police.

À nous tous, nous pouvons la trouver.

Nous pouvons la faire revenir.

La rendre à Hadrien, qui fut son amour et son âme.

Cet homme qui ne cessera jamais d'arpenter le pays où Lior vit toujours, il en est sûr, et dont le regard, quand il se pose sur vous, vous transperce de sa volonté et de son chagrin.

Il ne baisse pas les bras.

Il n'y a plus de colère et plus de rage.

Juste une patience infinie – et lui, à l'affût comme lors des grandes chasses, il peut rester là pour l'éternité.

Parce qu'il le sait.

Lior reviendra.

Lior reviendra, il suffit d'attendre.

Composition UTIBI
Impression Grafica Veneta S.p.A.
à Trebaseleghe (Pd).
Dépôt légal : janvier 2019

ISBN : 978-2-207-14974-4/Imprimé en Italie

348996